AWM

── 绝地求生 下册 ──

◎漫漫何其多 / 著

长江出版社
CHANGJIANGPRESS

图书在版编目（CIP）数据

AWM绝地求生. 下 / 漫漫何其多著. — 武汉 : 长江出版社，2021.5
ISBN 978-7-5492-7669-1

Ⅰ．①A… Ⅱ．①漫… Ⅲ．①长篇小说－中国－当代Ⅳ．①I247.5

中国版本图书馆CIP数据核字(2021)第082346号

AWM绝地求生. 下 / 漫漫何其多著.

出　　版	长江出版社	
	（武汉市解放大道1863号　邮政编码：430010）	
市场发行	长江出版社发行部	
网　　址	http://www.cjpress.com.cn	
责任编辑	陈辉	
印　　刷	北京盛通印刷股份有限公司	
	（地址:北京市大兴区亦庄经济技术开发区经海三路18号）	
版　　次	2021年8月第1版	
印　　次	2024年4月第10次印刷	
开　　本	880×1250mm 1/32	
印　　张	8	
字　　数	230千字	
书　　号	ISBN 978-7-5492-7669-1	
定　　价	39.80元	

目录
CONTENTS

AWM

第一章

在"Drunk退役"这个话题之后，"Drunk文身"再次席卷了各大话题榜，不到半小时，祁醉和于炀的事霸屏了各个社交平台的电竞板块。

不单如此，祁醉发过微博后，上了自己的直播大号，进了于炀的直播间。

祁醉的直播大号是平台特供给他的至尊会员号，进任何直播间自带全屏通告特效，祁醉一进直播间就被刷屏了。

祁醉开始给于炀打赏。

一千块钱一个的礼物，祁醉不要钱似的，一个一个往下砸。

整个直播平台被疯狂刷屏。

之前的黑粉弹幕被清扫得一干二净。

于炀的大脑从祁醉发微博就宕机了，他正直播着，摄像头还开着，他不敢动不敢说话，生怕祁醉走过来直播一下他的文身。他知道祁醉女粉有多少，怕影响到他的人气。于炀从不想多事，他怎么也想不通，刚才还一脸淡然的祁醉，怎么突然就发微博了。

祁醉砸到第三十二个礼物的时候，于炀撑不住抬头道："别……别送了。"

"怎么不能送？"祁醉不断点送礼物的键，微笑，"你是不是应该说话啊，比如感谢Drunk哥哥打赏什么的？"

于炀着急地说："谢……不是，你别送了……"

祁醉停了一下，道："那你开麦克风。"

于炀一怔，下意识觉得祁醉是在给他下套，犹犹豫豫。

祁醉一笑，又砸了十个下去。

于炀手速飞快，立马打开了麦克风。

祁醉满足了，继续砸。

于炀急道："我都开了，你别砸了……"

祁醉懒懒一笑："我不砸，他们知道我这么宠你吗？"

祁醉的话清晰地收进于炀的麦中，传进了直播间。

弹幕瞬间爆炸。

于炀迅速关了麦克风，又关了摄像头，但摄像头黑屏前一秒，大家清晰地看见于炀的口型是：我知道不就行了吗？

"你知道……"祁醉笑了，"你不早就知道了吗？"

祁醉直砸了九十九个才停手。

于炀心里胀胀的，眼睛有点红了。

"别的都无所谓，我早让这些人喷习惯了，生不起气来，但是……"祁醉放开鼠标，淡淡道，"他们不能侮辱你的文身。

"你的文身是什么时候刻上去的，你知道，我也知道。"

于炀咬牙。

文身的前一天，于炀无意听到祁醉将要退役，并要把队长位置让给自己的消息。

于炀从来没想过要当队长，也没想过祁醉会退役。

于炀身处这个尴尬的位置上，甚至都不能当面问问祁醉，怎么我刚来，你就走了。

祁醉垂眸，一笑："说到底，还是我对不起你……"

"这有什么对不起……"于炀垂眸，"打了釜山的比赛，我已经知足了。

"战队……我也会学着好好带。

"反正……"

于炀拿起手机来，看着@了自己无数次的那条微博，有点难为情，"反正……已经澄清了，其他人也都知道了……"

"你的意思呢？"祁醉试探地靠近两步，握住了于炀的手，仔细观察着他的脸色，"你为什么不让人靠近……能告诉我了吗？"

于炀指尖有点凉，他张了张口，没说出来。

祁醉温柔一笑："别紧张，我就是随便一问。

"试试接受别人的善意？"祁醉握住于炀的手臂，把人往自己身边带了

带，他揣摩着于炀的过去，低声暗示他，"我不凶，也不会欺负你，不会让你不舒服……"

于炀呼吸开始急促。

"我们循序渐进。"祁醉放开于炀的手，后退一步，笑笑，"有进步。"

于炀控制着呼吸，尽力调整情绪，有点恍惚道："循序渐进？"

"嗯，今天是手臂，明天可能就是肩膀？"祁醉坐在自己桌上，拧开矿泉水瓶灌了半瓶凉水，绅士地询问，"可以接受这种练习吗？"

于炀抿了抿嘴唇，轻轻点头。

祁醉心中大石落地。

祁醉正要再说什么，贺小旭上来了。

于炀狼狈地躲回自己计算机后。

贺小旭一边吸静心口服液一边飙泪："祁醉你这个……"

祁醉头大，忙不迭地躲了，愤怒的贺小旭跟了出去。

祁醉去找理疗师做按摩了，把贺小旭关在了门外。于炀则把自己关在训练室，手上凭着肌肉记忆练枪，脑子里都是祁醉刚才说的"练习"。

于炀微微有点兴奋，他发现在刚才祁醉握住他手臂的时候，自己并没有太痛苦。

所以说……脱敏是真的可行的。

没有人比于炀更渴望变成正常人了。

于炀甚至不自觉地打开了excel，想做个计划表。

于炀写完表格，犹豫着要不要发给祁醉。

于炀一边在自订服练枪一边想这事，纠结到了天亮，也没好意思把文件传给祁醉。

天蒙蒙亮时，于炀把表格删除了，准备去睡觉。

断网前，于炀打开论坛扫了几眼……都在讨论他和祁醉的事。

祁醉身上的文身成功击溃了虐待控制传闻，论坛已经完全被粉丝们占领，于炀放下心，关机睡觉去了。

同一时刻，一北方三线小城的老住宅区里，早起的人开始了一天的工作。

一个男人裹着一件半新夹克衫，脚步虚浮地下楼，他溜达到隔壁街区的库房，接别人的班，替工厂看守仓库。

同他一起轮班的是个少年，和男人住同一栋家属楼，街坊邻里的，都熟悉。

少年玩了一晚上游戏，眼珠通红，见人来了伸了个懒腰，打了个招呼。

男人应着，进门坐在椅子上，他骨架很大，压得椅子吱呀响。

男人探头看看少年的笔记型计算机屏幕，顺口问："你玩什么呢？"

"PUBG，唉，说了你也不懂。"

刚刚六点钟，早餐摊还没摆呢，少年想着买了早饭再回家，又想着蹭库房这边的网下载几部电影，也不着急走，退出游戏界面，逛论坛刷帖子。

男人没什么娱乐可做，跟少年又聊不到一起，嫌他在这碍事，烦躁道："玩这个有什么用？"

"说了，你能懂？"少年笑笑，"玩得好的，一年能赚好多钱，知道吗？"

男人嗤之以鼻："玩好了能怎么样？去网吧看机子？"

少年跟他聊不到一起去，懒得理会，又想起自己父母聊天时说的闲话，笑笑："您以前那便宜儿子是网吧看机子的，您就觉得所有人都是看机子的？玩得好的……来，看这个人！"

少年随意点开一个帖子，指着上面一人道："就他！刚退役这个，他们俱乐部给他一年开三千万的签约费，这光是签约费，别的……哼哼。"

男人依旧不信，执拗又粗鲁："他干吗了就给他三千万？小白脸？"

少年大笑起来："小白脸？您告诉我谁养得起他？再说他也没传过什么绯闻……"

男人浑浊一笑。

"算了……跟您说不着，我买套煎饼果子去，别动我机子啊！"早餐摊推出来了，少年拿起钱包就出去了。

男人远远看着笔记型计算机屏幕上的人，难得地有点好奇，他没把少年的嘱咐放在心上，走了过来，想看看这人到底有多厉害，一年能赚这么多钱。

可惜，这个帖子并不是讨论薪金的，论坛里的人说的每个字男人都能看懂，但合在一起变成句子，他就完全蒙了。

男人拉扯着鼠标，兴致寥寥，左看右看，也没觉得这个小白脸哪儿值三千万。

少年买了早餐回来了，见男人在碰他的计算机，火了："哎！哎！吗呢？说了别动啊！"

男人脾气也上来了："你个小崽子嚷嚷我？！碰一下怎么了？！"

男人脸庞浮肿，印堂发黑，一上火气脸颊迅速涨红，看上去有点吓人，少年记着妈妈嘱咐的别招惹这人，忍了忍，没再多言，扯过自己书包来收拾东西。

男人呸了下，骂了一串不堪入耳的脏话，转身去接水了。

少年十分瞧不上这个没什么本事的老光棍，无声地咒骂了几句，他想要走，无奈电影还差一点儿就下载完了，只得忍耐着。

少年看看下载进度条，坐下来，继续刷帖子。

男人想轰他，抬眼看过来，愣了。

"这是谁？！"

少年烦得要死："您今天是没完了？这是谁，这是谁你认识啊？"

男人几步冲过来，指着屏幕里一人道："这……这小崽子怎么在你这？"

少年嫌恶得要死："说了你听不懂，还小崽子？这是炀神！是HOG现在的一队队长！瞎叫什么。

"人家比我还小一岁，刚从韩国打比赛回来，赚的奖金够在咱们这付个首付了。"少年不屑地看看男人，"少见多怪。"

男人喃喃："比你小一岁……没错了……"

"听不懂你说什么。"

少年的电影下载完了。他迅速关机，背着书包跑了。

男人独自倚在库房的办公桌上，许久突然咧嘴一笑。

HOG基地三楼于炀的房间里，于炀睡在床上，额间沁汗，淡黄色刘海被打湿了,粘在鬓角。

于炀眉头拧起,呼吸粗重。

他已经很久没做噩梦了。

特别是这几个月,于炀几乎每天都是沾床就睡。他身体太累,精神却很放松,不容易焦虑,睡眠质量比过往十几年都要好。

也许是这几天文身事件的压力太大,于炀少有地做噩梦了。

于炀梦到了自己十二岁的时候。

拥挤的房间,昏暗的楼道,面目模糊的继父的脸庞……

小于炀好像又被打了。

他被打晕了过去,醒来时浑身都在疼,满脸都是血。

为什么挨打……不清楚了。

于炀每次挨打都不知道原因。

电视声音大了,可能会挨打。

电视声音小了,也可能会挨打。

书本没收拾得整齐,可能会挨打。

书本收拾得太整齐,也可能会挨打。

地上有一片碎纸屑,洗手台上有一片水渍,挂在阳台上忘记及时收起来的衣服……

这些都可能是他挨打的原因。

继父揍他的原因千奇百怪,往往是突然暴起,上一秒还在说着闲话,下一秒就一个巴掌扇过来了。

久而久之,小于炀习惯了和人保持距离,就算是在学校里,最温柔的女老师讲课时离他近了,小于炀也浑身别扭。

潜意识里,和蔼漂亮的女老师可能下一秒就会把书砸到他头上。

于炀睡得迷迷糊糊的,半天想起来,梦里挨打,好像是因为他咬了那个人渣一口。

咬出血来了。

于炀从来没老老实实地挨过打。

虽然他每次都被揍得更惨，但任凭别人怎么劝他，他也不会向那个人渣服软求饶。

现在打不过他，长大了就行了。

于炀就不信，他和妈妈会被这个人渣折磨一辈子。

于炀从来就没觉得自己真的会烂在这摊泥里。

小于炀被打得有点头晕，一直犯恶心，不自觉又晕了过去。

梦里的小于炀再醒来时，已经躺在了床上。

他妈妈红着眼睛，拧了湿毛巾擦他脸上的血。

于炀睁开眼，无力地问："你刚才为什么不跑？"

妈妈哽咽着摇头。

刚才挨打，是因为放学后，于炀听见卧室里有动静。

那个人渣在打他妈妈。

于炀丢了书包就扑了过去，一口咬住了他的手腕。

后面的事……就记不太清了。

小于炀躲开毛巾，又一次提议："咱们走吧，我想点办法，大不了不上学了，总归能活命……他根本没给你花什么钱，还得你伺候他……没他的话……"

妈妈还是流泪摇头，再一次地。

小于炀疲惫地闭上眼，不懂，他妈妈怎么就只会哭。

她从来不反抗，于炀被打的时候，也不拦，只会恐惧地低声劝阻。

小于炀心里其实是有点不解的。

为什么你不帮我呢？

为什么你不离婚呢？

但更大的怨气还是对自己。

你为什么才十二岁？

你为什么打不过他？

你为什么赚不来钱？

小于炀这会儿已经不太能接受和人这么近距离地接触了，他稍微缓过来点儿气后，推开了他妈妈，自己去冲了冲脸。

继父不知道又去哪儿了，估计跟朋友喝酒去了。

小于炀冲过脸，扶着墙往自己的小卧室蹭，路过客厅时，他眼睛亮了下。

客厅电视柜下面的一个抽屉，是开着的。

那是继父放零钱的地方，继父平时就是从那里拿了钱给他妈妈，让他妈妈去买菜、买酒。

也许是继父今天喝太多了，走的时候迷糊了，忘记把抽屉锁上了。

小于炀慢慢走了过去，从里面拿了一张纸币出来，出了门。

于炀家里没固定电话，社区里的电话亭也早锈死了，他跑到隔壁街道，找了家便利店，丢了一块钱过去，含混道："打个电话。"

这年头出来借电话的人太少了，便利店老板上下打量了于炀两眼，没多问，把座机往前推了推。

小于炀手指微微发抖，快速拨了个号。

打完电话后，小于炀跑回了家。

回家的路上，小于炀心跳加速，脸上甚至带了笑意。

小于炀撕掉妈妈给他缠在胳膊上的绷带，狠了狠心，在自己伤口上使劲攥了一把，鲜血瞬间渗了出来。

于炀回到家，洗干净手，躺在了地上。

小于炀又晕了过去，但这次他很放心，这应该就是结束了。

以后怎么过他还不清楚，但无所谓了，他可以去网吧看机子，去不太讲究的饭馆帮帮工，他不信自己养不活妈妈。

只要活着就行，就比现在看着自己妈妈时不时地挨揍强。

他受够了。

小于炀是被吵醒的。

他眼眶已经肿起来了，看东西不太清楚，他依稀看见他妈妈在跟警察解释。

小于炀跟跄着站起来，他还没开口，就听见他妈妈低眉顺眼地跟警察说："小孩子……调皮，打群架……

"没家暴，孩子不受他爸爸管教……

"我们自己家里的事……

"没有,街坊邻里都知道的,小孩子不懂事,整天打架……"

警察警惕地看着于炀母亲,转头看向小于炀,询问他细节。

小于炀看着自己妈妈,如坠冰窖。

于炀妈妈在警察身后,对他痛苦地摇头。

于炀闭上眼,第一次因为挨打流下眼泪。

于炀把牙咬出了血,低声道:"我瞎说的……"

警察心有疑虑,但这是最难处理的家务事,没法深究,教育了两人一通后就走了。

小于炀看着自己妈妈,问她为什么。

妈妈跪在地上,哭得不能自己:"我怀了……"

于炀把脸埋在枕头里,压抑得喘不上气来。

于炀眼睑动了动,醒了。

他看看左右,长嘘了一口气,放松下来。

床垫软硬适度,是祁醉让贺小旭给他新换的。

于炀的宿舍有三十多平方米,采光极好,带个小洗浴间,房间不大,但一人住着绰绰有余。

于炀很知足。

到底受了点影响,冲过凉后,于炀拿出手机来,查了查自己的银行账户。

这个月的钱也按时打过去了。

不多不少,整整五千。

奉养父母是人伦,这些年,于炀一直在给自己妈妈打钱。

赚得少的时候,给得自然少;但赚得多了,给得也不多。

以前最多是给两千,会涨到五千是因为于炀妈妈终于答应于炀,离婚了。

她带着个男孩,搬到了另一个城市。

这五千块钱是他们母子俩主要的生活来源,足以保障他们的温饱,但要租房子,要负担小孩子的学费,零零总总要花费不少钱,绝说不上过得好。

其实按于炀的收入，一个月给自己妈妈打几万也负担得起，但他不愿意。

那次报警后，继父险些将他打死。

他妈妈同以往一样，只是缩在门口低声哭。

小于炀被男人揍得说话都不利索了，他断断续续道："有本事打死我……我死了，你去坐牢，留我妈妈过消停日子……"

回应他的，是一记又一记更生猛的拳头。

小于炀总归是没被打死。

活过来以后，他跑了。

走之前，他又问了妈妈，要不要跟我走，我怎么也能让你活下去。

卑微了一辈子的女人绝望又无助地摇头，甚至想要劝于炀别走。

小于炀推开母亲的手，头也不回地离开了。

谢辰在给于炀做心理辅导时，尝试让于炀释怀，让他原谅自己母亲。

他暗示于炀，母亲并不是无动于衷，她是不想激怒丈夫，也是想保护自己肚子里的孩子。

于炀静静地看着谢辰，反问："我就不是她的孩子了吗？"

谢辰哑口无言。

于炀无法接受别人的接触，长年累月的身体疼痛和心理情绪反复叠加，令他产生了严重的思维误区，让他将继父等同于了所有靠近他的人。

要让他释怀，必然要有个突破口，但这个突破口上，偏偏又夹杂了一个让于炀又爱又恨的母亲。

谢辰尝试数次，除了让于炀情绪变得更极端，毫无效果。

无法，只能劝于炀尝试脱敏治疗，至于他心里无法释怀的部分，谢辰爱莫能助。

于炀擦干净手臂上的水珠，拿起他放在床头的手表，戴好。

他手机振了下，于炀转头，眉头轻皱。

是个陌生号发的短信息。

于炀拿起手机……

于炀删了消息，如同往常一般，吃午饭，去训练室训练。

练习赛间隙，于炀又收到几条消息。

于炀冷冷地看着短信息，没再删除。

该来的还是来了。

"小队长。"卜那那丢给于炀一份节目脚本，笑笑说，"下周六，这几个战队的队长们要参加个节目，你提前看看。"

于炀有点恍惚，他接过卜那那递给他的几页纸，折好放在了一边。

于炀深呼吸了下，忽然反应过来，自己已经是HOG的队长了。

卜那那感觉于炀状态有点不对，凑近了看看他的脸色，大声质问："祁醉昨晚去你房间了？！"

于炀："……"

刚做过理疗的祁醉上楼，听到这一声淡淡道："你怎么知道的？"

卜那那嫌弃地看看祁醉，回到自己机位上了。

祁醉走到于炀桌前，坐在于炀桌上，笑笑："怎么了？昨天网上闹得沸沸扬扬的时候，也没见你脸色这么不好。"

于炀今天脑子有点转不过来，好一会儿才明白祁醉在说什么，干笑："没……没事……做噩梦了。"

"那怎么这个脸色？"祁醉飞快地挑了一下于炀的下巴，低声笑，"几岁了？还让噩梦吓着？"

于炀一怔，下意识地摸了一下自己的下巴。

祁醉以为他是真的让噩梦吓着了，轻声叹了口气，试探地把手放在了于炀头上，轻轻地揉了一把："摸摸毛，吓不着……"

躲在阴影里的卜那那跳出来破口大骂："臭不要脸！在训练室里调戏我们队长！我们队长马上要出去参加节目，以后就独当一面了，你少当着别人的面碰他！培养新队长威仪你懂不懂？！"

祁醉烦得要死："谁当着别人面了？你不会别看？"

卜那那今天心情好，非要跟祁醉抬杠不可："看看不行？战队你家的啊？"

祁醉笑了："哎，你最好记住这句话。"

卜那那哼了一声，坐回去单排去了。

祁醉低头留意于炀的神色，发现他没怎么，压低声音笑道："小哥哥可以啊，现在被摸头都没事儿了？"

于炀局促道："训练室里，别……"

"别影响新队长威仪，懂了。"祁醉笑笑，起身回到自己机位前了。

于炀深呼吸了下，拿起烟盒和打火机，出了训练室。

他一累了就出门吸烟，大家都习惯了，没人留意。

三楼的露台上，于炀翻着许大伟发给他的短信息。

"于炀，是你吧？能耐了也别不认你爹啊！"

"找你这个号我花了不少钱的，没问题，我打听过了，别装。"

"听说你现在一年赚几千万？你爸爸我还有你妈妈跟你弟弟还吃苦呢！"

"我替你养你妈妈和你弟弟了。"

"不回话？那肯定是你了。"

"你怕不怕我告诉所有人去？你赚这么多钱，让你爹你妈在家饿着。"

于炀默默地看着手机……这个人渣以为自己不知道离婚的事。

许大伟还在不断地发骚扰信息。

"我已经到了，我没回去的路费！惹急了我，我打听打听你住哪儿，找你去。"

"我反正是不要脸，你呢？你现在是有头有脸的人了，不想让人知道我们吧？"

于炀眸子一凛。

"到时候所有人都知道了，你赚这么多钱，不养父母。"

"你怕不怕？我反正就在这里了，我能找到你。"

于炀点上烟。

这个人渣知道自己最在意什么。

如果可以，于炀希望祁醉一辈子不知道自己这些乱七八糟的过往。

于炀并不需要祁醉的怜悯。

能自己处理的事,于炀从不想影响到任何人。

"我没回去的路费,你给我钱,合适了我就走,我也不是为了我自己,我这也是给你妈妈、弟弟花的。"

于炀静静地看着手机,咽下一口辛辣的烟。

没什么不能忍的。

于炀打字:你要多少?

许大伟:哈哈哈哈,我就知道是你,听说你现在一年赚几千万?

于炀:做梦吧!

许大伟:我不管,算了,多的我也不要,你反正先得给我一两万,让我住下吧?

于炀狠吸了一口烟,把烟头熄灭在了花坛边。

于炀:我手头只有五万。

许大伟:哈哈哈哈好呀,你说多少就多少,行啊,你先打给我这些,别的等我住下跟你慢慢算,哈哈哈哈哈。

于炀:账号。

于炀:你确定,我给你钱了,你就不会曝光我的事了吗?

许大伟:哈哈哈,我是说等我满意了。

于炀:满意了就闭嘴,不会诬蔑我,对不对?

许大伟:对,你先打钱,我发你账号了。

于炀直接转了五万过去。

许大伟:算你识相,我先住下,不过你得知道,你妈妈还有你弟弟这些年没少花我的,这些可还没算。

于炀冷冷地看着手机,在心里低声道,我知道。

许大伟不知听谁说了什么,咬定自己年薪千万,怎么可能就这么满足。

于炀登上手机银行,算自己还有多少钱。

手头能动的钱,还有八十万。

于炀沉默片刻,不觉得这些能让那个老人渣满足。

果不其然,翌日,许大伟就又联系于炀了。

于炀正在吃饭，看见消息，险些恶心得吐了出来。

许大伟发了一张照片，照片上是HOG基地的地图位置。

于炀强迫自己吃下了饭，上楼给许大伟打了电话。

电话里，许大伟声称于炀妈妈病了，要花钱，他要过来拿钱。

于炀一次给他打了二十万，他才勉强同意不会来基地。

第二天，许大伟又要走了二十万。

照这个架势，于炀的钱马上要被榨干了。

晚上训练完，卜那那嚷嚷着订夜宵，于炀一贯是加训一个小时，卜那那怕他没空订外卖，凑过来问炀想吃什么，给他一起订了。

于炀看着卜那那笑吟吟的脸，想起早上许大伟发给他的恐吓短信。

"不给钱，就让你现在那些朋友都知道你以前是个什么东西！"

于炀垂眸，低声道："我不饿，算了。"

"开玩笑，咱们还在青春期呢！少吃一顿可能就少长一厘米好吧？"卜那那从不亏待自己，也受不了于炀不吃夜宵，催促，"快说，我请你。"

于炀无法，只得说："炒河粉吧！"

"行，配盒水果色拉，再来杯奶茶，好吧？"卜那那给于炀搭配得挺好，"就这样了，外卖来了我给你送来。"

卜那那一边说着一边走了。

于炀迟疑片刻，跟了出去。

祁醉今天有事出门了，刚回来，跟于炀撞了个对脸。

"队长，我……"于炀难以启齿，"我有点事跟你说……"

祁醉莞尔，跟着于炀上了楼。

"你能不能……"于炀深呼吸了下，压下心头的恶心，轻声道，"借我点钱？"

"多少？"祁醉想也不想道，"转你工资卡上？"

于炀抿了抿嘴唇，忍着屈辱："一百万……行吗？"

祁醉有点意外，但还是马上转了："看上什么了？我替你买吧，没准比你自己买合算。"

于炀摇头："不用，我……我过些天还你。"

过些天就要发夏季的工资和奖金了，祁醉笑笑说："果然是队长了，财大气粗啊！"

"没有……"于炀实在太难堪，谢过祁醉之后就走了。

晚间，于炀跟许大伟打了一通电话。

挂断电话后，于炀生生咬断了一条毛巾。

隔日，于炀又跟祁醉借钱了。

这次祁醉没直接给他。

"怎么了？"祁醉看着于炀的脸色，不放心，"不是不给你，你详细告诉我一下？要买什么？"

于炀低着头，翻来覆去只有那么一句："我想要钱……"

祁醉无奈地笑了。

于炀状态有点奇怪，祁醉不是不担心的。

他昨天甚至像个变态似的，偷偷进了于炀的房间，看了看他的垃圾桶。

没有什么奇奇怪怪的东西。

只要不是嗑药，别的事儿上花多少钱祁醉都可以满足他。

但于炀最近的状态确实不太对，祁醉不想让于炀误会自己是心疼钱，先给他转了一百万，笑道："现钱真的就这么多了，能说了吗？想要什么？"

于炀狼狈地握住祁醉的手，低声道："差……差不多够了，没事了。"

祁醉微微蹙眉。

于炀不想多谈，转身要走，祁醉拦住了他。

"我这几天不太安心……"祁醉看着于炀，轻声道，"我不拦着你，你想做什么，跟我说一下？我们……"

祁醉温柔一笑："我们不是和好了吗？"

于炀眼眶倏然红了。

祁醉怎么会这么好！

"先别问我……"于炀求饶地看着祁醉，"等以后……"

"没事没事。"祁醉稍稍后退一步，不给于炀更多压力，"但你答应我一件事，这些天不离开基地，可以吗？"

于炀犹豫。

"一定要离开的话，告诉我，我开车送你。"祁醉郑重道，"这个要求不过分吧？"

于炀迟疑片刻，点了点头。

祁醉稍稍放下心，花钱就花钱，反正他人出不去，能出什么事？

于炀没法再跟祁醉借钱，他想了想，分别找了卜那那还有老凯，连辛巴都没放过。

于炀没多借，且只要现钱。

这些人就辛巴那现钱还多点，归到一起，不足十万。

好在大家信得过于炀人品，没多想，也没人告诉祁醉。

于炀告诉许大伟了，自己实在没有钱了，只剩了点现金，许大伟也答应了，拿走这些钱，就再也不会威胁于炀了。

凌晨，于炀看着这十万现金，一夜没睡。

这差不多就是终点了。

于炀其实从逃出家那天开始，就设想过，将来被许大伟找到，会是什么情形。

可能被抓住暴打一顿。

可能是被拦住要钱。

可能是以母亲的安全威胁他，让他给钱。

不管是哪种情况，想象的尽头，都是一把刀。

于炀像幼时幻想的那样，用刀子捅了许大伟。

电话里，于炀和许大伟商量好了，让他明日来基地，自己会把最后的十万块钱给他。

祁醉不让于炀离开基地，于炀没有别的办法。

如果可以，他也不想脏了基地的地。

于炀拎起一个棒球棍，轻轻摩挲。

这是卜那那之前送他的，给他时老凯还开玩笑，说这能当凶器了。

于炀桌上，中间摆着一摞钱，钱的左边是他的手机，钱的右边是那根棒球棍。

于炀就看着这三样东西，看了一夜。

八点钟的时候，整个基地的人还在沉睡，于炀打了两个电话，装起钱，出门了。

棒球棍被丢在了桌上。

许大伟进不了基地，他蹲在社区外，探头探脑。

于炀漠然地看着他，走了过去。

许大伟看着于炀手里的东西眼睛发光，他上下打量于炀几眼，笑了："是人模狗样的了……"

于炀把手里的钱递给了他。

许大伟忙不迭地数钱。

"你知道……"于炀沉默片刻道，"敲诈勒索罪吗？"

许大伟着急数钱，没听清，麻木地抬头："你说什么？"

"幸好我还勉强上了一年高中，学了一点儿……"于炀淡淡道，"知道这个罪，是分区段的。

"一千到三千，是轻罪，判不了什么。

"一万到三万，就能判上几年了。"

许大伟指尖一顿，突然抬头。

于炀直视着许大伟，问："知道我为什么第一次就给你打了五万吗？"

许大伟突然有点心慌了。

"三万以上，就能判你十年了。"于炀一字一顿。

许大伟攥着手里的钱，心里突然涌起一股寒意，他下意识看看左右，声音发抖："你个小崽子……"

"快三百万了，你猜猜，你会不会把牢底坐穿？"

许大伟本能地要跑，于炀一把扯住了他的领子，咬牙切齿地说："骂我？你以为老子这些天是真怕你？！你以为我疯了给你这么多钱？！啊？！"

于炀一脚狠踢在许大伟膝弯上，许大伟痛苦大叫，竭力挣扎，想像数年前一样揍于炀，但没挣扎两下就慌了……

他现在根本打不过于炀了。

于炀强迫许大伟跪在地上，狠狠地掐着他的脖子，于炀眼睛发红，从牙缝里狠声道："你还敢来找我？我没去找你你就该烧香了！你知道我多想宰了你吗？！从你给我发第一条短信开始我就想跟你拼了！"

于炀手指发抖，不知是说给许大伟还是说给自己听："但我混到今天，不是为了跟你同归于尽的。"

于炀从十二岁离家，每一步都千难万险，混到今天有多难只有他自己清楚，只是这些就算了，关键是……

于炀余光扫过自己队服上的队标，喉咙一哽，竭力控制着自己，不掐死这个渣滓。

HOG需要他，祁醉需要他。

那么好的战队，那么好的祁醉……

于炀狠狠压着许大伟，呼吸急促："你不配……"

许大伟竭力挣扎，怒道："小崽子！你下套骗老子？老子怕你？！别忘了，你妈妈还在我……"

"别做梦了！"

于炀早早让自己妈妈离婚，不单是为了奉养，也是不想让自己将来受这个牲口的威胁，没想到真的被自己料中了……

"你到现在还想逼我？！"于炀彻底被许大伟激怒，他死死掐着许大伟的脖子，看着许大伟脸上青筋暴起于炀仍然没松手，他眼眶通红，"我跟妈妈相依为命，她本来对我很好，她对我那么好……我们本来能好好地过下去，穷也没事，我早穷惯了，都是你，你骗了她，都是你……我就该把那根棍子拿出来，我……"

许大伟开始眼球突出，身体抽搐，眼睛开始往上翻……

"嘘……没事了……"

于炀被一个人抱住了。

于炀依稀觉得自己在做梦。

梦里，祁醉抱住了他，拦住了他，没让他在激愤下做蠢事。

祁醉奋力将两人分开。祁醉一脚踩在许大伟胸口，将他踢开。许大伟险些被祁醉这一脚踢断了气，他竭力喘息，倒在地上不断抽搐。

祁醉从后面抱住于炀，不断道："嘘……嘘……"

于炀浑身发抖，冷汗不断涌出。

"没事了，是我打的他，全是我做的，我在正当防卫……"远处传来警笛声，祁醉侧头，在于炀耳畔不断安抚，"没事了，没事了，没事了……"

不知何时，HOG战队的众人纷纷穿着睡衣冲了出来。

"没事了，没事了……"祁醉将于炀整个人圈在怀里，低声道，"你做得很好，做得很好，你放心，这辈子我都不会让你再看见他。"

于炀眸子逐渐聚焦。

于炀深深地呼吸了下，扭头，看看紧紧抱着他的祁醉。余光里，赖华撸起袖子露出花臂，面露凶相；卜那那拎个棒球棍，大骂着冲了过来；老凯和辛巴每人手里也拿着东西；贺小旭鞋都没穿，拿着把水果刀，警惕地看着许大伟。

警察终于来了。

于炀闭上眼，脱力般倚在了祁醉身上。

他面前是扭动着被铐起来的许大伟，身后是整个HOG。

迟到七年的正义，这次总该得到伸张。

AWM

第二章

在做笔录前，于炀才反应过来，自己刚才险些杀了许大伟。

"没事，他挺好的，一点儿问题也没有。"祁醉在于炀耳边低声道，"记不清的就不要说了，懂吗？"

于炀愣愣地点头。

祁醉和贺小旭一直在于炀身边。

祁醉就在现场，贺小旭则是谎称自己知情，生生挤了过来。

"这事儿压得下去，信我。"贺小旭收了平时的调调，压低声音正色道，"咱们占理，没事的，有什么事你们尽量往我身上推，让我来跟他们打交道。你俩不要多插手，老子这辈子就靠着你俩发财，不要给我搞事，别抹黑自己，特别是你，Youth，你的名誉太值钱了，听到了吗？"

于炀深呼吸了下，没说话。

除了刚才失手掐了许大伟以外，于炀没有做任何会连累自己的事。

天知道他这些天是怎么忍过来的。

多少次，于炀都想把许大伟叫出来，开车撞死他，直接打死他，用手掐死他……

于炀现在都有点恍惚，眼前不断有幻觉闪过，他似乎真的杀了许大伟。

如果真的有平行时空存在，如果于炀没有遇见祁醉，那剧情应该就是这样上演的。

从小虐待自己的人出现了，他没有忏悔，反而要挟于炀要钱。

他敢出现就是在找死。

于炀会杀了许大伟，然后被迫伏法。

这才是从小在黑网吧里混出来的于炀会做出的事。

但这个时空里，于炀在一开始，在打第一笔钱的时候，就直接放弃了亲手处决这个人渣的机会。

他忍气吞声地和许大伟周旋。

他为了留下更多的证据,强忍着恶心尽量多地和许大伟联系。

他甚至因为不懂刑法细节,生怕这一次不能把许大伟关到死,去跟祁醉低头借钱。

就连贺小旭都在暗暗纳罕,觉得不可思议,不敢信于炀能忍得下来。

于炀抬眸,看向玻璃窗外正在打电话联系关系的祁醉。

祁醉如有所感,转过头来。

祁醉捂住手机,对于炀说了几个字。

隔着一面墙,于炀什么也听不见,但看唇语,于炀认出来了。

祁醉说的是:你放心。

于炀垂眸,眼泪突然流了下来。

我本能忍受黑暗,如果不曾见过光。

遇见了祁醉,遇见了HOG……虽只有短短数月,但于炀已经变了。

他舍不得死了。

于炀将头埋在手臂里,压抑着哽咽。

他放弃。

在以后漫长时间里,他不会再后悔没能亲手处决那个牲口。

如果所有苦难都有它的意义,那这几年辗转苟活的岁月,大概就是为了积攒足够的运气,让他遇见他的这束光。

"没问题吧?"贺小旭跟祁醉合计,"那个男的……不会有什么伤吧?就说是我掐的吧,反正也没人认识我。爆出来就爆出来,我就当风光了一把。"

"不用。"祁醉摇头,"而且也爆不出来,联系好了,不会见报,也不会有媒体知道,再说……本来就没什么大伤,真要验伤也不怕。"

贺小旭心头邪火起,阴狠道:"他有本事就让他验。"

"别多事。"祁醉看着于炀的背影,淡淡道,"别糟践他的心意……这事儿可以好好处理。"

贺小旭冷笑:"肯定能啊,都敲诈了快三百万了,警察都惊了,这么大的案

子……于炀聪明，知道把事闹大，我刚才打听了，这个老东西已经花了十几万了，看我不告得他在牢里归西……"

祁醉沉默片刻说："五十四岁了……"

"给他选个'好'监狱。"贺小旭冷冷道，"稳稳地能送终了。放心，老子将来送他一副好棺材，肯定给他安排得明明白白的。"

祁醉没多说话。

许大伟势必是要吃牢饭了，人证物证都在，通信记录有，转账记录有，今天被抓现行时的现金也有，根本不用他们做什么，于炀全安排好了。

且作案背景、作案目的都是明确的，警察稍微一查就能了解到于炀的过往。

于炀隐瞒许久的童年，随着审问许大伟的过程，一点一点，全展现在了战队面前。

于炀为了不让许大伟有辩解的可能，知无不言，言无不尽。

他死死捂着的伤口被重新扯开，分析，评判。

HOG其他几人也跟来了，卜那那把牙咬得咯吱咯吱响，后悔自己睡得太死，没早点出来，在警察来之前也揍那个牲口几拳。

赖华阴沉着脸，联系自己的关系，准备给许大伟"好好安排"一下。

老凯还算冷静，他拦着众人："别太冲动了，也别表现得义愤填膺的……Youth不想让咱们知道。"

卜那那气得肺疼："这个人渣，他还算个人？唉不行……气炸了我，昨天于炀跟我借钱，我还逗他，我以为他是想给队长准备什么惊喜，他……怎么就不知道跟咱们商量商量？！"

赖华冷冷道："你让他怎么商量？告诉你们，他以前有多惨？还是求你们帮他，做掉他前继父？那是他自己的事，他已经成年了，是个男人了。"赖华抽了一下鼻子，低声道，"他要亲自处理，自己处理那个畜生。"

从小在糖罐里长大的辛巴通红着眼，难以想象，世界上怎么还会有这种人。

"都冷静下，Youth以后路还长，这事儿过去就过去了。"老凯最担心的还是于炀会被影响，"还好那个老东西什么都不懂，没在网上兴风作浪，现在没人知道什么。祁队说了，这事儿得压下去，大家都冷静点，这些天别直播别瞎说。"

卜那那气得脸发紫，压着火点头："当然。"

不同于队员们，祁醉从始至终都很冷静。

祁醉自虐一般地听着于炀复述自己童年时遭受的虐待，一字不漏地，像是要刻在心里一般。

祁醉回想一年前，自己推开于炀头也不回地走了的那天。

于炀当时是怎么想的呢？

祁醉出神一般自言自语："你怎么忍心呢？"

案情很简单，没什么疑点，于炀把事情交代清楚后，很快就被送出来了。

涉案金额巨大，被许大伟勒索的钱一时还不能还回来，好在大家都不在意这事，贺小旭自称是于炀老板兼远亲，留下来替于炀处理其余的事情。

贺小旭对外人一向手黑心毒，众人都放心，接了于炀就回基地了。

一路上，没人敢跟于炀说话。

下了车，进了基地的大门，直走到楼梯口，于炀才恍惚地反应过来，自己活过来了。

"对……对不起。"于炀喉结微微一动，"我……"

"放你三天假。"赖华抢在于炀前面道，"好好休息，别想东想西，案子有贺小旭给你盯着，需要你的时候我们送你去，别的事也别人给你处理。"

老凯点头："没什么对不起的，我们……也有责任，跟傻子似的，什么都没发现。"

卜那那眼眶红了："整个一队就你最小，我们还没好好照顾你……"

辛巴低头抹眼泪，撑不住哭了。

"其余人该做什么做什么。"祁醉轻轻握住于炀手臂，"我送你回你房间。"

于炀坐在自己房间的沙发上时，才真的觉得，脚踏实地了。

祁醉拿起于炀丢在桌上的棒球棍，暗暗松了一口气。

祁醉把棍子扔到一边，坐到于炀面前，半晌道："怪我……"

"不。"

于炀抬眸，尽力忍着，不让眼泪流下来。

"不是你，我今天应该回不来了。"于炀看着祁醉，声音发哑，"我舍不得战队，更舍不得……你。"

祁醉眼眶瞬间就红了。

"怪我。"祁醉深呼吸了下，本不想在这时候说这种话，但他太担心，只能道，"但这次是最后一次了。"

于炀也知道祁醉在早上突然接到自己消息的时候有多不安，他愧疚地看着祁醉，喉咙完全被卡住了，一句话也说不出来。

"再有事，跟我商量下。"祁醉抬手在于炀下巴上挑了下，一笑，"我们已经和好了啊。"

于炀压抑地哽咽，使劲儿点头。

"还有就是……"祁醉吐了一口气，"你这次闹的事有点大，大家都吓着了，也算是严重违纪了，别怪我，不处罚你是不行的。"

于炀依旧点头。

只要能留在这里，于炀什么都无所谓。

"之前我就警告过你，不要随便动你的钱，看来你没当回事。"祁醉看着于炀，淡淡道，"从今天起，你的所有工资、奖金、代言收入……全部由我保管。"

于炀含着泪只是点头，祁醉说什么就是什么，怎么罚他他都愿意。

"保管到什么时候……看你表现。

"我每月会酌情给你零花钱，暂定一月一万，有大额支出再来找我，只要不是违法乱纪的事，我都会给你……多少都给。

"你的钱，我会按市面上最高利率的理财处理，等你需要的时候，连本带利全给你。

"然后……"祁醉轻轻握住于炀的手，轻声道，"既然钱全交给我保管了，每月给你妈妈和弟弟的钱……也该从我这里出。"

于炀猛地抬头。

于炀明白了,祁醉不是在罚他,祁醉是……

"每月几千,不多给,不少给,有个什么意外,我也会处理。"祁醉温柔地看着于炀,"你以后都不用再联系她了,我来。"

于炀苦忍半天的眼泪瞬间决堤。

多年来时时刻刻架在于炀心头的枷锁霎时被卸下,于炀崩溃一般跪坐在地板上,把脸埋在祁醉手心里,号啕大哭。

"忘了吧,这些人以后都跟你没关系了。"祁醉轻轻摸了摸于炀的头发,"有我呢!"

案子的事,不是必须于炀出面的环节都是由贺小旭和律师打理的,整个HOG数天不直播、不更博、不搞事,上上下下安静得吓人。

好在粉丝们的误解很合理:祁醉退了,HOG队员受到打击太大,无心杂务,都在闭关训练。

队内,大家最担心的人必然还是于炀。但出乎所有人意料地,于炀在大哭了一场以后很快就恢复了状态。

让所有人都无法想象的,就在出事当天的晚上,在其他人都无心训练凑在一起低声说话时,于炀按时出现在了三楼训练室。

虽然他状态显然不太好,有几次失误,但该有的训练,他一个小时都没落下。

卜那那吓得一直摸胸口,跟其他人窃窃私语:"你们也太不是人了吧?这个时候……就不能给他放几天假吗?"

贺小旭敲卜那那的头,说:"我跟他说了!这两天不用参与训练,他自己不同意,我有什么办法?"

老凯唏嘘:"这是什么心理素质……他跟祁队一样,都是机器吗?"

赖华是这些少爷里家境最不好的,早年也混过两年,更能理解于炀。他冷冷道:"不然呢?把自己关在房间里?躲在被子里哭?不好意思,我们穷人家的孩子没你们那么金贵,贱命一条,一天不工作就是等死,没那么多工夫伤春悲秋。"

辛巴忍不住道:"教练,你现在可不穷,你年前刚买了房……"

卜那那小声说:"还有,你也不是孩子了……"

赖华怒横了两人一眼,辛巴、卜那那立马闭紧嘴巴。

祁醉倚在一边,沉默不语。他和别人一样,也经常被于炀震惊到。

似乎不管别人如何摧残于炀,他都能从夹缝里奋力挤出来,迅速包裹好伤口,马不停蹄地继续前行。

他天生命不好,所以更没时间沉湎伤痛。

他吃的苦太多,真的一件件舔舐,怕是一生都要碌碌无为。

"该做什么做什么去。"祁醉淡淡道,"比你们天分高这么多的人都不敢懈怠,你们在做什么?"

天分最差的老凯摸摸隐隐觉得疼的脸,讪讪地走开,去训练了。

祁醉倚在训练室门口,远远地看着于炀。

祁醉不是没设想过于炀以前遭遇的种种,他只是没想到会有这么惨。

在隐隐知道于炀的过去时祁醉就在想,要对于炀多好,才能补偿他以前受过的苦。

这会儿祁醉突然明白,是自己自大了。

于炀并不需要自己因此偏爱他。

于炀足够坚韧,不需任何人去呵护他的伤口,也不想任何人因此对他有特殊的照顾。

他拒绝用自己受过的苦难来博取宽容。

他不需关照,一天都不休息就来训练,只是在对战队、对自己负责而已。

坚毅如于炀,抗拒别人怜爱他。

案子处理得很顺利,有贺小旭在管,祁醉很放心。

一簇险些引起火灾的火苗被这么悄无声息地熄灭在了HOG内部。

贺小旭在替于炀处理一些相关事宜时,有机会见了许大伟一面,替于炀捎了一句话。

祁醉蹙眉:"于炀说什么了?"

"Youth说……"贺小旭勾唇,"当年没打死我,后悔吧?"

祁醉愣了下,彻底释怀。

祁醉轻笑:"以后他带队录赛前视频也这么嘲讽怎么办?"

"前队长就是个群嘲高手,新队长有样学样呗!"贺小旭冷笑,"那个人渣差点气死,活该……对了,Youth这两天怎么样?明天他们一队有个体检,周六他作为队长有个活动,没问题吧?"

祁醉不确定:"体检没问题,活动……给我看看脚本流程吧!他状态还好,但要是活动内容不太合适的话,我替他,或者我陪他去。"

"不行。"贺小旭算盘打得啪啪响,"你出场费高,不能便宜了活动方。"

祁醉根本不理他,接着说:"无所谓,他好不容易状态好点了,别冒险。"

贺小旭知道自己管不了祁醉,无奈地耸耸肩,不聊这个了。

贺小旭合上资料夹,紧张了好几天,雨过天晴了,他也有了八卦的兴致:"你俩都讲开了?"

祁醉笑了下没说话。

"说说。"贺小旭一肚子抱怨,"赖华整天在忙青训的事,忙得找不着人了,想和人聊天也找不到,反正你现在也闲……"

祁醉闲着也懒得跟贺小旭唠嗑,他问道:"这期青训怎么样了?几个人?"

"八个人,人已经定下来了,就差签合同了。"贺小旭唏嘘,"这一期还是两个月……不知道能不能留下一个。"

祁醉并不乐观,上一期能留下一个于炀已经足够幸运了,哪儿有那么多天才供他们挑选。

"辛巴还是差得太多,二队也没什么可用的了,老赖有点着急了。"贺小旭叹口气,"青黄不接啊……"

祁醉想了下道:"不然让他忙青训吧,一队这边暂时由我来指导。"

"不行。"贺小旭想也不想拒绝道,"不说技术,老赖能镇得住人,队员们都怕他,你呢?你能狠得下心骂Youth?"

祁醉笑道:"他好好的我为什么要骂他?"

"练习赛失误呢? 我也没少听老赖训他。"对此贺小旭毫不通融,"你乐意开小灶没人管得了,我巴不得呢,但不能真的接手,不便于战队管理。Youth状态恢复后也得来盯青训,他现在是队长了,需要帮忙筛选。"

战队管理的事还是得听贺小旭的,祁醉点点头:"我上去了。"

"别啊! 好不容易说完正事了! 聊聊八卦啊!"

不能接手于炀的教练工作,祁醉心里不痛快,懒得理他,转身上楼了。

第二天要做这个季度的常规体检,贺小旭怕他们的体检结果不好,当天晚上早早地结束了训练,不许任何人加训,把人全赶回了宿舍。

翌日,除了祁醉这个有私人医生的,众人起了个早,没吃早饭,哈欠连天地被拉走体检了。

保姆车上,卜那那睡眼蒙眬,喃喃道:"就不能不体检吗? 年前刚检查过,我挺健康的啊……"

贺小旭白了卜那那一眼,说:"血脂没问题?"

"没有!"卜那那不满地低吼,"每次体检都要特意强调我体重,讨不讨厌?"

于炀侧头看卜那那:"每次?"

"一个季度一次……就没咱们战队查得这么勤的。"老凯摇头感叹,"贺经理和祁队定的规矩,必须去查,知道的,是怕咱们太辛苦,身体出什么问题,不知道的……"

卜那那幽幽道:"还以为咱们是那啥! 有事没事儿被拉去体检。"

于炀正出神,闻言呛了下,咳了起来。

于炀下意识地要拿矿泉水瓶,辛巴拦了他一下。

辛巴笑笑:"不让喝水的。"

于炀回神,忘了这茬。

卜那那见于炀脸上带了点笑意,满意地抖了抖肚子。

"不强迫你们,你们会老老实实去检查吗?"贺小旭唠唠叨叨,"每天的水果都要洗好切好了放到你们嘴边才吃,整天昼夜颠倒,只想吃烧烤、小龙虾,不经常检查着点,谁知道你们缺什么少什么?! 老凯上次不就被查出缺钙了? 年轻不在意，等你们老了骨质疏松了怎么办?!我怎么跟……"

贺小旭本要说怎么跟你们父母交代，但碍着于炀，转口道:"我怎么对你们负责?拉你们出来遛遛还不乐意……算了，放半天假，一会儿检查完爱做什么做什么去，晚上九点前回基地就行。"

众人欢呼。

于炀垂眸，轻轻笑了下。

HOG是真的很好。

众人去的是熟识的私人医院，细细检查后不多时就出了结果。

大家资料都还好，就是赖华依然有点高血压，不至于吃药，但也要注意饮食和作息。贺小旭陪赖华听医生的教训，其余人原地解散了。

于炀谢绝了其他人的邀请，自己随着战队的车回基地了。

祁醉不在，他没什么可逛的，只想早点回基地训练。

回去的路上，于炀让司机停了下，自己去排了半个多小时的队，买了几盒青团。

他昨天训练的时候依稀听见祁醉和卜那那聊到这家网红店，听祁醉的意思，应该是喜欢吃的，只是懒得去排队。

他正好有时间。

回到基地后于炀上楼，看着四处都空荡荡的才意识到……今天基地里只有他和祁醉了。

工作人员今天都放假了。

刚刚下午两点，于炀不确定祁醉起没起床，他轻手轻脚地走上楼，听到了训练室里的键盘声。

祁醉在用小号单排。

"回来了?"祁醉退出游戏，"别人呢?"

于炀犹豫着把手里的青团放在祁醉桌上:"贺经理给放假了，他们去玩了。"

祁醉看看桌上的青团，嘴角不自觉地往上挑:"你怎么不去?"

祁醉怕于炀是担心没钱，道:"你卡上有钱的，给你打了三万。"

"我不想玩。"于炀小声道，"你……你喜欢吃这个吗？"

祁醉心里一暖。

"喜欢，正好午饭没好好吃。"祁醉拿起一个来，剥开后递给于炀，"排了多久？"

"没几分钟。"于炀规规矩矩地站着，接过青团低头咬了一口，含糊道，"挺……挺好吃。"

怎么可能只排了几分钟？

祁醉看着于炀因为低血糖而略显苍白的嘴唇，在心里叹了一口气。

"坐，给你倒水。"祁醉起身，"体检结果怎么样？"

于炀有点不太好意思地坐在祁醉电竞椅上，低声道："挺好。"

祁醉把热水递给于炀，又问："挺好？都查了些什么？"

全是废话，队员们的体检项目都是祁醉要求的，他怎么可能不知道。

"忘了，血常规什么的？"于炀尽力回忆，"抽血……血压还有什么的，好像还测了微量元素……记不太清了。"

祁醉顺势握住于炀的左手，低声问："抽的左手？"

于炀点头。

祁醉顺势挽起于炀的卫衣。

祁醉看着于炀手臂上的针孔："疼不疼？"

又不是小孩子了，怎么可能会怕这点儿疼，祁醉这么问，不过就是逗他玩……

于炀耳朵渐渐地红了。

祁醉嘴角微微挑起，不放开于炀，重复道："问你呢，疼吗？"

于炀尴尬地摇头："不疼……"

"这么能忍？"祁醉轻笑，"我就挺烦抽血的，我觉得疼……"

于炀脸颊红了。

祁醉莞尔，放了于炀，他吃了个青团，擦擦手后坐在了于炀机位前。

于炀早上在自订服练了半小时的枪，机子没关，祁醉刚才一碰鼠标屏幕就解锁了。

祁醉轻敲键盘，无奈道："你的机子什么密码都没有吗？"

于炀嗯了一声，叼着烟含糊道："麻烦……"

"那这也太自动了吧？"祁醉失笑，"我就碰了一下，你几个账号都自动登录了。"

于炀点头："都是设的开机自动连接，节约时间……"

"但是……"祁醉叹息，"你早上是抽空直播了一个小时吧？你直播账号自动连接了……"

于炀脑子瞬间一片空白。

"放心，直播是我坐到这才开始的。"祁醉索性放大页面，大大方方地看着镜头，忍笑，"你们炀神没开直播，是我坐在他这不小心碰了他的机子。"

祁醉打开直播助手，被扑面而来的弹幕晃得眼睛疼。

"啊啊啊啊啊啊，我祁神！祁神你终于直播了，啊啊啊啊啊啊！"

"妈呀！我就知道盯Youth直播间有糖吃，Drunk居然在这里出现了，嗷嗷嗷……"

"呜呜呜呜呜，祁神！爱死你了，呜呜呜呜……"

"两个男神合体了？嗷嗷嗷嗷，我不行了。"

"看Banana的微博，HOG今天不是体检加放假吗？怎么你们两个在家？"

"刚才发生了什么？你俩在聊什么？祁醉为什么在于炀直播间？"

"同好奇，为什么祁神在这个直播间？祁神是要帮我们Youth混时长吗？"

祁醉看着弹幕一挑眉，笑道："行啊！我帮他给你们播一会儿……"

祁醉看看左右，喃喃道："给你们播点什么呢……哎，你们吃过青团吗？"

于炀忍无可忍，自己过来关了直播。

祁醉无辜地看着炀："这也不是我故意的，你计算机太不设防了……"

于炀自然不怪祁醉，他费力张了张口，看看桌子上的青团，说不出话来，顶着一张大红脸出去吸烟了。

祁醉憋笑憋得肚子疼。

祁醉回到自己机位前，少见地开了直播。

于炀刚才没回避祁醉的接触，说明他在慢慢接受别人。

祁醉心情实在太好。

他想找个人说说。

祁醉本来想找花落的，但给他发了两条消息，花落都没回，发第三条的时候，花落暴躁地发了一条语音过来，让祁醉不要无端引起事端，干扰其他战队的正常训练。

祁醉打字：凋零战队有什么可训练的？你看我们战队，都放假了，人全跑光了。

花落：凋零你大爷，老子战队崛起，分分钟的事。

祁醉：别训练了，去，把你们的人包括后勤工作人员什么的，都召集起来。

花落：做什么？

祁醉：我给你们讲讲我跟于炀的事。

花落：你神经病啊！

任凭祁醉如何挑衅，花落都不再回复祁醉了。

职业圈里除了花落，别人一般不会跟祁醉聊闲篇儿。

业火、海啸他们太年轻，跟他们说不到一起去，找周峰聊……那基本就是在对着树洞倾诉了，周峰一般不会做出任何回应。

寂寞。

很寂寞。

寂寞的祁醉，开了直播。

他不信刚在于炀直播间露了脸，没人来蹲他。

果然，开播不到一分钟，还在于炀直播间嗷嗷待哺的粉丝全扑了过来。

祁醉求仁得仁。

天台上，于炀蹲在花坛边，低头吸着烟。

今天有点风，把于炀的黄色刘海吹得乱糟糟的，看不清他脸上的表情。

但如果凑得够近，就能看见，于炀的嘴角是微微勾起的。

于炀在偷偷地开心。

祁醉刚才和他靠得很近，但他并没有怎么难受。

其实在于炀失控的时候，两人有过更近距离的接触。

祁醉拥抱过他。

虽然是为了拦住他，不让他做蠢事，但那确确实实是个拥抱。

于炀当时焦虑症犯了，对那几分钟的记忆并不明确。

前几天于炀心情不太好，没细想过，这会儿情绪完全被安抚好了，于炀开始怀疑是不是自己出现幻觉了。

于炀刚才就想问祁醉，但不太好意思。

如果是真的，那忘了这么重要的事有点过分。

如果是假的，问这种事也太别扭了。

于炀深吸了一口烟，还是觉得……应该是真的。

如果是真的，那是不是说明……

他已经逐渐把心结放下了呢？

于炀忍不住想笑，他低声骂了自己一句，把烟头熄灭在矿泉水瓶里，丢进了垃圾桶。

今天真的有点太尴尬了，不适合多聊，等哪天气氛好的时候，于炀会问问祁醉，确定一下。

于炀平静下来，回了训练室。

练枪讲究一个手感，一天都不能松懈。享受了这半天的闲暇该知足了，不能太贪心，于炀准备专心练上四五个小时，等到晚上他们回来了再吃夜宵。

近期有些小比赛，再过几个月有世界联赛，于炀担负着整个战队的荣耀，一分一秒都不敢懈怠。

调整好状态的于队推开训练室的门，表情逐渐僵硬。

"嗯，这是他给我买的。

"你们想吃？自己买去啊，又没人给你排队。

"不是我让他去的，他非要给我买……

"文身？不是发图了吗？

"为什么文在小腹……问Youth去吧。

"嗯，今天基地没人，都去玩儿了，他为什么不去？因为我留在基地了。

"嗯，周六有个活动，我应该是陪他去……他跟队长们不太熟。

"他为什么回基地？你……你刚进直播间吧？算了，我再来讲一遍，你们看好这个青团……"

现役队长Youth几乎窒息，说："队长……"

祁醉偏头看看于炀，咳了下，把手里的青团放在桌上，含糊道："嗯，算了不说了，让她们给你科普吧……"

于炀低头揉了揉眉心，靠着极强的职业操守，挣扎着坐回了自己机位前。

坐下时，好像还跟跄了一下。

于炀登上游戏，尽量镇定地在韩服单排。

他左耳是高端局的枪林弹雨，右耳是祁醉直播自己和他的点点滴滴。

于炀竭力忍耐，几次想摘了耳机，纠正夸大其词的祁醉。

于炀勉强排了两个小时，积分直线下滑，名次直接掉出了前十。

远在江另一边的一所高端会所里，卜那那醉眼蒙眬地看着手机，讷讷道："唉……队长好像直播呢？"

辛巴抬头："哪个队长？"

"祁队。"卜那那打了个嗝，"人气好高……他又做什么了？说好的这一星期整个战队低调做人不搞事呢……"

贺小旭唱罢一曲，优雅地放下麦克风，拿起手机。

几分钟后，贺小旭对着麦克风绝望嘶吼："祁醉！啊啊啊啊啊！我为什么要把你留在基地！你就不能消停一天安安静静地做个人吗？啊啊啊啊啊啊！"

AWM

第三章

贺小旭又想开会了。

他想召集大家好好讨论一下，该给HOG编外闲散人员祁醉安排一个什么样的职位。

"免得他整天没事做，自己给自己带节奏！"贺小旭崩溃，"论坛、微博全在讨论他！他有病啊？刚才骑士团经理给我打电话告状，说他非要骑士团暂停训练！聚在一起！听他讲那关于Youth的故事！他是不是疯了？！"

"别激动别激动，我驾照拿了没多久，您一嚷嚷我手抖。"唯一没喝酒的辛巴紧张地擦擦汗，扶着方向盘，"祁队是忙习惯了吧？突然休息了，不适应……"

"他是在报复我吧？"贺小旭气得使劲儿拍卜那那的大腿，"就因为我不让他给一队做教练，他就报复我？他去虹口打听打听！我贺娘娘是好惹的吗？！"

"不好惹不好惹，消消气消消气……"卜那那让贺小旭拍得腿麻，咬牙忍着，"他想给一队做教练？"

"对啊，说白了，就是想给Youth做私教！"贺小旭翻了个白眼，说，"我还不知道他？没事找事！真把于炀当儿子了！还不是为了给于炀开小灶？"

卜那那艰难地把自己的胖腿抢救回来，心疼地揉着自己的大腿肉，搭腔："愿……愿闻其详。"

贺小旭冷笑道："他一直不赞成Youth每天训练这么多个小时，一直想让老赖取消Youth的加训。老赖和Youth都不同意，就搁置了，等他做了教练，这事儿不分分钟处理了？"

老凯闻言惭愧地说："Youth在大雪纷飞的韩服单排掉分，我却在会所的艳阳里喝酒唱歌……"

"闭嘴！"贺小旭越想越觉得祁醉是在报复他，因为喝了点酒，心里更觉悲戚，凄凄惨惨道，"我的命怎么这么苦？Youth好好一棵摇钱树，到现在还没组起太太军团，后面还总有拖后腿的，我原先以为，我能上半辈子吃祁醉，下半辈子吃于炀，一辈子荣华富贵衣食无忧……"

一路上，贺小旭感叹世事无常、事过境迁、沧海桑田，回到基地后眼皮都抬不起来了，被赖华抱进了房间。

进房间前，还遇到了天杀的祁醉。

祁醉吹了声口哨，说："你俩干吗呢？"

赖华气得脸黑红黑红的："他骂你骂了一路，累得睡着了！"

祁醉自知理亏，忍着笑说："我俩没闲着，刚才吃晚饭的时候，替你们整理了下青训生的材料，每个人的单项指导意见已经做出来了。"

赖华悻悻道："还算有点良心。"

"你们都喝酒了，明早肯定起不来，干脆再放半天假吧。"祁醉异常好说话，"明天的活动别让贺小旭跟着了，我去就行。"

赖华没那么多花花肠子，觉得挺合适，点头："行，那明天不叫贺小旭起床了，让他睡，你陪Youth去吧。"

祁醉满意一笑。

翌日早上八点，闹钟响了以后于炀迅速起身，洗漱后吹干头发，扎了起来，换上一身新的队服，拿过外设包装了点必需品，出门上了车。

司机早早地等着了，见于炀来了打了声招呼。

于炀看看左右："贺经理呢？"

"不知道哇。"司机也挺奇怪，"前天就告诉我，今天八点之前准备好车，接你俩去做活动，这都快八点半了，也不见他……他平时不迟到啊。"

于炀正要给贺小旭打电话，基地大门开了。

于炀愣了。

祁醉穿着当季新款西装，脚下踩着新款皮鞋，一边整理着袖扣一边走出

来。

祁醉上了车："走吧。"

于炀咽了下口水："贺经理……"

"哦，他昨天喝大了，拜托我替他。"祁醉泰然自若，"我暂代一天经理，带你去做活动……怎么了？不行吗？"

"没有！"于炀忙摇头，"挺好。"

祁醉甚少穿得这么斯文，于炀忍不住时不时地侧头瞟他，心里忍不住想，祁醉的太太团比别人的都庞大，不是没道理的。

这个人……怎么能这么帅！

于炀清了清嗓子，没话找话："之前给我看的脚本有点粗糙，就明确说了时间地点，别的没详细介绍，今天……是什么活动？"

祁醉愣了下，他也不知道。

祁醉微笑："秘密，惊喜。"

到了会场后照例是化妆环节，于炀、祁醉谢绝了化妆师，等在一边。

其他战队陆陆续续地过来了，TGC、骑士团、Wolves、FIRE、母狮……

都是之前参加了亚洲邀请赛的战队。

众人看见祁醉都挺意外，除了花落拒绝和祁醉同框，别人都来打了声招呼。

业火对于炀笑笑："呦，小队长……在你之前，我是圈里最小的队长，江山代有才人出啊，十九岁……可怕。"

于炀和业火对了下拳，淡淡道："客气。"

业火的经理抓着他去化妆，其他人也陆续被自己经理叫走了。等人走光了，周峰独自走了过来。

"请多关照。"祁醉对周峰一笑，"这是我们的新队长，Youth。"

周哑巴点点头，算是打过招呼了。

周峰看向祁醉，略略迟疑，又看了看于炀，欲言又止。

祁醉一笑："有话就说。"

"我要是没记错的话……"周峰沉声道，"阿波罗是你们的赞助商之一吧？"

祁醉点头。

阿波罗，国内一线外设品牌，连续赞助HOG三年了，算是个主要赞助商。

周峰语气平静地说："既然是你们的赞助商，也在合约期内，怎么突然联系我们战队了呢？"

于炀眸子一缩，看向周峰。

祁醉顿了下，莞尔道："正常，你该高兴啊，赞助商觉得TGC更有前景。"

"我不是在跟你开玩笑，赞助这些事我不管，也没兴趣。"周峰淡淡道，"提前知会一声，走了。"

祁醉拍了拍周峰肩膀，微笑着说："改天一起喝酒。"

周峰走远了，祁醉脸上的笑意渐渐淡去。

于炀安静了半晌，道："赞助商是觉得我和你差太多吧？"

"瞎说什么。"祁醉一笑，"电竞新星，打破纪录的十九岁，你说你不行？"

于炀摇头："亚洲邀请赛上……你单排第一，周峰第三，我第四。"

祁醉失笑："就是一次比赛，只要是比赛就有偶然性，能代表什么？"

"但我们的实力就是需要比赛来表现。"于炀垂眸，"我和你差得太多……也比不上TGC的周峰。"

不等祁醉安慰，于炀又问道："队里的几个赞助，阿波罗占多少？"

祁醉哑然，沉默片刻道："百分之五十。"

于炀偏头看看自己左肩上的阿波罗刺绣图章，半晌无话。

一半的赞助，马上就要没了。

外面许多人叫HOG少爷团，不只是因为祁醉和卜那舍得花钱，也不是贺小旭天生散财。

战队福利那么好，那是一代代的神之右手用战绩打下来的，是赞助商们用钱砸出来的。

HOG战队队服上目前绣着六个赞助商的logo，不用多久，就要被撤掉一个了。

其他几个……于炀也不乐观。

祁醉已经退役，这只是个开始。

没了Drunk的HOG，已经不被人看好了。

于炀深呼吸了下，他之前也听祁醉他们打趣骑士团战队什么的，HOG现在队内也经常开玩笑，自嘲凋零路上手牵手了。但玩笑只是玩笑，于炀并没什么感觉，现在主要的赞助商马上要支持别的战队了，凋零的事实才真真切切地摆在了面前。

原本各方面都是第一的HOG，已然要被TGC取代了。

"这些是我和贺小旭他们这些高层要考虑的，跟你没关系，你只要好好训练。"祁醉抬手捏了一下于炀的脸，一笑，说，"队长，你的责任是带好战队，提高成绩……别给自己不该有的压力。"

于炀心重，之前许大伟那么大的事他能瞒得滴水不漏，祁醉实在不放心他，忍不住又道："赞助商更换也是正常的事，别小看贺小旭，他挺能折腾的，没了阿波罗，还会有别的……"

"赖教练退役的时候……"于炀抬眸看着祁醉，"也有赞助商撤资吗？"

祁醉沉默。

祁醉没法说谎，静了片刻摇头："没有，我当时已经是明星职业选手了，商业价值足够支撑起整个战队的运营。"

于炀懂了，祁醉当年可以，他现在却不行。

祁醉尽量把声音放得轻柔："但我当时比你大，出道也早，我……"

"我会努力。"

祁醉一愣。

"阿波罗不赞助就算了，其他几个……"于炀看看自己身上的logo，沉声道，"要走也没事……队服上的赞助商logo没了就没了。队内福利差了也没事，我本来就能吃苦。我会努力……带卜那那，带老凯，带辛巴……青训也会盯着。"

于炀笨拙又生硬地安慰祁醉："我不会让HOG真的凋零，你当时怎么挺过来，我就会怎么熬过来。"

祁醉难以置信地看着于炀。

于炀这是……反过来安慰自己吗？

"哪怕将来比赛时，我们队服上什么logo也没有了，也无所谓，只要身上还有咱们战队的队徽和国旗，我就能打。"

祁醉目光复杂地看着于炀，半晌说不出话来。

老天怜悯他八年来日夜拼搏太不容易，所以终于开眼，把于炀送给他了吗？

自己在战队后继乏人时负伤退役，交给了于炀一个将要被撤资的凋零战队，于炀没有丝毫怨言，反要来安慰自己。

"我……"于炀不善于说这些话，他顿了下，低声道，"我来HOG，本来也不是因为你们战绩最强、福利最好。"

贺小旭曾找出于炀入队时填的青训生问卷表给祁醉看。

问卷表的最后一题是，你为什么来HOG。

于炀写的是：Drunk。

于炀为了Drunk来的HOG，哪怕他的祁神已经退役了。

如果不是周围摄像头太多，如果不是忌惮于炀的焦虑症，祁醉忍不住想拥抱于炀了。

这个男孩儿的韧性怎么会这么强？

于炀让祁醉看得有点不好意思了，他揉揉脸，被工作人员请去拍照了。

祁醉同其他战队的经理或是领队一起，站在台下看着队长们依次拍宣传照。

十九岁的于队站在其他人中间，他个子明明挺高，但和别的队长站在一起时，很明显就能看出来他最小。

年轻的、稍显青涩的、一脸冷漠的于队长。

"那是Youth？可惜了……"

"可惜什么，这么年轻就当上队长了，HOG福利那么好，年入千万指日可待了。"

"话别说太早，HOG虽然刚在釜山拿了冠军回来，但今年TGC势头显然更好，回国后他们又换了一个狙位，现在周峰、海啸他们已经组起四战神队了。HOG呢？先走了一个俞浅夕又退了一个祁醉，换了个这么年轻的队长，以后……不好说。"

"HOG又在招青训了，没准……"

"别笑死人了，骑士团不也是常年青训？结果呢？之前去釜山又去做代购了吧？屁也没拿回来，花落的太太团还整天闭眼吹，真是够了……"

两个工作人员在远处窃窃私语，说的话一字不漏，全传进了听力过人的祁醉耳中。

骑士团的soso就站在祁醉身边，他如今是骑士团的教练，今天陪着花落过来的。

祁醉听得见，soso必然也听得见。

但soso面不改色，像是说的不是他的战队一般。

"听几句不顺耳的就要生气了？"soso吊儿郎当地插着兜，懒洋洋道，"比这难听的话我整天听，早习惯了。"

soso转过头看看祁醉，幸灾乐祸地一笑："提前熟悉一下？"

祁醉没说话。

"兄弟，说起来还是咱俩有缘啊。"soso想起自己刚退役那会儿了，心里不太是滋味，苦笑一声，"都是因伤退役，都是眼睁睁地看着战队凋零……你们战队是偷了我们骑士团的剧本吧？凋零都要一模一样……"

"少给自己加戏。"祁醉看着远处的于炀，淡淡道，"我们这边是励志偶像剧，你们是创业苦情剧，哪儿一样了？"

"你……"soso气得肺疼，"就不能有点凋零战队应有的颓败感？！"

祁醉爱莫能助："颓不起来，新队长才十九岁，前途无量。"

祁醉转头看向soso，好奇地问道："花落今年多大来着？"

soso气得不说话了。

直到活动结束，骑士团都和HOG泾渭分明，不打招呼、不说话、不同框、不交流。

"都是凋零战队，怎么还排外呢？"回基地的车上，祁醉叹息，"怎么？这种事儿还有老资格了？"

司机想笑不敢笑，憋得肚子疼。祁醉看向于炀，于炀戴着耳机闭着眼倚在靠垫上，不知何时已经睡着了。

他在抓紧一切时间补眠。

祁醉无奈，于炀今天回去肯定又要加训了。

玩笑归玩笑，出了赞助商撤资的事，两人心里怎么可能毫无芥蒂。

祁醉没打扰于炀，脱了自己的西装外套，盖在了于炀身上。

祁醉安静了一路，想着对策。

赞助商撤资，对祁醉个人而言，其实不是坏事。

祁母提点过祁醉，老板有可能会将俱乐部抛了。

那HOG混得越是差，产出越是少，越能坚定他脱手的想法。

阿波罗这个时候撤资，无形中推动了这件事。

但对整个战队而言，这事儿就不这么美妙了。

祁醉能买俱乐部，但他买不了赞助。

吸引赞助，不只是人脉的事，主要还是要靠成绩拼的。

赞助商跑路，贺小旭必然难辞其咎，追责什么的都是小事，战队内部资金有限，是否还能供得起这些队员的签约费？是否还能维持战队正常的日常开销？俱乐部是否还会如以往一样对战队有求必应？

祁醉年前死撑着不退役，担心的就是这个。

但半年时间一闪而过，下半年的赞助就不好说了。

被撤资后，队内福利可能真的不能像以前一样了。

骑士团的例子就在眼前，两年前，花落他们甚至换了一次基地。

原因无他，俱乐部供养不起以前那栋临江大别墅了。

基地条件降低，后勤人员裁员，队员奖金减半……这些事儿还会反过来影响队员们训练的积极性，比赛成绩越发不佳，形成恶性循环。

HOG已经习惯了在赛场上占据焦点，乍然跌下神坛……不知是什么情况。

一个多小时后回到了基地，两人下了车，宿醉醒来的贺小旭气冲冲地迎了上来，祁醉对贺小旭道："于炀去休息，你来……有事跟你说。"

贺小旭看着两人凝重的脸色，疑惑道："怎……怎么了？"

于炀摇头："我跟你一起。"

祁醉顿了下，一笑："好吧。"

祁醉有意避开了卜那那他们，叫上赖华，四人进了休息室开小会。

祁醉把阿波罗的事跟贺小旭交代了，道："不要直接去质问，别把周峰卖了。"

贺小旭气得手抖，勉强维持着风度，装作不在意地一笑："我知道，这种事儿还用提醒我？周峰真不错，给咱们提前打了声招呼……我试探一下？反正下个月就要谈下半年合同了，我不提周峰，就问一下，是不是早点订合同，这没事吧？"

祁醉点点头，贺小旭拿起手机，开了免提，拨通了相关人员的电话。

贺小旭同电话那头寒暄了几句，一向热络的经管人员的语气显然冷淡了许多。

贺小旭笑着说："合同快到期了，我下月可能要出差半个月，时间不合适，不然先合计一下？"

对方打了个哈哈："不急，不急……"

贺小旭一笑："是不急，但怕我出门耽误正事……"

对方笑了起来："这不还是急？怎么？哈哈哈，缺钱了？"

贺小旭脸色瞬间如沉水，他磨了磨牙，尽力堆着笑："怎么可能……"

对方道："哈哈哈，开玩笑。不是缺钱就再等等吧，今年你也知道……很多情况都不一样了，变动很大，现在还不好说。这样吧，下个月，我这边有几天有时间，到时候你带着你那边的人过来，我看看是不是安排一下……"

赖华气得脸都紫了，攥起了拳。之前谈赞助的事，阿波罗那边都是自己带着律师过来，殷勤得跟哈巴狗似的，上次签合同的时候，就是这个经管人员，还带着自己儿子，死皮赖脸地要跟祁醉合影，这才半年，这些人就……

贺小旭皱眉对赖华摇摇头，笑笑："好呀好呀，那具体几号？"

对方不着四六地瞎扯了几句，敷衍道："催什么啊？定不下来啊，看看吧，你们先听消息,我尽量早点跟你联系,好吧?"

贺小旭干笑:"好,我等着您那边的回复。"

贺小旭挂了电话,砰的一声将手机摔在了桌子上。

他气得脸已经白了,两条胳膊不住颤抖:"跟我这么说话……他们肯定已经跟TGC谈好了,但还要吊着咱们……"

"我今天听过更难听的,要我跟你复述吗?"祁醉飞快地按着手机,查自己手头能活动的钱有多少,"有了阿波罗开头,就有别的赞助商跟风,话虽然难听,但事是真的,分析综合实力的话,咱们确实不如TGC。"

贺小旭尽力平复情绪,他听了这话飞快地看了于炀一眼,缓了口气:"瞎……瞎说什么?!"

"队长说得没错。"于炀冷静道,"我承认,我和队长各方面都差太多,我也确实不如周峰。"

"没有的事。"赖华听不下去了,他竭力压着火,"都是这么过来的!以前也是起起伏伏的,又不是没过过,等这期青训出来,没准就……"

于炀摇摇头:"在青训里火速培养一个出来……不现实。"

贺小旭干笑,腿软着坐下来,无意识地奉承于炀,宛若抓着救命的稻草:"那是当然,怎么可能再找到一个你这样的?你天分高,而且不是真新人,心理素质又好。我也总跟老赖说,咱们是太幸运了,大概是我前年给四面佛烧香管用了……"

于炀皱眉,不适道:"不要跟我这么说话。"

赖华皱眉看向于炀,贺小旭愣了,结巴道:"我……我没说假话啊,本来……"

"很多东西我不懂,我硬要过来就是想表个态。"于炀起身,"战队在我就在,不管有没有赞助、福利怎么样,有比赛我就打,哪天没了基地,让我住网吧吃泡面也无所谓,我原本就是这么过来的。"

于炀直视着贺小旭:"犯错了,失误了,状态不好了,该怎么骂我怎么骂我,我不会走,不用这么跟我说话。"

贺小旭怔怔地看着于炀,眼眶一下子就红了。

"耽误了一上午,我去训练了。"

于炀拎起队服外套,出了训练室。

"往好处想,至少咱们不用担心主力队员会流失了。"祁醉敲敲桌子,莞尔,"新的神之右手已经能独当一面了。"

贺小旭忍了又忍,眼泪还是掉了下来。

赖华哽咽道:"那那、老凯、辛巴我也能保证他们不会走,真的福利不行了,我不要工资了我也不走。"

贺小旭使劲儿抹了一把眼泪,拿起了手机。

贺小旭追拨了回去,阿波罗的经管人员不多时就接了起来,对方语气有了点儿不耐烦:"不是跟你说了吗?得等我这边有了计划,我就……"

贺小旭深呼吸了下,气运丹田:"我计划你大爷!"

三楼,刚坐稳的于炀手一抖,摘了耳机,茫然地抬起头。

刚刚起床的卜那那穿着睡衣探出头,迷茫地看着走廊,正撞见也是一脸懵懂的老凯和辛巴。

没等大家明白过来,贺小旭的第二声咆哮穿透了整个基地。

"给你脸了是吧?怎么说话的?"

贺小旭大怒:"不是你觍着个老脸来跟我谈合同的时候?你敢说我没钱?老子一年赚多少你去打听打听!你一年都赚不了我一个月的工资,还敢讽刺我们战队没钱?!"

"让我等、等、等,等你家丧事的讣闻呢?"贺小旭撸起袖子大骂,"之前还有脸带着儿子来蹭合照,你还在朋友圈里四处炫耀说祁醉说你儿子有天赋,你儿子将来也要进HOG。笑死我算了,你告诉我祁醉什么时候说过这话?还是你耳癌晚期幻听了?!"

对方震惊不已,气得爆炸,他还没来得及反口骂回来,已被语速惊人的贺小旭隔着信号喷了一脸口水:"有病了就去看病!祝福癌症早日战胜你,我谢谢你!吊着我?还明里暗里地讽刺我?说我们现在跟以前不一样了?怎么不一样了?怎么?说不出话来了?哈哈哈,吓唬我?老子虹口贺娘娘,你来啊!赞助都没了我还怕你?!来!老子让你见识见识什么叫瘦死的骆驼比马大!滚!"

贺小旭不等对方喷回来，行云流水一般骂痛快以后迅速挂断了电话，冷笑着捋了捋头发："跟我玩儿拜高踩低？新鲜……"

赖华一脸震惊，嘴巴张得老大，半天说不出话来。

"贺经理威武。"祁醉面无表情地鼓掌，"我也觉得你工资是太多了，这个月的奖金是不想要了吧？"

"不要就不要！不缺那几万块钱！"贺小旭吼了一声，"反正他们是要转投TGC了！将来赞助商变动，就说是我没接洽好，得罪了经管人员，我来背锅，那也好过说是咱们战队不行，比不过TGC了！"

赖华一拍大腿："对啊！我之前还觉得掉代言这事儿太没面子，这么一说还可以！到底是你啊，还是有点想法……"

"主要还是为了出气，早看不惯这个东西了。"贺小旭长嘘了一口气，"本来就是互利双赢的事，能合作当然最好，不合作，觉得咱们不行了，说清楚了好聚好散！好歹也是合作三年了，稍微有点变动就不续约就算了，临了非要反踩我一脚不可是什么意思？还要吊着我，耽误我找新代言的时间，欠骂……"

贺小旭平了平火气，皱着眉说："行了，你们去忙自己的吧，我给总部打电话认罪，估计要被骂死，别在这听了。"

赖华忍笑，招呼着祁醉出了休息室。

三楼训练室，刚起床的一队几人围到了于炀身边。

卜那那穿着蜘蛛侠的睡衣，小心地捧着胸，低声问于炀："贺经理他……终于疯了吗？"

老凯皱眉拍了卜那那一下，卜那那忙闭上了嘴。

于炀犹豫了下，全说了。

于炀蹙眉："赞助代言什么的，我不是太懂，总之就是……没钱吧？可能以后日子不太好过了。"

几人默默无语。

这三人里面，就卜那那在战队过过几天苦日子，不过也是大环境下不得已吃的苦，大家当时都没钱，也不觉得怎么样。

老凯和辛巴出道就在HOG全盛时期，被别的战队抢了代言这种事，他们想也没想过。

辛巴咳了下，打破了寂静。

"那什么……"辛巴小声道，"你们知道Sunday战队吗？CSAO那边的一个战队，两年前昙花一现，首秀就是冠军，然后战队持续低迷，然后……"

"然后战队入不敷出，工资都发不出来了，直接解散，战队里几个天分高的人迅速被其他战队瓜分了。"老凯说，"天分不高、个人成绩一般的……没再听说了，应该是死在沙滩上了。"

辛巴可怜巴巴道："我以后不要工资行不行？别让我死在沙滩上。"

"别瞎说。"卜那那眉头紧皱，"哪儿就到这一步了？"

老凯轻轻摇头："别太乐观……你当大老板们是慈善家？没成绩、没赞助、没代言，还嗷嗷地给咱们砸钱？没钱了，军心不稳，一边发不出工资来，另一边别的战队拿着高薪合同诱惑你，正常人……"

"我不是正常人。"于炀打断老凯，淡淡道，"我有存款，吃穿可以自费，以后出去打比赛我可以自己买机票，住酒店也不用给我再升级房间，我什么日子都过过，无所谓。"

老凯长松了一口气。

有于炀这根定海神针在，其余都好说。

"我也是！"辛巴忙表态，"我也不要升舱了！我腿短，坐经济舱也不觉得憋屈！我也有存款，需要的时候我可以拿出来点，反正整天在基地训练，有钱也没处花……"

"瞎说什么？要出钱还用你？"卜那那拍拍肚子，"除了祁队，谁有我存款多？都是小意思，战队核心还是队员，赞助商再多能帮你打比赛？没了就没了，初代HOG什么都没有，不也打出成绩来了？更别提现在都攒下家底了，用心练就完事儿了，这些事儿让高层烦去。"

于炀垂眸，放下心来。

辛巴眼泪汪汪地说："我以后肯定好好训练，争取不再拖后腿……"

卜那那拍了拍辛巴脑袋。

“都去洗漱，我约了两点的练习赛，不能迟到。”于炀看了看时间，又说，“一点五十必须开机，去吧。”

倚在楼道墙上玩手机的祁醉嘴角带笑，下楼去了。

贺小旭的处理很快就下来了，总部罚了他一个季度的奖金。卜那那当天给贺小旭送了个男包。

“拿走，别谢。”卜那那胖手一挥，“也别问！拿走就完事儿了，还想要什么？说！”

贺小旭飞快地把包抓过去，翻腾包装。

卜那那眨眨眼，纳闷：“你不看看有没有指甲印划痕的，找什么呢？”

“门店里出来的怎么可能有划痕？！土鳖……”贺小旭找来找去，“票据呢？”

卜那那尴尬地说：“我这，给你……”

贺小旭接了过来，满意：“好多钱！我下午不在基地啊，出去退了去……”

“这么真实的吗？”卜那那心疼地看着贺小旭，“不至于啊，咱们还没到揭不开锅的时候……”

老凯真心实意地在担心那一天：“真没准……说起来，将来基地要是被收走了，咱们住哪儿呢？”

赖华后悔了：“我买房子的时候没想太多，觉得够我爸妈住就行了，早知道该咬牙买个大的，到时候当基地用。”

卜那那挑眉：“再大能有我家大？我爸妈常年在杭州，也不来，那套小别墅空着也是空着，将来住我家去。”

老凯原是本地人，闻言道：“这么说我家更大，还有一套小房子，可以当宿舍，加起来一共有……我算算……”

玩手机的祁醉抬头一笑：“你们是在比谁家更大吗？”

原本还要插话的辛巴咽了下口水，举手投降：“别比了……谁家也没祁队家大。”

话题终结者低头继续玩手机。

卜那那有点不服地说：“有钱了不起哦。”

老凯迅速接收到信号，抬头："就是了不起啊，祁队已经买了两套房了吧？沿江那套，确实也不比咱们这儿小了。"

"那算什么。"卜那那道，"有祁叔叔、祁阿姨住的那套大吗？"

老凯笑了："野心不小啊，还想住祁队父母家里去？"

"不是我想去吧。"卜那那面无表情地直视着祁醉，伸出一只手指，"交代吧，你是不是想带你儿子回去见爷爷奶奶？"

唯一没参与话题，抓紧一切时间在自订服练枪的于炀："……"

老凯合计："祁家我去过一次，我算算啊……宿舍按标间算吧？主卧肯定不用算上了，其他的……我跟那那一个房间，贺经理和赖教练一个房间，还有个小书房，辛巴睡好了，于队呢？"

老实人辛巴跟着认真算人头，着急："于队怎么办？他住哪儿？"

祁醉实在忍不住了，忍笑放下手机，莞尔："哪儿？我房间里啊。"

于炀的枪砰的一声走火。

卜那那和老凯欢快地鼓掌。

贺小旭小心地看了看于炀，低声道："他戴着耳机，听不见吧？"

赖华不确定："他听力特别好……不过应该没听见。"

"肯定没听见啊！不然不早瞪我们了？"卜那那唏嘘，"不知道为什么，我一训练就挺怕他的。昨天我失误了一枪，赛后复盘，他单独把我叫过去，倒没骂我，就面无表情地跟我分析……我不知道怎么的就腿软。"

辛巴狂点头："是！特别奇怪，炀神对我蛮好的，但一组队我就怕他，总觉得我要是失误，他会直接在我后脑勺上来一梭子。"

老凯道："有我惨？我这么一个天赋垫底的人，每天起床就看见他这个天赋第一的人已经单排一个小时了，你们懂这种对比冲击吗？堪称精神虐待！我感觉他随时都可能抬起头来看我，问我怎么有脸跟他一个队。"

贺小旭挨个敲他们三个的头："知道还不好好练！"

"已经加训两个小时了，再努力命就没了。"卜那那苦中作乐，"聊会儿，别催了。"

"突然感觉Youth是真可怜。"老凯唏嘘，"没赶上咱们战队的好时候……"

卜那那长吁短叹："他！是临危受命的坚强队长！"

老凯大声附和："他！是上帝赐给我们的希望！"

卜那那含泪更大声道："他！是顶起我们战队的脊梁！"

老凯站起身："他！是照亮我们HOG的灯塔！"

辛巴慌里慌张地放下腿上的抱枕，虽然什么也不懂，但也跟着站了起来。

"他呀！用那单薄的胸腔！挡住了那黑粉们的嘲笑！"

"他呀！用那瘦削的身体！撑起了神之右手的荣耀！"

"他！"

"他！"

于炀摘了耳机，冷漠地看着卜那那和老凯。

卜那那、老凯愣了一下后，吓得满地乱爬，手忙脚乱地坐回了自己的机位前。

卜那那一边慌手慌脚地找耳机一边小声说："谁说他听不见的……"

老凯马上甩锅："教练！"

"黑了心的，故意耍咱俩吧……"

"也怪你啊那那，你好好的吟什么诗，吟就算了，还那么大声……"

"怪我……调儿起高了……"

贺小旭和赖华憋笑憋得脸疼，起身下楼去了。

于炀冷着脸，深呼吸了下，他不经意扫了祁醉一眼，看着祁醉含笑的眼，咳了下。

"咳……"于队静了静心，戴好耳机，正色道，"服务器和密码发群里了，马上上号，准备五分钟后的练习赛。"

一队几人即刻道："是。"

AWM

第四章

"不得不说,自打Youth继任队长以后,一队训练刻苦了许多。"晚上一队一起吃饭的时候,贺小旭客观道,"我昨天看了下老赖的记录,这半个月,平均训练时长提高了两个小时,完全是以前赛时的状态。"

于炀放下自己的专用碗,咽下嘴里的米饭,嗯了一声,算是谢了贺小旭的肯定。

贺小旭这人素质很低,夸一个就要踩另一个不可。他转头看向祁醉:"前队长,羞愧吗?"

"经理……"祁醉放下叉子,面无表情,"我十七岁那会儿,也是每天训练十六个小时。"

贺小旭尴尬一笑:"呵……是吗?我当时还没毕业,没进战队,不清楚……"

贺小旭比祁醉大两岁,比祁醉晚三年入队。

祁醉虚伪地惋惜道:"不用尴尬,我也很遗憾没让你见到我朝气蓬勃、青春逼人的时候。"

贺小旭实在难以想象那个画面,忍不住道:"你……也朝气蓬勃过?"

祁醉拿过餐巾按了按嘴角,心平气和地说:"贺经理,没有人一出生就是老痞子的,您能理解吗?"

于炀呛了下,卜那那则笑得喷了赖华一脸水。

赖华气得瞪着眼,扯过餐巾擦脸,怒道:"吃饭的时候禁说骚话!队训第七条!不记得?!"

老凯笑得肚子疼,使劲儿点头:"记得记得。"

祁醉重新拿起叉子,说:"不怪我,贺小旭先人身攻击的。"

祁醉看看餐桌对面的于炀，心里其实认同贺小旭的话。

比起自己，于炀作为队长确实更能带动队员的进取心。

于炀目前的综合实力还不如祁醉，偶尔也会失误，也会犯错，也会挨骂，但这种不确定性，从某种程度上刺激了一队的其他几人。

"不能把所有重担全交给队长了。"

祁醉的退役，于炀偶尔的失误，让整个HOG都清醒了许多。

当然，最重要的还是于炀自有的那股坚韧的气场，比不上就加训，有失误就纠正。他对任何事都没有"避战"的心态，在他眼里，真的没有什么是不可能的。

说起来，祁醉坚持参加了釜山的邀请赛，也是受于炀影响了。

"我吃好了。"祁醉放下餐具，上楼了。

祁醉这几天在收拢资金。

他把投的那些理财产品整理了下，股票也全卖了，尽量凑钱。

他得在大老板想脱手俱乐部的时候，及时地把它买过来。

现在跟队员们说什么都没用，只有真的把俱乐部攥在手里了，大家才能真的放下心。

祁醉心里有个预估的价钱，与之相比，他手头的钱还差不少。

祁醉站在窗前，想了许久，给祁母打了个视频电话。

"稀客。"祁母在敷面膜，她稍微拢了拢头发，坐到落地灯旁边，"退休了就这么闲吗？"

祁醉一笑，把自己心里的俱乐部报价跟祁母说了下，问道："差不多吧？"

祁母点点头说："你爸爸之前找人预估过，差不多。"

祁母深深地看了祁醉一眼："钱不够吧？"

"也不是没有办法……"祁醉犹豫，"融资或者是贷款什么的，我就是怕……"

"怕你们老板着急，不等你去筹钱，甩给了别人。"祁母淡淡道，"论情分当然是过给你最合适，但谁也没这个义务等着你。"

祁醉点头："所以我想……"

祁母静静地注视着祁醉，不自觉坐直了身子，自己也不知道自己在期待什么。

祁醉一笑："让您帮个忙，帮忙搭个线，给我那套沿江的房子找个好买主，房子不小，急着脱手，不太好卖……"

祁母表情一僵，眼中失落一闪而过，又有了点隐隐的自豪。

少顷，祁母平静道："确实不好卖，我帮你问吧，多久要？"

祁醉说："最好是一个月以内。"

祁母轻嘲："那不可能卖出好价格来，那么大的房子……"

祁醉点头说："我知道。"

祁母道："提前给你打了预防针了，钱太少别说我联合外人坑你。"

"不会。"祁醉道，"你认识的人比我多，能卖出去就行，好价格肯定不想了，尽量多就行。"

祁母点点头，当着祁醉的面发了一条朋友圈。

祁醉看了一眼——

"太后：儿子终于混不下去，要卖房子活命了，×××的这一套，跳楼价便宜甩了，有意私聊。"

祁醉："别这么真实吧……"

"不然呢？匿名高价买下你的房子？"祁母冷冷道，"退休后电视剧看多了吧？看在母子情分上，好心劝你少看点，容易痴呆。"

"这点儿数我还是有的。"祁醉深情地看着祁母，推心置腹道，"您没跟我要中介费，已经是情深义重了。"

"自己清楚就好。"祁母着急洗面膜去，不耐烦地说，"还有事吗？"

"去吧。"祁醉笑了下，"皮肤保养得真好。"

祁母冷笑了下作为对祁醉这个马屁的回应，刚要挂断视频，祁醉的房门响了。

祁母警惕地一挑眉："谁？"

门外于炀低声道："队长……"

祁母飞快地揭下面膜，松开头发，将落地灯的灯罩当镜子，迅速让自己恢复端庄，然后优雅地倚在沙发上，"怎么？要向我介绍一下我的小孙子吗？"

祁醉问："你想见？"

祁母微微抬了一下下巴，懒得跟祁醉废话。

"我不作保证。"祁醉起身，"我肯定是劝他别进来。"

祁母拢了拢头发，翻了个优雅的白眼。

祁醉放下手机，开了门。

"嘘……"

于炀不明所以，闭上了嘴。

祁醉一笑："跟我妈视频呢。"

于炀忙噤声要走，祁醉拦着他，试探道："跟她打个招呼？"

于炀瞪大眼。

"那算了，我就说我把你轰走了。"祁醉笑了下，小声道，"等下，我马上来找你。"

"那什么……"于炀深吸一口气，挣扎道，"她知道我来了，还是……打个招呼吧，别糊弄她，这样不好。"

祁醉偏头看着于炀，失笑："你确定？"

于炀稍微有点紧张，犹豫着点点头。

"我妈……"祁醉迟疑，"她跟我不太一样，她人当然挺好，就是脾气……真没我好。"

于炀下意识地整了整队服外套，僵硬地点点头。

"那好。"祁醉推开门，嘴里念念叨叨，"我说了不要见不要见，非要打个招呼不可，太讲究了……"

祁醉拿过手机递给于炀："妈，这是Youth。"

两三分钟间，祁母已经把自己整理得随时可以开一场视讯会议一般端庄了。她抬眸，眯了眯眼："于炀吧？"

于炀拘谨地点点头："阿……阿姨好。"

祁母细看了看于炀，感叹："是真年轻……十九岁啊？"

"十九岁半。"于炀神经紧绷，"属……属兔的。"

祁母不知被戳到了什么笑点，她忍了忍，压下嘴角的笑意："知道，训练辛苦吗？昼夜颠倒的，适应吗？"

祁醉看了祁母一眼，明白了，自己妈并不是真的不懂什么叫温柔。

这算什么？隔辈疼？

"不辛苦！"于炀咽了下口水，机械道，"为国争光……应该的。"

祁母深吸一口气，好似被感动一般，偏过了头。

镜头拍不到的地方，祁母死死地攥着睡衣带子，不准自己笑出来。

祁母抬手，按了按眼角，把脸上残存的不得当表情遮了个一干二净，她脸上尽是善意："真是好孩子，唉……有点仓促，我已经准备睡了，衣服也换了，头发也乱了，真是不成样子……"

祁醉嗤笑。

祁母眸子一凛，祁醉识趣闭嘴，没揭穿她。

于炀忙摇头："看不出来，很……好。"

"还是太仓促了，不像话。改天吧，你不忙的时候，来家里坐坐。"祁母温和地笑笑，"别紧张，祁醉的那些队友，都来家里玩过的。"

于炀僵硬地点头："听……听您的。"

祁母又跟于炀聊了几句，然后挂断了视频。

于炀擦了擦额上的汗珠，惶然道："她……我……我不失礼吧？"

于炀没有这方面的社交经验，其实有点抵触的，但下意识地感觉自己不能敷衍祁醉的父母，真的打了招呼又有点后悔："我是不是……"

"很好。"祁醉微笑，"我妈就这样，能对你这么温柔就说明多喜欢你多重视你了。"

于炀还是有点不放心，祁醉又道："是真的，之前一个大赞助商想通过我跟她聊几句，她直接就把电话挂了。"

于炀震惊。

祁醉轻轻捏了下于炀的耳朵："对她没用的人，她不浪费时间多说一句话。"

于炀轻声道："你妈妈真漂亮，还这么关心你。"

祁醉不想让于炀想起自己妈妈，转口道："还行吧……疼我是真疼我，心狠的时候也真心狠。"

于炀不太相信："那么好脾气……"

"那是对你。"祁醉坐下来，懒懒道，"记得我跟你说过吧？刚入行那会儿，工资没多少，奖金也没多少，战队经常入不敷出。"

于炀点头。

"吃喝穿用，设备更新，出国训练……"祁醉淡淡道，"都是钱，俱乐部给的那点儿，不够我坐一次飞机的……那会儿我们几个轮番摊钱。

"这些人里面就我家里条件好，我肯定出得最多，但当时太小，攒的零花钱也有限，有一次实在太难了，我跟我妈低了一次头。"

祁醉一笑："就是刚进队那一年，我跟我妈妈借钱，跟她说，按高利贷算就行，我肯定能还给她。"

于炀本能地觉得……这事儿没这么顺利。

"她给我提的九出十三归的利。"祁醉一笑，"让我三个月全部还齐。"

于炀哑然，他对这个不能更了解了，这么重的利，祁醉不太可能还得上。

祁醉说："我就知道我还不上，所以我没借。"

祁醉当年少年意气，祁母更是个说一不二的脾气，危急时拉一把这种事，想也不用想的。

"她说正好，她也怕这钱打水漂，就把我轰出来了。

"倒不怪她……当年出来打职业的时候就说了的，以后饿死了算我倒霉，跟家里无关，家里的钱不可能再给我花。"祁醉倚在沙发上，淡淡道，"就烦那群什么都不知道的人，不管有个什么事，赢了比赛，输了比赛，新闻稿上都要带我爸妈大名，他俩招谁惹谁了，我又招谁惹谁了……"

于炀默默无言。

在很长的一段时间里，于炀闲下来就搜祁醉的新闻看。

对祁醉的家境，粉丝们常说的一句话是祁醉一定要打出成绩来，不然就要被迫回家继承亿万家产。

黑粉们说的就丰富多了，有说祁醉从出道就满身奢侈品目中无人的，有说祁醉一掷千金走关系进HOG的，有说祁醉靠家里砸钱才买到比赛名额的……

不知十七岁的祁醉在被祁母赶出家门时，看着这些新闻心里是什么滋味。

祁醉轻笑："老子到现在都没用过家里一块钱，从出道就是靠自己，说出来有人信吗？"

于炀没说话。

陈年旧事，这会儿不疼不痒地说一句我信有什么用？

祁醉释怀一笑，故意岔开话题："找我是想说什么？"

于炀想跟北美、欧洲那边约练习赛，想跟祁醉要点那边战队的联系方式。

这本来是贺小旭的工作，但贺小旭这两天请假，已经回家了，于队长自动自觉把这事儿接了过来。

祁醉听罢点点头，拿起自己手机，解了锁直接丢进了于炀怀里，说："拿去，用完后复制一份，发你手机上，你现在是队长了，该有这些人的联系方式。"

于炀拿着祁醉的手机一愣："我……我自己弄？"

祁醉回头看他："嗯？"

"不是……"于炀尴尬，"我怕你手机上有什么……"

祁醉明白了，一笑："没事，随便翻，我手机上没什么不能给你看的。"

于炀心里一热，深吸一口气后坐在祁醉房间的沙发上，小心翼翼地复制联系方式。

回家休息了两天的贺小旭懒洋洋地坐在休息室的沙发上，滔滔不绝地说着圈里的八卦，一刻不停地说了快两个小时。

祁醉麻木地在跑步机上缓慢地走着。

"哎，说正事，给你找了个活儿。"贺小旭抬头看看祁醉，"听到没？给点儿反应？我还给你们带礼物了呢！都是贴心的朋友，你这人怎么这样？"

祁醉淡淡道："谢谢你贴心的杧果，三百多种水果，我只对它过敏，你记得这么清楚真不容易。"

贺小旭尴尬："是……是吗？我一直以为你对凤梨过敏。"

"那是卜那那。"说起这个，祁醉蹙眉，"于炀有没有什么过敏的东西？注意点。"

"没有，Youth什么都吃，饭量快顶上整个一队的了。"贺小旭上下看看祁醉，"他只对你过敏吧？"

祁醉冷淡地继续慢走。

"不过敏，吃得多，但就是胖不起来。"贺小旭满腹牢骚，"官博下面现在分两派，祁太太们整天让我给你找点活，催你直播；Youth姐姐粉们整天骂我，说我奴役童工，不给他吃饱饭。我冤不冤！"

祁醉嗤笑。

贺小旭拍拍桌子说："说真的，我给你找了点儿事，人家千求万求让你帮个忙，我已经答应了，跟你说……"

打发走贺小旭后，祁醉晃去了训练室。

刚刚中午一点，其他人不是没起就是在吃早饭，只有于炀在练习加直播。

祁醉刚一靠近，只一个衣角入了镜，于炀的直播间就炸了。

于炀抬头，压低声说："我……直播呢。"

"知道，我又不说什么不能播的。"祁醉让开了点，不入镜，他看着于炀桌面上的一个报名表，"做什么呢？"

"练兵。"于炀低声道，"DW比赛，线下赛，我给大家报名了……虽然是小比赛，但我们四个还没一起磨合过，我想试试。"

祁醉沉默不语。

于炀其实并不完全了解HOG这边细碎烦琐的规定，讪讪道："我是不是……不能做主？"

"你是队长，在咱们战队有绝对的话语权，历代都是，这个不是问题，主要是……"祁醉看着于炀已经提交的报名表，目光复杂，"怎么办呢？贺小旭刚给我接了个活儿。"

于炀心头隐隐有点不好的猜测，他残存着一丝希望，结巴着问："是……是……"

"比赛解说。"祁醉憨笑，"DW的。"

贺小旭心中起起伏伏，麻木地看着祁醉和于炀，突然有点想辞职。

他，贺小旭，国内211大学经管专业毕业的高才生，年纪轻轻，盘正条顺，做点什么不能建设美好社会主义呢？何必辜负年华，任由命运在这基地中跌宕起伏，日日靠着静心口服液续命。

前队长主动背锅："算了，算我的，我想想怎么处理这个事儿……"

新任队长忙跟着分锅："我的错，我……我该提前跟你们商量。"

前队长一笑："跟你有什么关系，带队实战训练本来就是应该的……"

新队长摇头："怪我经验不足……"

"不怪你们！都怪我！都怪我好了吧？！"贺小旭崩溃，"祁醉你发誓！你发誓你正常解说！你不搞事！你发誓！你用卜那那的命来发誓！"

刚吃饱饭上楼来的卜那那警惕地看看训练室里的三人，问："你们在说什么？"

于炀尴尬，解释了下。

卜那那大怒："那关我什么事？这种毒誓一般不都是用前男友的命来发吗？！"

祁醉看向卜那那，温柔一笑："那那你刚说什么？再说一次？"

卜那那无端起了一身冷汗，他一边小心翼翼地贴着墙皮向着自己的机位蹭，一边小声道："不然……让祁醉找个人代替？讲真……我也不想听他解说我的比赛……"

"什么意思？"祁醉挑眉，"外面有非议就算了，咱们内部至少应该认可我的解说吧？"

祁醉看向于炀，于炀默默地咽了一下口水："认可……"

十分违心。

只有于炀还表面支持了下，片刻后上楼来的老凯和辛巴闻讯抱头"嘤嘤"了起来，拒绝之情不用言表。

世态炎凉。

祁醉偏头看向贺小旭，说："看到没？你给我找了个不被任何人期待的工作，自己战队的都不想让我去……"

贺小旭尖声说："我这些天憋着气！回家一趟也不痛快！我想让你去把那些战队挨个嘲讽一顿出出气！怎么？！"

"对啊。"祁醉看向老凯和辛巴，"怎么了？你们至于吗？你俩天分都很差，后天也不算太努力，唯一的优点就是心态够稳，怎么现在还养出玻璃心的毛病了？"

老凯、辛巴瞬间萎靡了。

祁醉缺德而不自知，看向贺小旭："我刚才嘲讽了？"

贺小旭艰难地扶着墙："算了，我再想想办法，马上两点了，你们先训练，别耽误正事……"

一队正常训练，等练习赛开始的间隙，于炀在steam上给祁醉发消息。

Youth：我没不想让你去……

Drunk：没感觉出来。

Youth：你……生气了？

Drunk：怎么可能。

Youth：你去解说，我怕我打不下去了。

Drunk：？

Youth：只有你……会影响到我。

祁醉看着消息记录，心情瞬间好了。

祁醉刚要回复，他手机振了下，祁母给祁醉发了条消息，祁醉出了训练室去打电话。

祁醉问："房子的事有动静了？"

祁母嗯了声，接着说："我一个同学的儿子要结婚了，想买那套房子。

"你可真是给我长脸。"祁母淡淡道，"那男孩儿和你同岁，人家买房子，你卖房子。"

祁醉没憋住，笑出了声。

祁母冷冷道："不错，至少还算乐观。"

"不。"祁醉勾唇一笑，"我确实在你同学面前给你长脸了，他儿子跟我同岁……怎么？他今年才买得起房子？我想想啊……"

祁醉回忆片刻，记起来了，说："那套房子是我二十岁的时候买的。"

"我不是来跟你叙旧的。"祁母略显不耐烦，"价格什么的我替你商量好了，我没脸去给你讨价还价，合适就答应了，你没事儿出来办手续。"

祁醉答应着："妥妥的，辛苦了。"

祁母说："没事儿我挂了……"

"等下。"祁醉一笑，"再麻烦你一件事。"

"什么事？"祁母"好心"地往祁醉心口捅刀子，"钱还是不够？要帮你把你另一套房子也卖了吗？"

祁醉往外走了走，说："帮我看看，有没有合适的小房子，不用大，位置好、户型好就行。"

祁母蹙眉。

"于炀也有点小积蓄了，一直放在我这，其实已经够一套首付了。"祁醉道，"他整天不出门，没花销，也不太懂理财，攒着存在银行里太傻了，我之前就想替他看房子，但没时间，也没你懂。"

祁母道："在你这存着的小积蓄……也不少吧？你不是缺钱吗？"

祁醉反问："那跟这个有什么关系？"

祁母停顿片刻，笑了。

祁母直接答应了，刻薄了祁醉几句后挂了电话。

收购俱乐部的前置条件已经完成，就等一个合适的时机了。

祁醉收起手机，往训练室里走。

"解说就解说吧。"一场练习赛结束，等待下一场的间隙于炀摘了耳机，对其余三人低声道，"已经定下来的事，别提了。"

卜那那绝望："我怕他一边解说一边骂我！"

老凯心事重重地说："我担心的更多，我怕他看不下去我的操作，让工作人员过来把我连人带椅子一起抬下去，他自己背着外设包上来……他会不会去解说都带着外设包以备万一？"

"怎么可能？"于炀低声道，"开玩笑归开玩笑，别在他面前说了……不太好。"

老凯憋着笑说："队长，祁醉没那么玻璃心，你看平时大家都是怎么互损的？"

"不一样。"于炀轻声道，"他虽然退役了，但心里应该还是想参与进来的，他最看重的就是电竞，别拿这个……开玩笑了。"

卜那那一笑："他最看重的不是你吗？"

于炀摇头："不是。"

走廊里的祁醉挑起眉。

不是？

祁醉淡淡一笑。

对小队长太绅士太温柔，惯得他已经开始胡说八道了。

训练室里于炀还在开解队员："没准以后就是真的做专业解说了，提前习惯吧。"

祁醉轻轻摇头，等俱乐部买下来，自己还真没这么闲。

于炀又道："你们都是好家庭出来的，不知道，下岗再就业什么的……不容易。"

于炀太偏心祁醉，已经开始胡言乱语："再说我觉得队长解说得很好，很犀利，一针见血。我不知道你们怎么样，我听着是真的觉得挺开心。"

"开心？"卜那那心疼地看着神志不清的于炀，一言难尽道，"好吧……既然你都这么说了，不过于炀……我希望你是真正的快乐。"

老凯一样心疼地看着于炀说："是什么让你这个动态视力TOP1的人变得如此盲目？是责任吗？是友情吗……"

祁醉听不下去了，咳了一声，训练室里顿时鸦雀无声。

祁醉像是什么也没听见一般，晃回了自己的位置上。

祁醉回想着于炀维护自己的样子，嘴角带笑。

他清楚于炀的安排没问题，新一队还没正式在线下赛上磨合过，确实该练练兵。

祁醉也知道自己确实会影响到战队发挥，考虑了两秒，祁醉想到了一个好办法。

卜那那之前说得对，找个人替自己就行了。

祁醉心情颇好，飞快想到了自己的老朋友，骑士团花落。

祁醉退出游戏界面，打开直播平台，花落正巧在直播。

祁醉有点自知之明，清楚凭着自己和花落的塑胶兄弟情，私下找他一定会被拒绝，所以想在公开平台打个招呼。

祁醉用自己的至尊会员大号进了花落的直播间，直播间里先全频通告了一下，然后弹幕疯狂地刷了起来。

花落正在准备练习赛，他抽空看了一眼直播间飞速滚动的弹幕，看了过来。

祁醉料定花落会答应下来。

都是要脸的人，不至于当面拒绝吧？

况且他还很有礼数。

兵马未动，粮草先行。

祁醉没提解说的事，先打赏了花落一个礼物。

折合人民币三角钱的一簇小花。

花落麻木地看着那朵孱弱的小花。

祁醉在弹幕上打字。

Drunk："兄弟，帮个忙。"

花落警惕地看着弹幕，防备着。

Drunk："有个比赛的解说，我这边有点问题去不了，你替我？"

花落尽力保持着风度，忍耐地说："滚……"

Drunk："吃人嘴短了解下？"

花落漠然地看着那朵价值三角钱的小花，道："你说这个？呵……我记得你那天一气儿在Youth直播间刷了几万块钱的礼物吧？"

Drunk："是啊，这个小花是我当时打赏他时，系统自动赠送的，有一百朵。"

花落抓狂道："那你至少全刷了啊！赠品都不给满了？！"

Drunk："我怕你不答应，还得留着点儿给周哑巴。"

直播平台系统公告：至尊会员Drunk被请出了骑士团Flower直播间。

"幸好没全刷给他。"

祁醉又打开了TGC战队队长周峰的直播间，他吃一堑长一智，这次一次刷了三朵小花……

不到三分钟，祁醉被周峰禁言了。

七分钟后，祁醉被FIRE战队队长业火请出了直播间。

十分钟后，祁醉十分有牌面地被母狮战队经理亲自请出了直播间。

十五分钟后……贺小旭上楼来了。

贺小旭拿一封辞职信以死相逼，成功阻止了祁醉，没让他继续造孽。

祁醉无奈地下了大号，关了直播平台。

这下不能怪他了，他尽力了，也不遗憾了。

解说这件事，还是这么定下来了。

"都别丧了，我也尽力了，但没人愿意替我，我有什么办法？"

比赛当天，祁醉没再穿队服，换了套衬衣加西裤，还打了条领带。他一边挽衬衣袖口一边道："也怪贺小旭，不提前告诉我TGC和骑士团也参赛，他们两个队长怎么可能不上场？上场了怎么帮我解说？"

卜那那小心道："你是真心觉得……他们是因为要打这个不是太正规的小比赛才拒绝你的？"

"当然，不然肯定就答应了。"祁醉整理好袖口，"我在圈里人缘……"

老凯一言难尽地看着祁醉，不忍提醒他，他现在基本已被所有国内战队直播间拉黑了。

赖华准备好也下楼来了，他正听见祁醉这一句，上下打量了祁醉两眼，说："没睡醒？状态不好？"

"好得飞起。"祁醉懒懒道，"都收拾好了？"

辛巴看看左右，问："贺经理和炀神呢？"

"贺小旭今天要谈新代言，早早就走了。"祁醉道，"Youth是队长，需要提前去赛场录几句垃圾话，两个小时前就走了。"

卜那那好奇："你怎么知道得这么清楚？几点走的你都知道？你起得这么早？"

祁醉笑了下没解释。

于炀早上不到八点钟就起了。

于炀起床后拿着牙刷香皂，去三楼的公共洗手间洗漱。

HOG基地的单人宿舍都是当年装修的时候做的隔断，隔音并不好，于炀要是在自己房间的小洗漱间里洗漱，多少会影响左边的卜那那和右边的赖华。

昨晚大家又加训到了两点，睡得都晚，于炀不想打扰他们，自己在走廊尽头的公共洗手间凑合了下。

偏偏祁醉起早了，出来溜达的时候，一眼看见了洗手间里漏出的光。

祁醉走过去的时候，于炀正在方便。

于炀头发乱糟糟的，遮住了半张脸，他只睡了五个小时，困得要死，一脸倦意，半睁着眼，表情麻木地站在马桶前。

于队长做什么都赶时间，他似乎是嫌弃自己尿得慢，还一脸烦躁地低声吹口哨催促："嘘……"

祁醉推门看见这一幕，马上偏开了头。

于炀听到动静迟钝地抬头，顿时醒了。

祁醉出了洗手间，倚在走廊的墙壁上，他忍了又忍，憋着笑低声问："小哥哥，做什么呢？"

"没……"于炀手忙脚乱地提起裤子，"没……没事……"

祁醉回忆刚才看到的那一幕，忍不住想笑。

等于炀方便好了，祁醉走了进去，看看洗漱台上于炀的东西，问："你房间的洗漱台坏了？"

"房间隔音不好。"于炀低声道，"我动静又大……"

"天气暖和就算了，天冷的时候别出来。"祁醉看看洗手间天花板上的两个通风口，"整个三楼就这儿冷，吵就吵，他们没你想的那么金贵细致，整天累得要死，哪儿就那么容易被吵醒了？"

祁醉说什么于炀都跟着点头，于炀心里有点暖，然后下一秒……

"不过，"祁醉看着于炀，认真问，"你刚才是在自己给自己吹口哨？"

于炀："……"

祁醉忍不住了，笑了出来。

祁醉转身往外走："不逗你了，洗漱吧。"

去比赛场馆的路上，祁醉总是想起早上那一幕。

他想找个人说说。

祁醉推推身边的卜那那："睡着了？刚才不还吃东西了吗？"

卜那那迷迷瞪瞪的，睁开眼："困了……怎么了？"

"马上就到了，别睡。"祁醉拧开一瓶水递给卜那那，"我给你讲讲于炀

的事。"

卜那那大吼:"你是不是有病?!"

这下好了,一车人都不用睡了。

老凯打了个哈欠,无奈地看着祁醉说:"队长……知道你俩关系好,但Youth从来不这样。"

祁醉笑着说:"你确定?他私下里不跟你们谈我?"

祁醉无意中都偷听到一次。

卜那那严谨了一下措辞,说:"是,也谈你,但都是说正事,他并不像你这样。"

祁醉冷冷瞥了他一眼。

卜那那翻了个白眼,扭过胖胖的身子,背对着祁醉继续打盹。

一刻钟后,HOG的车到了会场。

祁醉被请去了后台工作室。

祁醉的解说首秀是比赛主办方好不容易求来的,他们异常重视这次机会,给祁醉准备了单独休息室,配了化妆师还有临时助理,还请了两个如今比较出名的PUBG解说来做陪衬。

临时助理知道祁醉平时不化妆,柔声细语地劝道:"我们这次的比赛不是那种正式大赛,是偏向粉丝福利的那种,我听说HOG粉丝来了好多,大家都等着看您,这次场馆内灯光真的非常足,我们试过了,镜头特别吃妆!稍微化一点吧?选手们多多少少都化妆了!我看过了,一点都不明显。"

祁醉其实挺好说话,点了点头。

助理松了一口气。

祁醉拿起矿泉水瓶:"都化了?Youth呢?"

"嗯。"助理肯定道,"造型师第一个奔着他去的,哇,我这是第一次见到Youth本人,惊了,是真帅啊!哈哈哈哈果然HOG帅哥多,不过化妆应该没怎么化吧,好像就补了补眉毛。"

祁醉有点意外,笑了笑。

半小时后，祁醉被请到了解说席。

主办方给足了祁醉面子，把中间位置让给了他，还特意关照另外两位解说，祁醉第一次解说，拜托多给递话。

但开场后主办方就知道自己多虑了。

另外两个解说能从祁醉解说间隙插一句广告词都费劲。

赛前热身时间里，导播把镜头切给祁醉，祁醉跟大家打了声招呼，开始依次介绍这次比赛的战队。

这次比赛虽不算正式，但赛场布置得却挺考究。一共十八个战队参赛，七十二名队员呈口字形落座，中间是金字塔形LED多面巨屏，每个队员的电竞桌都是一盏灯，队员死亡淘汰后灯光会熄灭。场馆中心七十二束灯光逐渐熄灭，比赛区越来越暗，大家只能看见还存活的队伍，直至最后一个队伍成功吃鸡。

比赛还没开始，灯光都没给到，解说席的祁醉和观众一样什么也看不清。

灯光依次给到各个战队，祁醉随之介绍。

HOG作为亚洲邀请赛冠军，没有意外地排在了第一位。

四盏大灯砰然亮起，祁醉第一时间看见了坐在中心的于炀。

于炀抬眸冷漠地看向镜头，祁醉心里怦然一动。

于炀的苹果头显然是造型师整理的，抓得松松垮垮的，显得更随意，化妆师给他加深了眉色，镜头下，平添了几分戾气。

祁醉抿了一下嘴唇……

这跟早上那个自己给自己吹嘘嘘的人，判若两人。

粉丝们都在尖叫，狂喊"Youth好酷"，没人知道于炀私下和祁醉相处时，有多可爱。

祁醉略怔了下，他左手边的解说员A适时笑道："这个人Drunk肯定熟悉。"

祁醉微笑："这是HOG俱乐部PUBG分部第一战队的队长，炀神Youth。"

解说B笑了："很好，很官方。"

祁醉笑了下，依次介绍了卜那那、老凯和辛巴，他不想影响他们发挥，没过多介绍什么，仿佛自己并非HOG出身。

两位解说松了一口气，庆幸祁醉没真的放飞自己。

他俩放松得太早了。

当比赛开始，所有选手戴上隔音耳机后，祁醉开始了他的表演。

"P港核电站的航线，让我们看看哪几个战队头更铁。"祁醉看向机场方向，"很好，骑士团跳了，DAYA跳了，HOG也跳了。"

导播把视角切在了Youth身上，镜头卡了下，还没看清楚……

"HOG-Youth使用AKM杀死了Knight-Flower。"

"我……"祁醉哑然，"花落这是什么命？"

解说A打哈哈："花落刚落地，没捡到枪就被Youth拿了人头，真遗憾……"

解说B笑笑："说起来花落确实总是和Youth遭遇……在各个比赛上。"

"是，Youth出道就是靠的他。"祁醉点头，"千里送人头，礼轻情意重。来，我们提前祝贺HOG先拿到了十个积分。"

解说A傻乎乎的，跟着道"恭喜恭喜"，被解说B暗暗瞪了一眼。

祁醉看看观众席上写着"于炀＆花落"的应援牌，见缝插针地清理"邪教"："只能说他俩之间实在没缘分吧，理论上说这么多次，送也送出感情来了，可惜了。"

解说A又跟着点头："可惜了。"

"我是在反讽，您不用跟着应和。"祁醉优雅一笑，继续解说，"骑士团准备开车去N港了，损失了一人后他们准备保守一点，先去N港整合一下资源……"

最终跳机场的三队里，骑士团损失了一人提前开车过桥走了，DAYA则整队被HOG吃掉了，交火的时候辛巴跟战队脱节，被DAYA收下了人头。

祁醉轻轻摇头，短板问题太严重了。

不过还好，HOG三人最后还是打进了决赛圈，在第一轮比赛里拿到第三名的成绩。

第一名不出意料地是TGC战队，第二名是Wolves战队，第四名是倒霉的骑士团。

第一局比赛后的休息时间里，排名前三的队伍队长依次去接受主持人的采访，祁醉坐在解说席上无聊，目光扫过比赛席，看到了整队低气压的骑士团。

骑士团四人脸色都不太好看，刚入队的新人胆战心惊地看看队友，话也不敢说。

"落地成盒"的花队长气正不顺着，他莫名感觉到祁醉的视线，横了镜头一眼。

祁醉觉得花落这是想跟自己聊聊。

祁醉按了按自己的耳返，听着导播的指示，满足了他："花落队长？"

花落想装线路不通听不见，祁醉又热心道："导播确认一下骑士团那边的情况？"

花落无奈，恨恨道："听见了……请问有什么问题？"

"没有，这会儿不是比赛时间，随便聊聊天。"祁醉低头看看比赛重播，"想问问你刚才的落地是怎么处理的呢？为什么……"

"不为什么。"花落脸黑如锅底，"选点不太好，我的失误。"

"选点确实不行。"祁醉看着录影点头，"非要刚机场不可，脾气这么暴呢……

"不然下一把落地就找车去远区吧？至少安全。"祁醉真心实意地给出建议，"冲动一分钟，观战半小时，交一样的网费，人家能玩儿三十分钟，你只能跳个伞……"

赛场上观众忍不住笑了起来，骑士团另外三个"二百五"死撑着不敢笑，花落则气得翻白眼。

"别不高兴啊。"祁醉诚恳道，"玩游戏呢，最重要的就是开心，你开不开心我不知道，反正我是挺开心的……"

说话间上一场比赛的各项资料出来了，祁醉急着看HOG的资料，没再骚扰别人，"上一局击杀第一是Youth? 漂亮，伤害资料出来了吗? 是谁⋯⋯"

祁醉去分析资料了。骑士团被插科打诨了一顿，队内气氛好了许多，就着祁醉的话题，几人讨论了起来。

AWM

第五章

AWM 绝地求生

第二局，调整好状态的骑士团超常发挥了一把，单局排名第一。

TGC排名第二，Wolves战队排名第三，HOG排名第五。

第三局，TGC再次拿到了第一名的好成绩，骑士团第二，HOG排名第七。

祁醉这会儿骚话少了许多，除了HOG，他在密切地关注着TGC。

三把比赛后，TGC已经完全打出状态了。他们选点好，组内配合完美，微操作完善到极致，刚起枪来也不逊任何人，每次安全区刷新几乎都是第一个迁移的，前三个圈几乎不减员，遇到一队灭一队，最快的一次是在十三秒之内结束了和自由战队的遭遇战，并在一分钟内收缴完自由战队的全部物资火速撤走。

祁醉微微眯着眼，突然明白TGC为什么会来参加这个奖金池低得可怜的线下赛了。

签了新人后，TGC已趋近完全体，出来参加各种比赛是练兵，也是他们俱乐部对HOG的震慑。

TGC确实已经有抢HOG代言的能力了。

第四局比赛，TGC以碾压之势再夺第一。

这次比赛五局定胜负，对TGC来说比赛已经结束了。

他们和第二名已经拉开了六百分的可怕距离，最后一局不打都无所谓了，躺赢。

祁醉一直在心算HOG的积分，第四局HOG排名第六，总积分排名第五。

祁醉查看第三名、第四名的积分……对HOG来说这次比赛也已经结束了，他们第五局就算是开场炸了飞机也没可能拿到前三了。

祁醉看的是OB上帝视角，他很清楚问题出在哪儿。

78

队内最大的短板是辛巴，他在高分玩家里确实绝对出众，但在这种队伍里差得实在太多。他跟不上于炀和卜那那的快节奏，也没有老凯过人的预判能力和多年的经验，在对枪的时候总是同队伍脱节，无法造成有效伤害就算了，偶尔还会拖后腿，暴露位置，影响队友。

还有就是他们磨合得不够，祁醉的狙位由辛巴顶上，整个战队前后平衡严重倾斜，于炀和卜那那习惯和人拼速度刚正面了，后面的辛巴架枪不够及时，或者过早被淘汰，只能由老凯替上，整体节奏全变了，没法快速适应。

所以被完全体的TGC彻底碾压是正常的事，被稳扎稳打的骑士团拉开积分也不算太意外，不过……

祁醉轻抿嘴唇，这是于炀第一次带队。

祁醉清楚于炀在前四场比赛里面没有任何失误，不少操作甚至让祁醉都惊叹，但四排赛考究的不是个人成绩，大家只看战队排名，于炀作为队长带着战队拿到这个丢人的成绩，妥妥地要背锅的。

毕竟这个成绩和之前HOG在釜山的第一名差得实在太多。

四局比赛里祁醉一直留意着于炀的状态，于炀表面上去倒是还可以，从始至终就是他平时打比赛时的冷脸表情，谈不上高兴，也没发火。

倒是辛巴，从第二局开始脸色就越来越差，第四局排名出来的时候，他的脸色一片灰白，几乎有点魂不附体了。

距离最后一局比赛还有半个小时，直播平台在轮播赞助商广告，不用祁醉做什么，祁醉还是担心于炀，他想了下，摘了随身耳麦，去了后台休息室。

祁醉穿过长长的走廊，婉拒了媒体的采访，避开一个个跟拍摄像头，找到了HOG的休息室。

休息室的门关得紧紧的，赖华、卜那那、老凯都在外面站着，正在商讨战略。

"于炀和辛巴呢？"祁醉挺意外，"你们在外面做什么？"

卜那那苦哈哈地说："辛巴心态崩了，于队给他做心理辅导呢。"

"什么？"祁醉笑了，"他给辛巴辅导心理？"

赖华叹口气："刚才下来……辛巴说想退队，回二队，或者是跟着新人一

起青训。"

祁醉嗤笑。

"我是担心于炀……没想到是他先崩了。"祁醉看看休息室门上的HOG战队标志，"多久了？"

"十分钟吧？"卜那那忧心忡忡，"辛巴不会真的要退队吧？这小孩子……"

祁醉淡淡道："他不小了。"

卜那那想到于炀的年纪，讪讪地闭嘴。

祁醉想敲门，但又想到……于炀现在才是队长。

于炀单独跟队员聊，不想让别人进去，别人就不该进去。

祁醉倚在休息室的门上，嘘了一口气。

现在该被安慰的不应该是辛巴吗？

祁醉抬手看了看时间，他还能在这耽搁十分钟。

"队长……"

祁醉眉头微蹙，微微侧头……

休息室的门板隔音不好，祁醉倚在这里，恰巧能听见休息室里的声音。

休息室里，辛巴坐在椅子上，把脸埋在自己脱下来的队服上，肩膀微微颤抖。

"队长……"辛巴哑着嗓子，哽咽，"你跟祁队还有贺经理他们说，换个人吧，是个人就比我强……"

辛巴抽噎道："让我回二队，或者让我单纯当陪练也行，我什么都愿意做，不给我钱都行，我没脸在这里领一队的工资……"

于炀沉默片刻，道："没人让你走。"

"我自己想走……"辛巴两手攥着手机，指尖微微发抖，"论坛上，他……他们骂我……说我是……"

"跟你说了，少看论坛……"于炀自己其实也看了，他顿了下，道，"再说他们也骂我了。"

"都是我拖累的。"辛巴抬起头来，眼睛通红，"都怪我，都怪我，要不是我这么废物，咱们根本不会连前三都拿不到，大家那么信任我，让我来一队，第一次作为正式队员比赛，我就……"

于炀抬手看了眼手表，还有二十分钟最后一场比赛就要开始了。

于炀看着辛巴，问道："所以你想怎么样？"

辛巴抹了一下眼泪，不甘又羞愧，小声道："我想回二队……"

"OK。"于炀点头，"我批了。"

辛巴怔住了。

于炀道："祁队还有贺经理那边我会交代，俱乐部那边我也有说法，你要走，我同意了。"

HOG和其他战队不同，一队队长向来有任何重大事件的决定权，于炀这会儿说让辛巴回二队，辛巴当天回基地就能下一楼去。

于炀再次抬手看了一眼时间，问："所以下一场比赛你还打吗？"

辛巴有点反应不过来，他结巴道："我……我……"

"我在问你。"于炀没生气，语气中也没半分不耐烦，只是询问，"下一场比赛，你打不打？"

辛巴滑稽地抽了抽鼻子："下一场比赛……咱们不是怎么打都没戏了吗？咱们……"

于炀反问："那就不打了？"

于炀垂眸，低头看了下手机，自言自语："我有时候真的不懂你们在想什么……"

提前饱尝世间冷暖的于炀对这种小敏感小无助有着天然的麻木，好似一个天天刀口舐血的亡命客无法理解为什么有人手指划破个口子就会哭泣一般。他想不明白，更别谈理解。

于炀深呼吸了下，看向辛巴，突然问道："你是不是觉得咱们还不够丢人？"

辛巴哑声分辩："我……我就是不想让你们丢人，所以……"

于炀漠然道："输了不丢人，不敢去赢才丢人。"

辛巴愣了下，眼泪夺眶而出。

"在我眼里，认命最丢人。你觉得前三没希望了，所以不用打了，但我觉得从第五追到第四也很重要。最后一场去混的话，掉到第六、第七也可能。"

于炀看向辛巴："我来战队最晚，没你了解……HOG以前排在过第六、第七吗？"

辛巴狠狠地抹着眼泪，使劲儿摇头。

"想打的话，穿好队服，去洗个脸，跟我上场做准备。"于炀拎起自己队服披上，"不想打就别来了。"

于炀往外走，手刚碰到门把手的时候，辛巴突然带着哭腔道："对不起……

"我打。"辛巴哽咽，"我真的很想打，很想跟你们打，队长，我不想去二队……你们还没找到合适的人呢。"

于炀垂眸。

他回头看向辛巴。

辛巴一边哭一边穿队服："我先打……被骂也打……等你们找到比我厉害的，我就把位置让给他……"

于炀低声道："我更希望你能拼了命训练，时刻提防着他们找到更厉害的换掉你。"

辛巴哭出声来，使劲儿点头。

辛巴抽噎："那退队的事……"

于炀穿好队服说："我什么也没听见，什么也没说。"

于炀打开了休息室的门，让众人进屋喝水，抓紧短暂时间讨论战术，准备最后一场比赛。

远处，祁醉的背影消失在走廊尽头。

他低估于炀了。

于队长不需要任何安慰。

第五局比赛开始。

网上论坛里正对HOG冷嘲热讽，喷子言语恶毒得让人无法想象。赛场上，于炀几乎没受影响，他的眸子死死盯着屏幕，语速飞快地指挥着队员。

祁醉从来不知道，一个必输的电竞运动员在打最后一场比赛时能这么有魅力。

祁醉远远地看着于炀，几乎没法移开视线。

他的天分不输当年的祁醉，更比当年的祁醉要刚强。

祁醉当初能做到的事，于炀现在只会做得更好。

所以HOG只会沉寂，不会凋零。

第五局比赛，赛场上的灯束随着时间的推移依次熄灭，每一盏灯的熄灭代表着一个人的淘汰，存活的战队越来越少，越来越少，半小时后，赛场中心只剩下Youth和TGC海啸的灯光还亮着。

一对一。

于炀天命不佑，安全区刷新后，又是他的一个天谴圈。

祁醉语速飞快地解说着，手心微微沁汗，一分钟后……

"HOG-Youth使用SKS杀死了TGC-Haixiao。"

全场安静，全部射灯打到于炀身前。

于炀摘了耳机，看向解说席上的祁醉。

祁醉恍神了半秒，第一时间鼓起掌来，全场随之掌声雷动。

祁醉眼睛发光："恭喜HOG，成功拿到了最后一局的第一名。"

HOG总积分瞬间爬高一名，排名第四。

HOG最后一局的超常发挥适时安抚了粉丝，也平息了一些恶意的言论。

于炀至少证明了他们是能单局夺冠的。

其他的，就要交给冗长的训练时间来拼搏了。

"挺好，至少说明还是有希望的。"比赛下来后赖华没同以前一样骂人，还算平静，"你们打得……Youth不用说，始终是巅峰状态，那那、老凯发挥得也没问题，辛巴稍微有点脱节，继续磨合吧。来这一趟是对的，平时练习赛不能同时遇见这么多强队，强度也没这个大，很多问题发现不了，果然这次全暴露出来了，这是好事，至少知道往哪个方向弥补了，挺好，不过……

"情绪调节方面……"赖华放下脸，沉声道，"个别队员的个人问题自己解决，下次比赛无论成绩如何，不要出现需要别人安慰的情况，这种等级的线下赛就不用心理辅导师随行了吧？没有心理辅导师的时候，自己的锅自己背好，失误后，反要让尽全力付出的人分心来安慰的情况，我不希望再看见。"

赖华并未点名，但大家都知道说的是谁，辛巴愧疚地看看大家，突然鞠躬说："对不起，但……我会努力的，我要比队长更努力，一直坚持到……比我厉害的新人出现。"

卜那那和老凯让辛巴说得心里不太是滋味，一时无言。

赖华本来要骂辛巴的，前四局失误不说，后面还心态崩溃，畏战不想再打。一场比赛，从技术到心理素质，辛巴把自己的短板暴露了个遍，简直不能更糟。

但听见他这么说，赖华又有点心软。

卜那那正要安慰辛巴说没人比你更好时，站在窗口的于炀平静道："好，你继续打，直到更厉害的新人出现。"

卜那那尴尬一笑，心道果然是老痞子的接班人，事关比赛，真是一点儿情分都不讲。

于炀的苹果头被耳机压乱了，他重新扎了下，然后背起了自己的外设包。

于炀背起外设包往外走，走到还鞠着躬的辛巴身边时，于炀用力把辛巴拽了起来，让他平视着自己。

辛巴眼眶又红了，他小声道："队长……"

"从今天开始，只要有更厉害的人出现，你就得退出。"于炀看着辛巴道，"你真的记住了？"

辛巴似懂非懂地说："是……"

"记住就好。"于炀松开他的胳膊，"那从现在开始，每局游戏都可能是你在一队的最后一场，有今天没明天，有这一局没下一局，懂了？"

辛巴愣了，瞬间眼泪汪汪地说："懂了！我每局都会拼命打，队长……"

于炀点头说："知道就行了，下面还有活动，打起精神来，我们……

我们……"

于炀抬眸，看向不知何时站到休息室门口的人，突然忘了自己要说什么了。

祁醉双手插在西裤口袋里，一笑，说："我打扰于队的训话了吗？"

于炀怔了下，脸颊突然红了。

自己刚才训辛巴……被祁醉听见了？！

于炀莫名地觉得害臊，脸上冷漠严肃的表情瞬间消失，他磕巴了下，呆呆道："没……没打扰，我就是……瞎说几句……"

刚还被解说员们怒赞为"帝国狼犬"的于炀突然退化，从比赛开始就萦绕在于炀身边的强大气场土崩瓦解。于炀后退了两步，咽了下口水，小声道："队长……"

卜那那简直没眼看了，捂着脸："于队……你能不能别屃得这么快……"

"排名前五的队伍晚上要聚会，整理一下，车上有私服可以换私服，没带也无所谓，我问了下，没正式跟拍，最多有几家平台的直播采访一下，不正式。"祁醉交代过正事后看看四人，抿了抿嘴唇，"你们打得……"

于炀抬眸，眼中闪过一抹愧疚。

他第一次带队，连前三都没拿到……

"你们……"祁醉不会说那些没用的安慰屁话，他道，"打得非常不好，但问题早日暴露出来是好事。于队做得不错，以后要改进的地方有很多，大家努力吧。"

四人点头。

"比赛已经结束了，别把情绪带到下一局去，积累经验就够了，积累负面情绪就算了，走了，去聚会。"

四人背起外设包出了场馆，上车之前，于炀带着几人一起去外面，仍举着应援手幅还有灯牌的粉丝们一直等着他们。见HOG队员们没直接上车而是走过来了，粉丝们兴奋得疯狂尖叫。

于炀沉声道："鞠躬。"

四人同时弯腰鞠躬。

向粉丝道过歉后，几人上车，去主办方准备的会馆聚会。

卜那那拍了拍肚子，感叹："我都已经忘了，多久没在比赛结束后跟粉丝们鞠躬道歉了……"

祁醉正在看手机，闻言笑了："提前习惯下？"

卜那那气得瞪祁醉。

祁醉丝毫不觉得自己扎人心了，反而开始追忆卜那那的陈年往事："那那刚进队那年吧，有一次在国际邀请赛上失误了，让我们丢了种子队的名额，被骂惨了……

"那场比赛结束出来的时候，粉丝们气得都走了，就剩了一个男生还在外面等着，把那那感动得……冰天雪地，没穿羽绒服就跑过去了，对着人家九十度鞠躬，鞠了……有十分钟？"祁醉好心地对新人们解释，"那那那会儿年轻，腰还不错。"

老凯扑哧笑了出来，卜那那着急了，要来捂祁醉的嘴，赖华憋着笑拦住了他，祁醉继续道："这不是重点……重点是，那个粉丝也是个实心眼的，突然也对着那那鞠躬。

"冬天的瑞典，零下十几度，雪花纷飞。他俩在那像要拜堂一样，对鞠了十几分钟……"祁醉轻轻摇头，咋舌，"把那边儿的媒体都吓着了，这是什么神秘的东方操作？一群人围着他俩咔嚓咔嚓地拍，电竞板块好几天的头条都是那张照片，还……"

"祁醉！"卜那那声嘶力竭道，"我跟你拼了！"

"好了不说了。"祁醉笑得咳了下，"忆苦思甜一下，怎么了？"

卜那那大怒："那怎么不拿你自己做例子？！"

祁醉无奈地说："我也想，但我没黑历史。"

卜那那想了想，确实没想起来，顿时更生气了。

说话间车已经开进了会馆楼下的地下停车场里，几人心情都好了不少，下了车，进了会馆大包厢。

TGC他们已经来了，海啸早已经喝上了，见HOG的人来了，一群人扑了上来。祁醉推开soso，他今天把几家战队都嘲讽了一拨，推辞不过，只得喝了一杯酒谢罪，大家笑笑散开，祁醉把空酒杯放下，转头找于炀，他四处看了看，眼睛突然眯了起来……

辛巴跟在于炀身边，亦步亦趋。

于炀虽然稍显孤僻，但因为实力强又低调，在圈里其实挺受欢迎。他一进屋也被人围了。于炀不欲和人推推搡搡的，端了酒就要喝，但被辛巴耿直又傻气地抢了过去，一口闷了。

辛巴不会喝酒，喝了一杯后满脸通红，咳个不停。

于炀拍了他后背几下，又给辛巴拿了瓶矿泉水。

于炀皱眉问辛巴怎么样了。

辛巴摇头说没事，然后继续跟条小狗似的跟在于炀身后，就差给于炀点烟了。

祁醉平静地看着两人，对卜那那道："有什么是他俩知道，但我不知道的事吗？"

卜那那看了辛巴一眼，了然，大剌剌道："正常，从第五局比赛开始就这样了，辛巴以前最崇拜你，但今天开始应该是Youth了。不知道Youth点化了他什么，一直说Youth太厉害了，太厉害了，枪法好，心理素质又强得可怕，还安慰了他，拯救了他，他这一辈子对Youth忠心耿耿什么的……"

祁醉冷笑着说："战队里，于炀最崇拜的人明明是我，他往上凑什么呢？"

卜那那看着祁醉的表情觉得心里发毛，怯怯地捂着胸口说："你做什么这么阴森森的？要吃人？他俩关系好不好吗？Youth确实厉害啊，个人魅力太强了，被人崇拜是正常的啊。"

祁醉嗤笑："是，很正常。"

卜那那小心地捏着红酒杯，避开了祁醉，踮着脚去灌别人了。

不等祁醉去找于炀，周峰又过来了。周峰来问祁醉赞助商的事，祁醉欠着他的人情，不好敷衍他，避开人跟他细说了几句。

打发走周峰后，于炀和辛巴已经不在包厢里了。

祁醉放下酒杯，找了出去。

祁醉在洗手间逮着了两人。

祁醉看着守在洗手间门口的辛巴，冷静道："你们刚上小学一年级吗？上厕所要手牵手吗？"

辛巴尴尬道："没有，我……我怕有人又来打扰队长，我得跟着他。"

祁醉微微俯视着辛巴，好心提醒："你不觉得……这事儿应该是我来做吗？"

辛巴无法揣摩到祁醉的敌意，也不知道自己已经一脚踩到别人家地盘了，他让那杯酒灌得半醉，话不过脑子，勇敢又耿直道："我们是一队的，就应该一起啊！"

他们是一队的，他们是一队的，他们是一队的……

自己已经退役了，自己已经退役了，自己已经退役了……

祁醉心里的一道屏障，咔嚓一声碎了。

祁醉脸上的笑意散得一干二净，他松了松领带，点头淡淡道："是，你们是一队的。"

于炀从洗手间出来了。他看看两人，不太明白情况，问道："辛巴你怎么还没走？队长怎么也来了……"

祁醉面无表情地拉过于炀，将人扯到了自己身前。

"明确一下队内关系。"祁醉看着辛巴，"Youth，是你队长，也只是你队长，好吧？"

于炀喉结动了下……这是什么情况？

祁醉看着辛巴："咱们战队里，于炀，跟我世界第一要好，明白了吗？"

辛巴怀疑祁醉喝大了，但还是被吓出了一身汗，哆哆嗦嗦地说："懂了。"

祁醉点点头说："很好，去玩吧，我跟你队长有话说。"

辛巴如蒙大赦，屁滚尿流地跑了。

祁醉看着辛巴的背影嘀咕："碍眼……"

于炀忍不住想笑，他低声道："辛巴就是还在意今天比赛的事……"

"但他碍着我了。"祁醉挑眉,从裤子口袋里摸出一块糖,递给于炀,"给你。"

于炀接过来,剥开放进嘴里,跟着祁醉回包厢。

回到包厢半天后祁醉见于炀左脸颊上还鼓着一个包,哑然失笑,说:"还没吃完呢?"

于炀闷声含混道:"吃完了就没了……"

但不管他再珍惜,还是得吃饭的,祁醉惦记着于炀空空如也的肚子,跟人打了招呼,提前点了菜。

不多时,侍应生送进来十几盘小龙虾。

卜那那兴奋得大叫,娇羞地推了祁醉一把:"小人儿!你怎么知道我这两天想吃小龙虾的?!"

"我不知道。"祁醉单独端过来两盘,"我只知道于炀这两天总是订小龙虾盖饭,估计他想吃了。"

卜那那没脸没皮地拱开祁醉:"随便随便,有我的就行……哎呀我真的超喜欢吃的,点咸蛋黄味儿的了吗?"

"旁边,自己找。"

祁醉拿过两盘,跟于炀避开已经要喝大了的人们,单独坐到一边去吃。

于炀恋恋不舍地把糖吞了,想给祁醉剥虾,被祁醉笑着拒绝了。

"我剥,你吃。"祁醉洗干净手,仔仔细细地剥着小龙虾,"现在你的手比我的值钱。"

于炀微微红着脸,道:"没有的事……"

于炀想起今天比赛的成绩,羞愧地说:"不值钱,比赛……"

"比赛已经结束了,现在咱俩不是赛后复盘。"祁醉莞尔,"不提手的事……你就当我自己乐意吧。"

祁醉知道于炀心里还愧疚着,但并不点破,也不聊这个,开始扯东扯西。

祁醉拉着于炀避开别人,本来是想说几句悄悄话的。

两人单独相处的时间并不多,于炀训练起来不要命,并没有过多的时间留

给祁醉。

祁醉想跟于炀聊天，想逗于炀高兴，想让于炀过得轻松一点，暂时放下战队的担子。

但问题来了……祁醉并不会讲笑话。

不过这阻挡不了祁醉，祁醉拧开一瓶可乐递给于炀，轻松道："咱们聊会儿八卦？外面传的那些电竞八卦都根本没谱，我知道的比他们都多，你想听哪个战队的？"

于炀怕祁醉还记恨花落要挖自己的事，根本不敢提骑士团三个字，更不敢提辛巴，想了下道："TGC？"

"最没意思的一个战队了。"祁醉担忧地看着于炀，"你好奇他们做什么？实话告诉你……贺小旭跟我说过好几次了，他很担心，怕你将来跟周峰似的变成哑巴，不好包装成明星选手。"

于炀低声解释："我就是觉得他们现在很强……"

"是有点厉害……"祁醉细想了下，"不过八卦真没什么，周哑巴这人没什么意思，唯一算是八卦的事……他粉丝以前给他送过一本书。"

于炀抬眸。

祁醉一笑，说："《说话的魅力》。"

于炀呛了下。

"赖华……他特别传统，特别特别传统。"祁醉嘴角噙着笑，"他每年过年的时候，都在自己宿舍门外贴对联还有福字，咱们三楼这一排房间，只有他房门口红彤彤的，欢天喜地的，特别喜庆。"

祁醉莞尔："他本来还要在咱们训练室门口贴个特别大的"出入平安"，贺小旭看不下去，死缠滥打逼着老赖给扯了。"

于炀低头闷声笑。

"有一年我们出去比赛，这个刚刚在车上跟你说过的，那那有个重大失误，让我们丢了种子队的名额。"祁醉接着车上的话茬道，"然后我们小组赛的时候就提前跟人家的种子队碰到了，那个瑞典战队怕我们，又生气我们被分到他们小组了，会影响他们出线，赛前一直冷嘲热讽的，说的话非常不好听。

"赛前碰面的时候，卜那那仗着那些人都听不懂中文，旁边又没有翻译和摄影……"祁醉一笑，"他特热情地跟人家装亲热，搂着瑞典战队的队长，鼓着嘴对着他的耳朵超大声道：'你是傻子！听清了吗？你是傻子！跟我重复！你是傻子！'"

于炀笑得肚子疼。

"还有一个好玩的事儿。

"去年吧？在美国打比赛的事，也是个冬天。"祁醉擦了擦手，端起可乐喝了一口，幽幽地回忆，"历时两个月的比赛，横跨整个北美，十七个赛场，足足打了五十多场……最后这个战队拿了冠军，太高兴了，一起出去喝酒，有个酒量不行的，喝了两杯就醉了，从酒吧出来以后，说什么也不上车，自己硬生生要走回去。

"战队别人不放心啊，凌晨三点，下着大雪，万一出事儿了呢，就都没上车，在后面跟着他。"祁醉忍笑，"走到一半的时候，他突然对着一个酒吧门口招客的玩偶站住了，一动不动，然后拎着人家领子质问，问了半个多小时吧……非跟那个玩偶要个说法不可。

"整个战队都劝不动，也不知道他撒什么酒疯，没办法，最后战队经理咬咬牙，跟酒吧把那个玩偶买下来了……"祁醉不忍回忆，"但谁也没想到，那个玩意儿是个实心纯铜的……撒酒疯的那个也不说话，就死盯着那个东西，那意思是非要不可了，经理没办法……去附近的医院借了个担架。"

于炀噗的一声，差点把嘴里的可乐喷出来。

祁醉一副难以想象的表情，说："他们战队，抬着那个担架，托着那个纯铜的东西……在雪地里徒步走了十公里……冰天雪地，异国他乡，整个战队沉默着负重前行，特别壮烈……进酒店的时候，把全部保全都惊动了，差点报了警……"

于炀笑得浑身抖。

祁醉放下可乐，又拿起一只小龙虾来剥："后来那个人酒醒了以后就把这事儿忘了，死不承认这个东西是他要的，不赔钱不说，还拒绝把那个队友们好不容易抬回来的玩偶托运回国。"

于炀笑得脸都红了："这人……这人是谁？"

祁醉垂眸一笑，把手里的小龙虾放在于炀面前的小盘子里，看着这个斗胆说自己看重电竞超过他的人，轻声道："我。

"那个玩偶其实没什么特点，就是瘦瘦高高的，太像一个人。"

去年……两个月……北美……

于炀喉咙口突然哽了一下。

那是火焰杯结束的时候。

"我……"于炀脸上笑意淡去，他声音发哑，"我以为……"

祁醉低声一笑："以为我那会儿根本没把你当回事，是吗？"

于炀没说话，于炀确实是这么想的。

祁醉走了半年，于炀才反应过来发生了什么。

祁醉以为自己骗了他，以为自己从没想过来HOG，之前种种讨好，不过是想从他那骗好处。

所以他想尽办法进HOG，HOG门槛太高，他又没有人脉，后来甚至去跟俞浅兮做交易……

"我以为……"于炀停顿了下，眼眶红了，他深呼吸了下，"我以为……你挺快就把那事儿忘了。"

于炀没法想象，远在北美的祁醉，默默憋了两个月火气的祁醉，在看到个三分像他的玩偶时还会失态。

祁醉无奈："我就知道你这么想的……

"所以故意跟你说这个，想让你知道……"祁醉抬眸看着于炀，轻声道，"我比你想的还要在意你。

"不过还是我混账了。"祁醉失笑，"早知道……该更有耐心一点的。"

要不是于炀舍下面子冒着被祁醉报复的危险签来HOG，祁醉不敢想自己要错过什么。

于炀闷声道:"跟你没关系。"

"哭了?"祁醉侧过头看于炀,笑道,"我一开始是真的想说笑话让你高兴的,不知道怎么的……"

于炀抬眸,清了清嗓子说:"没有。"

祁醉不想让于炀沉湎旧事,轻松道:"那我继续说?还想听吗?"

于炀低头给祁醉剥虾,使劲儿点头。

"我不承认那是我要弄回来的,贺小旭要跟我拼命,那个玩意儿花了他不少钱,最重要的……他们几个人在雪地里运了那么久。"祁醉不忍回忆,硬着头皮继续道,"卜那那说……扛担架的时候扛出感情来了,说什么也不能扔下它,要运回来。

"我就不明白了!他们既然能借来担架,"祁醉怒其不争,"怎么就不能借个轮椅呢?

"哪怕是让那个玩偶站在轮椅上呢?大家齐心协力地扶着,推回去不是更方便点儿?"祁醉无奈,"反正不管怎么样吧,他们说什么也要把那个东西运回去,说那已经是HOG的一分子了,纯铜的……你知道花了多少托运费吗……"

于炀尽力忍着,这会儿绝对不能笑出来……

"他们把那东西包得跟木乃伊似的,进出海关的时候,被查了好几次,中间还被扣了几天,要查查我是不是偷运文物。"祁醉道,"反正最后终于运回来了……让我给我妈送去了。"

凭着炀对祁母的那一点了解,于炀不觉得祁母会喜欢那个东西。

于炀尴尬地说:"阿姨……"

祁醉轻松道:"我跟她说,那是给她买的土特产。"

于炀有点窒息。

"我妈当时就要扔出去,被我爸爸拦住了,现在放在家里地下室里,跟我爸爸那一堆藏品在一起。"祁醉看向炀,"哪天跟我回家的时候,我带你看看?"

于炀愣愣地点头，显然已经被祁醉哄骗着答应了前面的前置条件：跟我回家。

祁醉满意了。

"你俩做什么呢？" soso过来拿酒，看看两人，不知是嫉妒还是什么，"别人是来聚会的，你俩是来聊天的？"

祁醉懒懒道："是啊……在基地没时间，还有教练、经理盯着，在外面多好。"

"浪的你。" soso上下看看于炀，恨不得把人抢过来，"欸！Youth，你哪天要是不想在HOG了……"

祁醉表情自然地端起可乐泼soso，soso忙躲了，赔了个罪坐下来道："这话可不是我说的，我听别人说的……他盼着HOG凋零了，然后把Youth签走。"

soso看向于炀："知道你现在多抢手吗？海啸solo已经算是顶尖的了，你今天对枪把他对输了……现在国内solo的话，你应该最强了吧？"

于炀摇了摇头。

soso挑眉说："小朋友还很谦虚，不错，我就喜……"

"我比不上队长。"于炀平静道，"别人的话确实不怕。"

祁醉笑了。

侍应生又送小龙虾进来了，soso端了两盘坐过来，一边剥一边道："知道NCNC吧？"

于炀隐约听说过这个名字，但又想不起来是什么了。

祁醉给他解释："外地的俱乐部，规模不大，俞浅兮就是去的那。"

"什么规模不大，" soso冷笑，"已经凉了。你没发现今天这么多战队来比赛，他们都没到吗？已经解散了。"

于炀微微皱眉。

"成绩不行？"于炀问道，"还是没人赞助了？"

soso摇头："本来就没赞助，单纯靠他们老板砸钱养着的，想着哪天出了成绩赚点钱，但半年了，一点水花都出不来，正巧有别的俱乐部看上他们战队的一个人，撬走了，然后就直接散了。"

HOG最近压力大，于炀听到这个心里有点发闷。

祁醉沉默片刻："俞浅兮呢？撬的他？"

"哪儿啊，"soso嘲讽道，"他进了NCNC以后状态根本不行，NCNC一开始还捧他，但那个小俱乐部……你懂，条件不行，工资不行，福利不行，氛围不行……总之什么都不行，在你们那少爷团里养过的人，突然去了那，根本受不了……他状态不行，打得还不如NCNC原战队的一个人呢。

"解散了一星期了吧？"soso满不在乎道，"我们本来还想着去捡个漏，看看有什么可瓜分的人，除了那个被撬走的，还有一个不错，被TGC抢去扩充二队了，俞浅兮……没人要，据说是去做直播了。"

于炀皱眉问："做直播？只做直播？"

soso点头说："是啊，只做直播，娱乐娱乐水友，人气高了签个高价的合同，积累粉丝后开个淘宝店卖点什么东西……现在不少人都是退役做直播反而赚得更多呢，不过……"

不过，那和"竞技"二字已没有任何关系了。

soso物伤其类，喝了半杯啤酒，脸色有点沉，他半晌起身，舌头有点大："不多说了，总之……加油吧，都不容易。"

祁醉难得地没损他，于炀抬手和soso对了一下拳，顺便约了明天跟骑士团的练习赛。

soso咋舌："你是多拼，今天刚打完比赛明天又约练习赛……"

soso走远了，于炀小声跟祁醉道："我们不会解散的。"

祁醉笑笑："对，我们有你。"

于炀看着soso踉跄的背影，轻声道："骑士团也不会。"

祁醉愣了下，点头。

回基地的路上，于炀在车上睡着了。

他太累了。

其他人大着舌头，乱七八糟地念叨着别人听不懂的话，辛巴抱着卜那那的

胳膊，一顿慷慨激昂的表态，卜那那困得晕头转向的，身子一歪，差点把辛巴挤到座位底下去。

祁醉和于炀坐在最后一排，祁醉轻轻搂了一下于炀的胳膊，于炀就靠在祁醉肩膀上了。

祁醉拿起手机，看到了几条未读消息。

贺小旭：成绩我看到了，告诉大家，尽力就好。

贺小旭：新赞助没谈下来。

贺小旭：早点回来，别浪太晚，特别是Youth，盯着他一点，少让他喝酒。

贺小旭：祁醉，我跟你说个事儿，你暂时别告诉别人。

祁醉打字：什么事？

贺小旭那边马上回复了过来：出事了……先别乱了军心，我今天跟老板说赞助商的事，我感觉……他那语气不对。

贺小旭：我怀疑他可能要把俱乐部卖了，听他的意思，可能还很快。

贺小旭：怎么办？我是真慌了。

祁醉闭上眼，彻底放松了下来。

祁醉：太好了。

蹲守在基地等着队员们回来的贺小旭无言以对。

贺小旭以为祁醉受刺激太大已经疯了，哭出了声，抹着眼泪打字：你别这样！想开点啊！

贺小旭抚摸着基地一楼的每一件家具，哭得肝肠寸断，一边哭一边打字：我不知道新老板还愿不愿意要我这个经理，不知道他还愿不愿意花这么多钱养你这个残废，也不知道他会不会嫌弃吃饭多的那那，更不知道会不会把可怜的辛巴一脚踹了。我不知道，我不知道，我什么都不知道！我是废物！

贺小旭抽噎得喘不上气来：我们这两天先别训练吧？做点以前想做没做的事……你有什么遗憾的吗？有没有？在我还在的时候，我满足你！有我贺小旭在一天，我就不会让你们吃苦！

AWM

第六章

贺小旭：说！不用不好意思！别说是一件，就是一百件、一千件、一万件，我都像尔康一样答应你！

祁醉：少看连续剧，我妈说那东西看多了容易傻。

贺小旭：……

贺小旭抹了一把脸，飞速打字：我说实话吧，我知道我在业内名声不好，都说我戏精、刻薄什么的，新老板多半要把我炒了，无所谓，把我辞了我也有许多地方去，我二十几岁，大好年纪，人脉宽路子广，又有这么多年的经管经验，去哪儿我都能从头再来不让自己委屈着，但是……

贺小旭坐在基地休息室的沙发上，红了眼睛，打字：老赖呢？

贺小旭：他脾气不行，又不懂给老板们拍马屁，说话也太直，万一新老板不喜欢他怎么办呢？

贺小旭：老赖十六岁就进俱乐部了，他是真准备死在HOG的，要是新老板不要他……

祁醉垂眸，贺小旭担心的，他都想过。

贺小旭不能接受的事，祁醉也无法接受。

祁醉犹豫了下，还是没有跟贺小旭透露什么。

祁醉从小受祁母教导，深知做生意的大忌：提前张扬。

这件事祁醉需要办得十拿九稳，容不得半分差池，祁醉不能冒险。

贺小旭：真的，别人我都不担心，就是他……他这些年太倒霉了，我真的太担心，要是……

祁醉：打断一下，我能继续说我刚才的要求吗？

贺小旭抒情被打断，大怒：老痞子！都什么时候了！你不伤心？！

祁醉：那什么……我还真有个心愿。

贺小旭怒道：说！

祁醉：我其实，一直想玩玩咱们战队的官博。

一向防祁醉像防狼一样的贺小旭恸哭，打字：我满足你！我一会儿发你官博的账号和密码！呜呜呜呜……

贺小旭真的把HOG战队官方微博账号和密码发了过来。

祁醉无言以对。贺小旭这是真的全放下了。

祁醉打开微博APP，切换新账号，登录官博账号，一秒钟后，登陆成功。

祁醉翻了翻官博的评论和转发，满意了。

回到基地后，卜那那这个醉鬼拉着贺小旭要斗舞，贺小旭心烦得要死，懒得理他，又怕大家看出什么来，强装镇定，只有在跟祁醉对视的时候眼神有点不对，幸好大家都喝多了，没看出什么来。

除了于炀。

也许是从小到大经常吃苦的缘故，于炀对天灾人祸出奇敏感，他隐隐觉得有什么事不太对。于炀细想了下，猜测可能是贺小旭今天谈赞助未果，但这事儿其实很正常，按照贺小旭的脾气，最多是发几句牢骚，骂几句接洽人，不应该这么心事重重的……

于炀把贺小旭单独叫了出去。

贺小旭表情尴尬地问："找我聊什么？深更半夜，孤男寡男，让别人看见多不好……"

"你占不了我的便宜。"于炀比贺小旭高一些，他微微俯视着贺小旭，"是不是出什么事了？"

贺小旭假得要死地干笑："哈哈哈哈哈能有什么事……"

于炀不善言辞，不知该怎么问，他沉默片刻，突然道："NCNC解散了，以后没有这个战队了。"

"哦？这样吗。"贺小旭心里一梗，故作轻松，"正常，小战队，没什么成绩，本来就是今天有明天没的事儿。"

于炀继续道："战队一个人被撬走了，一个被TGC收进二队了，其余的……他们说去做直播，或者不知道做什么了。"

于炀这话不偏不斜，正戳在贺小旭心上。

于炀平静地看着贺小旭："现在一队的队长是我，贺经理，有事你应该跟我商量吧？"

"我也想找你，我不是看你……已经够累了吗？"贺小旭这些天压力也很大，他忍了又忍，哑声道，"Youth，咱们战队可能要被卖掉了……"

三楼，祁醉一脚一个，把醉鬼们踢进各自的宿舍里，祁醉数了数人头，下楼来找贺小旭和于炀。

祁醉下楼后只看见了贺小旭。

贺小旭脸色比刚才好了许多，看见祁醉还表情放松地跟他打了个招呼。

祁醉挑眉："怎么了？不寻死觅活了？"

贺小旭横了祁醉一眼，要走，祁醉拦住了他："那什么，微博……"

"你能不能有点良心？！"贺小旭气得要掉头发，"Youth比你有良心多了！"

祁醉皱眉："你跟他瞎说什么了？嫌他不够累？"

贺小旭心虚，敷衍道："他自己看出来的，怪我？"

祁醉淡淡地看着贺小旭。

"反正……已经说了。"贺小旭悻悻地说，"他什么脾气你不知道？我瞒得住吗？不过还好，他说能帮我解决问题。"

于炀刚才给了贺小旭承诺。

于炀说了，他可以自降签约费，也愿意给新老板改签长期合同，要求只有一个：他只服务于老HOG战队。

老经理，老教练，老队友，少一个都不算老HOG。

回想于炀刚才语气平静地向自己保证，并让自己暂时保密不要扰乱军心的样子，贺小旭还有点动容。

贺小旭看看祁醉，挑衅："Youth比你有办法好不好？他说了，不管新老板有什么要求，他都能应付下来，总之不会让队伍散掉！"

"新老板……"祁醉揉了揉眉心，重复道，"什么要求，他都能应付下来？"

"当然。"有于炀帮忙扛着，贺小旭轻松了许多，他哼哼着回房间了，"没有我于哥摆不平的事……"

祁醉无话可说，自己也上楼去了。

三楼，刚刚承诺了贺小旭有什么事他来扛的于队长，蹲在祁醉的宿舍门口，把头埋在手臂上，闭眼假寐。

祁醉半蹲下来，看着于炀，轻轻吹了声口哨。

于炀睁开眼，迷迷糊糊地抬起头。

祁醉起身，推开自己宿舍的门，说："这么困了不睡去？"

"不困。"于炀睁眼说瞎话，扶着墙站了起来，"就跟你说一声……卖战队的事，别担心，我有办法……"

"嘘……"

祁醉把于炀拉进了房间。

祁母家训，不到签合同那一刻，不做任何多余的事。

祁醉深以为然。

但关上门，跟自己人就不用保密了吧？

祁醉让于炀坐下，把自己筹钱要买战队的事说了。

于炀的眸子一点点亮了。

"真……真的？"于炀舔了一下嘴唇，压低声音，"整个俱乐部都买下来？这个真能买下来吗？"

祁醉不敢把话说死，笑了下："八成把握吧。咱们俱乐部的大老板跟我又没仇，这么多年也有点交情了，卖谁都是卖，给我怎么了？我又不少他钱。就是不看我的面子，他也想跟我爸妈卖个好。"

于炀反复确认道："买下来以后，咱们谁都不用走，是吗？赖教练也不用走，是不是？"

"谁也不用。"祁醉失笑，"我发现你们是真偏心他……"

"以前听说赖教练也是因伤退役的，而且……退役时不太风光。"于炀看着祁醉，轻声道，"他没去做直播，也没去开网店，还留在这，总不能……真让他走了吧？"

赖华像祁醉又不像祁醉，他和祁醉有着类似的经历，但在岔路上生生走去了最落魄的一端。

祁醉道："放心了？我这么有钱。"

于炀心中大石落下，点头说："放心了……"

"刚才我听贺小旭说，你愿意跟新老板做交易？"祁醉看着于炀，"你准备做什么？"

于炀期期艾艾地说："队长，看在我今天比赛还算努力的分上……"

祁醉扑哧一声笑了。

"算了。"祁醉轻笑，"不过，我明天就要去跟老板谈这事儿了，等白纸黑字没的躲的时候……你最好记得你答应过贺小旭什么。"

于炀尴尬地点头。

祁醉想跟于炀再说会儿话，但已经深夜两点了，再留他就不知道几点了，于炀为了加训又起得早，祁醉不再逗他，催他去睡了。

"等下。"祁醉突然想起什么来。

于炀一愣，回头看祁醉。

"把你手机给我。"祁醉抬手，"来。"

于炀不明所以，但还是乖乖地把手机拿出来，解锁后递给了祁醉。

祁醉接过手机，飞速删了于炀的几个闹钟，把手机还给于炀："今天比赛表现不错，奖励你……明天睡个饱觉。"

于炀心里一热，说："不用……"

"嘘……"祁醉轻声道，"不许再偷着设置闹钟，去吧。"

没了闹钟的于炀直接睡到了下午两点。

于炀醒过来的时候，迷迷糊糊的，一时想不起来这是下午还是凌晨。

于炀起身冲了个凉，迅速洗漱好，出了宿舍去训练室，于炀拿出手机来准备给自己订外卖，正遇见拎了外卖上楼来的卜那那。

"不是订饭吧？"卜那那看看于炀的手机，"给你订了，祁醉走前吩咐的。"

于炀收起手机问："队长出门了？"

"嗯，说是有事出门一趟。"卜那那嘿嘿笑，"他说随便点，记他账上，我给咱俩点的鲍汁捞饭，一人两份，来来，不要客气。"

于炀接过自己那份，卜那那看了看他的脸色，好奇地问："怎么他今天特意让我给你点饭？你不舒服？"

坐在一旁吃汉堡的辛巴抬起头："队长，你今天起得有点晚，你平时最晚十一点也就起来了吧？"

在一旁玩手机的贺小旭闻言警惕地抬起头："昨天半夜，我似乎听到了哪个宿舍门开过又关过……谁？发生了什么？自己承认，不要让我查。"

老凯一边吃饭一边举起手，尴尬地说："那什么……我就说一句话，我在直播。"

贺小旭气得拿东西丢老凯："要死了，不早说！关了关了。"

于炀脸色红了又白，走回自己位置上。

几人偷偷瞄于炀，祁醉不在，大家不太敢打趣他，只能暗暗地猜，俩人昨晚到底聊什么呢。

于炀拆开外卖，沉声道："三点……"

大家马上抬起头急切地看向于炀，心里八卦，眼睛发光。

于炀一边扒饭一边沉静道："约了练习赛，没吃饱的快点。"

众人失望地叹口气，不敢多言，快速吃饭。

于炀咽下嘴里的饭，他拿起手机，犹豫了下，给祁醉发消息。

Youth：我起来了，吃饭了。

于炀上了自订服务器，一边吃饭一边设置选项，把轰炸区等取消，定好后设置密码，发到了群里。

准备好服务器后，手机振了下，于炀忙拿起来看。

Drunk：事有点多，一会儿还得回家一趟，然后再去一趟律师事务所，等回基地可能已经过夜了。

Drunk：有想吃的吗？我给你带回去。

于炀咽下嘴里的饭，马上回复。

Youth：没有，你注意安全。

Drunk：怎么过了一晚上更生疏了呢？

于炀咳了下，打字。

Youth：没，想不起想吃什么来，你晚上……几点回来？

Drunk：不好说，你早点睡，我回来看你房间，灯要是亮着我去找你，睡了就算了。

Youth：我……我本来也想今晚加训的。

Drunk：这是要给我留门了？

于炀想知道祁醉买战队的进度，又怕队友们看出什么来，咳了下，打字。

Youth：反正……我也想训练。

Drunk：我尽量早回去，你睡你的，别反锁就行，我肯定去找你。

Youth：真的吗？

Drunk：真的，早点睡。

于炀把手机放到一边，飞速地把两份外卖吃光后，抽过纸巾擦了擦手，起身给自己倒了一大杯水——前队长的硬性规定，让于炀每天至少喝四杯水。

于炀不爱喝水，说懒得总去尿尿，耽误时间，祁醉受不了他这些乱七八糟的毛病，前些天单独给他定了这么个规矩，据说将来可能还会写进队规里。

于炀灌了几口水，看看时间，通知大家上自订服务器。

剩下的大半杯水，被于炀忘在了桌角……在两个小时后惹了祸。

打了两把练习赛后有十分钟休息时间，于炀摸出手机来，给祁醉发信息。

Youth：谈好了吗？

隔了两分钟，祁醉回复。

Drunk：不是完全顺利，正常，还得谈。

于炀微微皱眉，打字：是钱不够吗？

Drunk：不全是，回去跟你说。

于炀捏着手机，想了下，把自己手头的钱全转给了祁醉。

上次出事后祁醉接管了于炀的工资卡，一开始说的是每月只给于炀打一万块钱的零花钱，但祁醉每月真转钱的时候从来不止这些。

祁醉怕于炀有想买的东西买不了又不好意思跟自己要，有时候转三万，有时候转五万，接二连三的，于炀手头钱又不少了。

这些对收购俱乐部来说自然是杯水车薪、不值一提，但于炀不确定祁醉到底缺多少，他自己一分不剩，全转给祁醉了。

于炀轻轻地呼了一口气……买战队这事儿，大概并不像祁醉之前说得那么轻松。

于炀有点焦躁，给祁醉转账后心不在焉地刷微信，看养生公众号的推荐文章。

于炀左手边，他早已经忘了的大半杯水离他远远的，在桌边上放着。

下午四点，基地的阿姨准时推着小餐车上来，把切好的一盘盘水果依次分给众人。于炀正低头看中医公众号的肌腱理疗指导，让阿姨先放桌上，阿姨没留神，放盘子的时候一下把旁边的水杯推倒了。

水杯里的水对着祁醉的桌子就泼了过去。于炀瞬间抬眸，飞速起身把水杯扶了起来，但无济于事——大半杯水顺着祁醉的电竞桌流了下来，滴滴答答，全洒在了祁醉的键盘上。

于炀眉头一皱，第一时间把祁醉的键盘电线拔了出来，把祁醉的键盘倒扣了过来。

贺小旭正推门进来，见状惊恐地捏着兰花指："你你你你……你把祁醉的'老婆'给淹了？！"

阿姨吓了一跳，她什么也不懂，只是听说这些人的键盘、耳机都贵得吓人，见状忙不住道歉。

辛巴摘了耳机，完全状况外地问："什么淹了？什么老婆？"

"祁醉的键盘从来不让别人碰，不是他老婆是什么？"贺小旭干巴巴道，"这……还能用吗？"

卜那那座位最靠里，什么也没看见，还以为是贺小旭把祁醉键盘淹了，马上幸灾乐祸道："哎呀，这怎么办？这个键盘是祁队退役时用的吧？他亲这键盘那张照片，据说还入选什么什么摄影奖了？这键盘你也敢毁，等祁醉回来……"

阿姨闻言吓得脸都白了，贺小旭不忍心，摆摆手让她先下楼去了。

贺小旭过来看看这把水淋淋的键盘，尴尬地说："这……还能用吗？"

于炀想起祁醉刚发给自己的消息，心里莫名堵得慌："不知道。"

于炀把键盘倒扣在自己桌上，起身去取了个拔键器，擦了擦键盘后把键帽一个个拔下来，晾在一边。

于炀用纸巾慢慢擦拭键盘里侧，尽量把水分吸出来。

贺小旭站在一边看着，讪讪道："不行就算了，祁醉回来了我跟他解释，不至于真生气。"

于炀一言不发，默默地擦拭键盘，半晌低声道："怪我。"

"关你什么事。"贺小旭心里其实也隐隐觉得晦气，从祁醉退役开始，战队诸事不顺，接二连三的，就没一件好事，现在祁醉最喜欢的这把键盘还毁了。贺小旭不太痛快，但怕大家看出来影响心情，故意跟于炀笑道，"你跟祁醉说两句好听的，他肯定不生气。"

于炀嘴唇动了动，没说话，闷声擦键盘。

于炀尽力处理好键盘后把键盘连着键帽放在了窗口，等着自然晾干。

贺小旭不懂这些，迟疑道："这就行了？"

"等干了试试。"于炀低声道，"能用就是没事儿了。"

贺小旭忙点头："你擦得这么干净，那肯定能用的。"

晚上吃饭后，于炀把键盘插到计算机上试了试……

没有任何反应。

坏了就是坏了。

于炀把键盘取下来，没说什么，继续训练了。

贺小旭心里堵了石头似的不舒服，他清楚于炀因为什么心情不好。但卜那那他们都不知道俱乐部要被转手的事，贺小旭不敢多说，自己憋着火去联系赞助了。

祁宅。

祁醉倚在沙发上，幽幽道："当年幸亏去打职业了。"

祁母喝了一口儿子送来的新茶："知道做生意不容易了？"

祁醉一笑没说话。

"你当年要是好好地上完大学，好好地在我手底下学做事，然后好好地接手几家公司……"祁母慢慢道，"什么都有我，会吃这些苦吗？"

祁醉轻轻动了动右手腕："我不觉得苦。"

"不苦……"祁母像是听了什么笑话，她放下精致的茶盏，擦了擦纤细的手指，"说吧，你大驾光临，是想让我帮什么？"

祁母自顾自道："是钱不够，还是哪儿的人脉没疏通好？到底母子一场，你就要吃不上饭了，我肯定……"

"妈。"祁醉打断祁母的话，"我真的就是给你俩送茶叶来的。"

祁母顿了下。

祁醉平静地看着祁母，道："特供的武夷特级大红袍……每年不都给你送吗？"

祁母表情略微僵硬了下，点头："是……没别的事儿了？"

祁醉摇头："没。"

"嗯。"祁母迅速整理好自己的情绪，"于炀最近怎么样？你们那个小团队最近比较艰难，他怎么说？跟着你吃苦呢？听你爸爸说他商业价值很高，想要他的俱乐部有很多，你注意下，对人家好一点，毕竟你那现在也就他还……"

"他不会走。"说起于炀来祁醉眼神都变了，他拿出手机来，把于炀给他转账的记录调出来给祁母看，"听说我收购有点小麻烦，马上把他那点儿钱转过来了。"

祁醉舔了下嘴唇，一笑："十一万五千四百，他手里就这点，全给我了，这小孩儿真的……"

"真出息啊。"祁母竭力控制着情绪，淡淡道，"自己没钱了，就让人家倾家荡产，你还好意思跟我显摆？"

祁醉莞尔，说："我不会真收他的，我就是说……"

"你就是说，他给你的，你就愿意要。"祁母被气得脸色发白，尽力维持着风度，"我跟你爸爸的钱在这放烂了，你也不会跟我俩开口，对吧？"

祁醉愣了。

祁醉不想让祁母动怒，犹豫了下，声音变得温柔："当年不是说了吗？我要是敢退学，你和我爸爸就再也不给我钱了，我也答应了，咱们早就商量好的……"

"你把那个叫'商量'？"祁母冷笑了下，点点头，"那叫商量？我拦得住你吗？好好的大学不上，退学去玩游戏，我还得夸你退得好、玩得好是不是？"

祁醉蹙眉，低声道："我没说……"

"是，你没说，你回来找过我……我在气头上说话不好听，刺着你心了，你转头就走了，再也不跟我要钱了……"祁母深呼吸了下，抬眸看着祁醉，"怎么？你现在混出头来了，变成明星了，现在要我跟你道歉吗？要我求着你给你钱吗？"

祁母微微抬头，眼眶发红地看着祁醉："折腾你自己，让我和你爸爸心里不舒服，你觉得痛快了，是不是？"

祁醉默然，不知该说什么。

路是自己选的，祁醉并不后悔。

当年跟家里讨钱未果，被祁母冷嘲热讽一顿后轰出家门的事，祁醉其实早就释怀了。

但祁母没有。

看着祁醉摸爬滚打单打独斗，说不心疼是假的。

祁醉退学那会儿，根本没有成年，才十七岁啊。

祁母不是不知道祁醉在吃苦，但说出去的话不是那么容易收回来的，祁母觉得祁醉早晚会向自己服软，到时候自己气消了，一切好说，但没想到……

祁醉越爬越高，到今天，就算有点波折，他也自有办法去解决，祁母想帮儿子一把，已经没机会了。

祁醉默默地看着祁母，半晌低声道："我没赌气，我至于吗，故意气你俩，对我有什么好处？"

祁醉抿了抿嘴唇说："是我心里有愧。

"我知道你俩对我好，可你们说服不了我，我当时也没法让你们清楚我是怎么想的。"祁醉看着祁母，轻声道，"我知道我辜负你俩了，所以不会再用你们的钱，不是赌气……我选了自己想走的路，选了这条让你们一开始不太放心的路，我活该要吃点苦的。"

祁母咬牙，深呼吸了下，生生把眼中的泪意压了下去。

祁醉轻声笑了下："而且我知道……我谁也不靠走到了今天，你跟我爸爸其实是满意的。"

祁母表情一僵，嘴硬道："没有。"

祁醉笑笑，牵起祁母的手晃了晃："说句实话不行吗？"

祁母偏过头，按了按眼角，冷淡道："如果可以倒回去八年，即使我知道你现在能混出头来，我也一样会拦着你，打游戏的就是打游戏的，不务正业就是不务正业，不被主流接受就是不被接受，说再多也没用，我的心意不会变。"

祁醉轻笑着说："巧了，我也是。"

祁母瞪了祁醉一眼，抽出了自己的手。

祁母迅速调整好情绪，不过几分钟，神色如常，只是眼角比往日红了些。

祁母端起茶杯来，又尝了一口，半晌道："没事……多回家吧。"

祁醉莞尔，点头。

祁母少有这么情绪激动的时候。祁醉到底挂念她，这天多陪了她半天，直到晚上十点钟才离开祁宅。

祁母倚在沙发上，揉揉隐隐作痛的眉心，自己生自己的气，好好的发什么火……不成样子。

祁母的手机响了，是她助理。

祁母皱眉，她最烦别人在非工作时间里找自己，特别是这么晚的时候。

祁母挂断电话，正要去洗个脸，手机又响了。

祁母冷着脸接了起来。

祁母小心地收拾着祁醉今天送来的茶叶，不甚耐烦地说："怎么了？"

电话那边不知说了什么，祁母手一抖，茶叶撒了一半出来。

"你……"祁母定了定神，沉声道，"你确定这个大夫可以？"

"治疗过拳王……呵，我谢谢你，你可能不知道我儿子具体是做什么工作的，你懂电竞吗？

"钢琴家……那还差不多。

"你确定？

"我当然知道不可能完全恢复得像他十七岁一样，你觉得我疯了？

"能让他恢复一点也好……

"钱不是问题，他有钱，没钱让他去借，他还有套房子呢，大不了卖了。

"什么叫国家运动员都治疗过？等下，你们以为祁醉和他们不一样？

"你帮我转告他。"祁母深呼吸了下，正色道，"我儿子，是正规职业电竞运动员，不比他治疗过的任何金腰带拳王或者是钢琴家低一等，我儿子在世界级的赛场上披国旗、唱国歌的时候他还不知道在哪儿呢？他年纪大了不懂这些没关系，让他清楚清楚祁醉的手有多值钱就行了，不允许他有任何轻视和疏忽。

"真的能把祁醉的手治好一点，我多少钱都愿意给。"

十一点，HOG基地。

于炀把祁醉的键盘整个卸开了，他像动手术似的，轻轻擦拭，小心吹气。

卜那那啧啧称赞："看不出来啊队长，你还有这个本事。"

于炀专注地看着键盘："小时候在网吧干过……帮老板修过键盘。"

卜那那干笑："但那么多水灌进去了，可能……"

于炀没说话，把祁醉的键盘整个修理一遍后装好，又插到了计算机上。

依然没任何反应。

卜那那讪讪地回到自己机位上了。

于炀轻轻皱眉，把键盘拔了下来，他不死心，调试了下，又插了上去。

一声轻响，祁醉键盘上的指示灯亮了。

AWM

第七章

祁醉刚到事务所，又被祁母叫了回去。

在外面谈生意的祁父也被临时叫回了家。

等祁醉从祁宅出来时，已经是深夜一点了，他没多耽误，马上开车回基地。

HOG基地，贺小旭围着于炀啧啧称奇："可以呀Youth，什么都会啊，还能修键盘，厉害了……"

于炀的食指被小螺丝刀勒出了个红红的印子，他给祁醉的键盘上下又擦拭了一遍，放到原来的位置上，顺手用纸巾给他抹了一下桌子："这不难……我还能修耳机，哪天你们耳机坏了就给我。"

卜那那羡慕地看着于炀："真好，你还有这个手艺，将来咱们战队黄了，你也饿不死了。"

贺小旭原本看着祁醉键盘坏了是有点堵心的，这会儿键盘被于炀修好了，他心情跟着好起来，闻言头也不抬道："要不你也想想出路？不会修计算机，你去街上贴手机膜吧。"

"我不。"卜那那皱眉，"修修二手计算机还跟电竞沾点边，贴膜就很不电竞。"

"回去接着上学啊。"老凯伸了个懒腰，唏嘘，"我还在休学期呢，战队要是黄了，我可以回去继续上课。"

辛巴举手说："我也在休学期里！"

"别，你们想上学你们去，别带着我。"卜那那至今都不清楚学校里到底教几门课程，他抓抓胳膊上的鸡皮疙瘩，"当年如果不是因为成绩常年垫底，我也不至于走上电竞的道路。"

贺小旭鄙夷地看看胖子，幽幽道："我……我去夜总会当个服务生吧？算命的说我将来会遇到贵人，命里注定的事，躲不过的……"

卜那那愕然："不是吧你们，都已经找好退路了？教练呢？"

赖华忙青训忙得要命，一进屋听见他们在闲聊就来气，冷冷道："去街上写对联儿卖。"

"这也很不电竞啊……"卜那那嫌弃地看看赖华，"不过也勉强算条谋生的道路……我呢？将来战队解散了，我该何去何从？"

于炀把祁醉的电竞桌彻底整理了下，修好了键盘，他心情挺好，闻言嘴唇轻轻挑起："跟我去混网吧？给路人做代打，也能赚饭钱。"

老凯忙应和："是，现在人都可有钱了。"

"但关键是，一般人看比赛吗？认识咱吗？"卜那那有点不自信，挪动电竞椅往于炀跟前凑了凑，"揽这种活，一般是怎么个推销方式……"

"我是Youth。"于炀坐回自己位置上，道，"给我三块钱，教你打PUBG。"

卜那那眼睛一亮说："真行？"

于炀点头："真行，总有看过比赛或者是直播的，再不行你现场打一把，路人鱼塘局，都是鱼卵，给人看愣了，就给钱了。"

"可以呀。"卜那那掰着指头算，"一小时三块钱，两小时就是九块钱，三小时十三块钱，一天按十二个小时来算的话……"

于炀一言难尽地看着卜那那，想纠正他，又无从插嘴。

老凯摇摇头，咋舌，说："果然谁的过去都是一本书，那哥，我信了你退学是无奈之举了，你这样的留在学校……对你、对你们老师来说都是一种折磨。"

于炀不忍心地看看卜那那，他有亲身经历，懂的比卜那那多，给他补充："网吧一般都有活动，拿了第一，网吧老板送瓶饮料或者是五块钱网费，你把饮料卖了，网费让人折现，这一出一进又是……"

"都给我闭嘴！"赖华气得肝疼，忍无可忍地拎起报纸卷在于炀、卜那那后背上各抽了一下，"还有点上进心吗？都是国际赛事上拿过奖的人！去网吧骗

钱?还有没有脸?再啰唆就滚下去给我教青训生!"

"哎呀,稍微放松一下嘛。"贺小旭开心够了,过来假惺惺地劝和,"不知道赖教练这些天辛苦?不帮忙还在这聊天,特别是你,Youth,祁醉不在,你也开始说骚话了?训练训练。"

于炀低头笑了下,他也不知道怎么了,祁醉键盘好了以后,他心情没来由地放松。于炀戴上耳机,继续训练。

深夜一点半,肝火旺的赖华看谁都不顺眼,他还得下楼教青训生做复盘,索性把一队的全轰回了宿舍,让他们早睡,明天早起打训练赛。

祁醉还没回来,于炀不想走,但又不好开口说,犹豫了下,回宿舍了。

于炀进了屋就把几盏灯全打开了——祁醉说的,看他窗户亮着就会进来。

于炀冲了个澡,换了身衣服,打开笔记型计算机看训练室视频做复盘。

两点的时候,走廊上有脚步声,于炀穿好衣服推门一看……是上来拿笔记的赖华。

赖华皱眉说:"还没睡做什么呢?早告诉你们了,晚上训练结束后不能再玩手机,知道没?"

于炀点头,关了门。

于炀继续复盘。

深夜两点半,祁醉终于回了基地。

青训生们刚解散,祁醉跟赖华撞了个对脸,赖华瞟了祁醉一眼,脸色不佳地说:"有人给你留门呢,快点去,打声招呼早点出来,让他快睡。"

祁醉嘴角挑起,拍了拍赖华的肩膀,几步上楼。

三楼,于炀宿舍门不设防地没反锁,祁醉扶着门把手一推就开了。

于炀坐在床上看录像,见祁醉来了忙把笔记型计算机合上了。

不等祁醉说话,于炀先迟疑道:"有个事跟你说……"

祁醉也坐到了于炀床上,把于炀怀里的笔记型计算机拿起来放到一边,点头:"你说。"

于炀把祁醉键盘进水的事说了。

"怪我不小心……"于炀主动认罪,"贺小旭说……你不让别人碰你键盘,我……"

"我以为什么事呢。"祁醉一笑,"坏了就坏了。"

"没有。"于炀忙道,"后来我把键盘整个拆了,用棉签全部清理了一遍,再试的时候就好了,当然……跟以前肯定还是不一样了,不过我试了下,一样好用,我……"

祁醉眸子一亮,定定地看着于炀,确认道:"键盘好了?"

于炀点头。

祁醉深呼吸了下,自出生后第一次迷信了。

他突然感觉,祁母找到的那个美国医生,没准真的会有办法。

祁醉求医一年,一次次相信,一次次失望,他现在已经淡然,但于炀不一样……祁醉清楚于炀有多看重自己。

祁醉犹豫了下,还是决定先瞒于炀两天。

至少等自己亲自确认过再告诉于炀,祁醉受够了一次次检查后的不了了之,无法忍受于炀也跟着受罪。

于炀不知祁醉心事,看他半天不说话,以为他在心疼自己的键盘,讪讪道:"虽然现在能用了,也是给你弄坏过,我……我本来该给你买个新的……"

祁醉心里一动,故意问道:"为什么没有买?"

于炀低下头。

于炀声音很轻:"没……没有钱……"

祁醉给的那些零花钱,下午的时候全被于炀转给祁醉了。

于炀手里一点钱都没了。

祁醉心里暖暖的,偏又问道:"那明天还吃不吃外卖了?"

"吃。"于炀抿了下嘴唇,小声道,"去跟你要钱……"

祁醉不忍再欺负他,在于炀脑门上轻轻弹了一下,拿起自己手机来,本要直接给他转二十万,按下确认键前祁醉停顿了下,改成了五万。

"你给我的钱我用了五万多，还有你在我这存着的钱，全被我用了。"祁醉撒起谎来眼睛都不眨，祁母已经替于炀看好房子，就等于炀休假的时候祁醉带他去办手续了，祁醉早把那份钱单独准备在一张卡上了，他当没有这事儿，道，"所以俱乐部买下来后就是咱俩共同财产了，到时候问问律师怎么操作。"

于炀哪儿这么好糊弄，他马上摇头："不，我那点儿钱连零头都算不上。"

"我说算就算。"祁醉不讲理还要欺负人，他一笑，"可以啊，一天不见，会顶嘴了？"

于炀耳朵发红，抿了抿嘴唇。

"你既然不跟我分这些，把自己饭钱全给了我，就也别管我怎么做。"祁醉莞尔，"公平吧？"

明天，祁醉要按照那个美国医生的嘱咐去国内他们旗下的私人医院里先做检查，让那个医生确定一下情况，做好检查没问题后，祁醉要去美国找他，动个小手术，然后在那边进行复健。

这一去，最少要一个月。

祁醉本来想请那个医生过来的，多花点钱就多花点钱，但据说是医疗团队还有复健团队什么的过不来，只能他自己过去。

合同谈得差不多了，耽搁不了几天，这边没多少事了，祁醉只是不放心于炀。

祁母得到消息就联系到了那个医生，但从始至终，无论祁母如何问，对方也没给任何承诺。手术的风险、到底能不能恢复、能恢复到几成……对方无法做出任何保证。

祁母拿钱压人，要给人家捐一所分院来换个准话，对方也只是诚恳地表示，他们会尽全力。

检查结果还没出来，祁醉不想让于炀空欢喜，他犹豫了下，还是没说。

祁醉看了看时间，起身说："睡吧，我走了。"

祁醉在走廊撞见了一脸阴气的贺小旭。

祁醉低声骂了句脏话，压着嗓子："你有病？！"

贺小旭冷森森道："大晚上，你做什么呢？"

"怎么了？"祁醉道，"疯了？半夜不睡觉在这梦游？"

"等会儿，跟你有事说。"贺小旭拦着祁醉，"正好怕他们听见，现在吧。"

祁醉想了下，收购的事办得差不多了，也该跟贺小旭通个气了，遂点点头。

贺小旭推开自己宿舍的门，祁醉摇头："我不进去，你有屁快放。"

贺小旭转过头，压低声音瞪着眼道："疯了哇？三更半夜在走廊里聊天？！"

祁醉冷淡地看着贺小旭："避嫌。"

贺小旭抓抓胳膊上的鸡皮疙瘩："你再说一次？！"

祁醉烦躁："你到底聊不聊？不聊我睡觉去了……"

贺小旭气得捂着胸口，低声咒骂。

十分钟后，基地二楼会议室灯火通明。

着装整齐的祁醉和贺小旭分居会议桌两侧，贺小旭翻着白眼打了个哈欠。

祁醉把手机放在一边："跟你说件事……"

祁醉把接手HOG的事说了。

贺小旭瞬间醒盹了。

"你……"贺小旭不太敢想，再次确认道，"你的意思，你要把整个俱乐部买下来？包括别的分部，整个，全部的……"

祁醉点头说："整个HOG。"

贺小旭倒吸了一口凉气。

"已经谈得差不多了，价格定下来了，就是还有个别独立签约合同问题，别的也没什么了。"祁醉敲敲桌子，"之前在保密状态，我只跟于炀说了，现在……告诉你们几个也没问题。"

贺小旭小心呼吸，谨慎确认："所以……你以后就是我们大老板了？"

祁醉淡淡点头。

贺小旭瞬间尿了起来。

"那什么……"贺小旭强自镇定着,"我现在跟你在这平起平坐……是不是有点不太合身份?我要不上去把他们都喊醒了叫下来,一起给你磕个头?"

"心领了。"祁醉眯了眯眼,"以后少听我墙根就好,行吗?"

"听您的听您的。"贺小旭还有点反应不过来,他又问道,"我……我们所有人的合同……"

祁醉再次道:"整个HOG,所有,全部。"

贺小旭长舒了一口气。

"你真是……"贺小旭一时间不知说什么好,"把家底全砸进去了吧?"

祁醉一笑,说:"于炀的家底都给我砸进来了。"

贺小旭心里五味杂陈。

"我必须把丑话说在前面……"贺小旭低声道,"剩下那几个赞助,我也不一定能保住,现在的情况是……"

祁醉了然,点头道:"正常,成绩不行,赞助肯定要流失的,无所谓。"

贺小旭尴尬:"你这等于接盘了个烂尾楼……"

祁醉莞尔:"你知道于炀怎么跟我说的吗?"

贺小旭抬头,祁醉慢慢道:"Youth说,只要队服上有队徽和国旗,他就能打。"

祁醉一笑,接着说:"他敢打,我就敢买。

"没了旧的会有新的,只要能出成绩,不用担心这些。"祁醉起身,"之前没定下来,不方便跟你说,现在告诉你们了,都安心训练,少想东想西的,我这次是把老婆本都拿出来了,别让我赔光了。"

贺小旭点头,他欲言又止:"祁醉……"

祁醉回头:"还有事?"

贺小旭沉默片刻:"这些年……"

"麻烦跳过回忆杀直接说正事。"祁醉拿起手机来看看时间,"这都四点了。"

贺小旭麻木道："没事儿了,老板您睡去吧。"

祁醉上楼睡觉,下午一点醒过来开门的时候,看见门口放着一堆东西。

限量版耳机、漫威键帽、初代HOG队员签字的鼠标垫、围巾、钱包、皮带、还在塑胶盒里封着的限量T恤、一瓶未打开的须后水、一支圆珠笔……

祁醉面无表情地看向不远处站着的卜那那:"我有点好奇,你在干吗?"

卜那那缩着肚子:"这些都是我们的心意。"

祁醉明白了:"上供?"

"对。"卜那那紧张地点点头,"听贺小旭说,你马上要把俱乐部买下来了,我们……"

"你们马上就是我员工了,行了我知道了,谁的东西谁拿走。"祁醉眯眼细看了看,"这谁这么缺德把老赖的腰枕都拿来了,你们怎么不把他的假牙也送我呢?"

"他还没老到用假牙……"卜那那干笑,"大家的心意……"

"心领了。"祁醉道"马上拿走。"

卜那那笑笑答应着,抱起一堆乱七八糟的东西,突然道:"队长!"

祁醉答应着:"怎么?"

"下次有事……"

卜那那笨拙地一件件捡着地上的东西,他太胖,弯腰不方便,捡起两件掉下一件,有个小抱枕掉在地上滚了起来,他就蠢笨地跟着跑。

卜那那边捡着东西边闷声道:"下次有事,也告诉我们一声呗……"

卜那那捡起签满字的鼠标垫,拍了拍,揽在怀里。

他声音发哑,又说:"别什么都闷着,跟你那手伤似的,非得……非得要退役了才告诉我们不可。"卜那那抽了下鼻子,"我是没用,但像这种帮你凑点钱的事,总能行吧?

"自打进队就都在受你照顾,现在出了这么大事,还是让你闷不作声地给料理好了,我们……"卜那那嗓子哑了,"我们心里不落忍……"

祁醉愣了片刻,笑了下。

"你们是现役职业选手。"祁醉看着卜那那,"要操心的不应该是这些。"

卜那那嘴唇动了动,还要再说。

"别替我操心。"祁醉打断他,"你们几个是HOG的核心,你们打好比赛就好,别的我还能处理,那那……你想象不出我有多羡慕你们,"

卜那那眸子颤抖,眼睛红了。

"所以趁着能打的时候好好打就行了。"祁醉莞尔,"主要是我还能处理得了,等处理不了的时候,当然会跟你们说。"

卜那那嗓子一哑,使劲点了点头。

"把东西收拾好了马上去训练,你们炀神最近脾气也不小,别迟到早退招骂。"祁醉低头看了看时间,"我还有事……出个门。"

和私人医院约了下午三点的检查,祁醉深吸了一口气,他要去处理点自己的事了。

出门的时候祁醉接了个祁母的电话。祁母难得这么絮叨,翻来覆去地嘱咐他,比祁醉还紧张,祁醉只得反复细声劝慰。

检查的过程很顺利,两个小时就出了结果,国内医生第一时间联系了美国那边。那边的医生很尽心,顶着时差分析了检查结果,给出的建议是可以治疗。

但依然是不敢做任何保证。

美国医生那边马上出具了他们院方的正式预约书,医院的小护士不知祁醉是做什么的,看祁醉年轻又帅气,忍不住温言细语地嘱咐他:"这个预约书是让你办签证用的,你有护照吗?没有的话先办护照,办了才能去预约面签,哎……你多大呀?要是不懂这些,我……"

祁醉正想着别的事,闻言笑了,抬头:"你猜我多大?"

小护士娇俏一笑:"也就刚过二十吧?二十二?二十三?"

"二十五。"祁醉没跟小姑娘说自己都记不清自己穿梭美国多少次了,领情地点点头,"谢了,流程我都清楚。"

专门给祁醉做检查的医生拿着材料过来了，敲敲小护士的头："犯什么傻呢？人家没成年就满世界打比赛了，还用你教。"

祁醉接过病历和预约书，谢过医生，走了。

身后还传来医生和小护士的窃窃私语。

"满世界打比赛？"小护士暗暗吃惊，"他是运动员吗？那我怎么没见过？"

医生含糊道："不算运动员吧？他们这种……算游戏选手？"

小护士更吃惊了，问："打游戏的还比赛啊？"

医生道："当然比赛啊，还挺赚钱呢，不然怎么能花这么多钱去看病。"

小护士难以理解："玩游戏还能玩出病来了？还赚这么多钱？这么好赚的吗？"

医生皱眉："你懂什么？！"

"我就是不懂才问啊……"小护士小声惋惜道，"这么年轻，玩游戏把手腕劳损成这样……"

祁醉左耳入右耳出，并不把这些话放在心上，下楼开车回基地。

中间祁母来了一次电话，祁醉大致说了下情况，但并没决定要不要去。

回到基地后，祁醉想了下，还是先跟贺小旭说了。

贺小旭沉默许久。

"老赖那个腰……当初看了那么久，也花了不少钱，到现在也就这样……"贺小旭皱眉，"看不好，花点钱无所谓，万一越治越坏……"

祁醉的手之前没动手术，也是考虑过这个。

贺小旭坐下来冷静分析："你现在每天玩两个小时，手还是能坚持的，也不吃力，对吧？"

祁醉眯了眯眼，知道贺小旭想说什么了。

"当然，因为不再训练，你状态肯定会持续下滑，但瘦死的骆驼比马大吧？你现在手感还是有的。"贺小旭的算盘打得噼里啪啦的，"以你现在的身价，随便找个直播平台，就能谈个天价合同，到时候每天直播两个小时，轻轻松

松地赚钱，但你要是万一有个什么意外，水平大幅度下滑，或者是根本就不能打了，那……直播也做不了了吧？"

祁醉淡淡道："那就不做。"

"胡闹。"贺小旭皱眉，"人家人气选手退役后不都赚得盆满钵满的？你这心态哪儿像个退役选手？退役这么久了，不直播不做活动，也没想经营个人品牌，你到底想做什么？"

祁醉笑着说："我想做教练，你不是不同意吗？"

贺小旭语塞，苦口婆心："别抬杠好吧？我为了谁？你现在是老板了，你赚了钱又不分给我，你现在好好的，冒这个险做什么呢？你……"

贺小旭不太敢说，犹豫了下，委婉道："这么久没训练了，你年纪也不小了……就算你治疗好了一点点，你也不可能再……"

祁醉点头："我都清楚。"

贺小旭着急："那你还非要费这个劲儿？"

"我就想偶尔能顺顺利利地打一局游戏。"祁醉抬眸看向贺小旭，"不疼，不分心……我很久没心无旁骛地打一局游戏了。"

贺小旭顿时没话说了，他劝不动祁醉，他让祁醉在房间等着，自己去三楼把于炀叫了来。

贺小旭把利害关系跟于炀说了下，道："你祁神，有可能会把他这个半残的手变成全残，我劝了，没用，你说吧，有没有必要做这个性价比低到死的手术。"

于炀拿过祁醉的病历，从头到尾细细看了一遍。

祁醉坐在一边，定定地看着于炀。

于炀合上病历本子："当然做。"

祁醉笑了。

贺小旭气得扶着椅子坐了下来。

"他要是全残了，我来赚钱。他做不了直播我来做，给我改个合同吧，把我直播时长翻一番。"于炀认真道，"广告代言我也能做，我身价不如队长，但我可以多接，以后那种直播的时候要读广告的我也接，他们不想接的那些都给我……"

"闭嘴。"祁醉一笑，"别瞎说话，贺小旭这个财迷会当真。"

直播时要在直播间里反复强调推荐的那种广告算是最low的，HOG二队的队员都不屑接那种。

于炀为了替祁醉赚钱，现在连这种活儿都要揽了，贺小旭明白自己是劝不动了。

"正缺钱的时候，你们……"贺小旭拍了下桌子，"随便吧，要去去，白替你们操心，明知道只有百分之一的可能，非要……"

"知道有百分之一的可能还不去试试。"于炀打断贺小旭，"以后过多少年都要耿耿于怀。"

贺小旭一愣，无话可说地出门走了。

祁醉笑笑，目送贺小旭摔门而去后看向于炀。

于炀拿起病历，从头到尾，一字一句地反复细看。

遇到看不懂的英文单词，于炀就拿起手机，自己输入单词，笨拙地一点点查……

细看一下，于炀的手指都在微微发颤。

祁醉动了动嘴唇，没再说什么。

于炀懂他，不用再说其他废话了。

于炀抬头看看祁醉，眸子发光："我查到了，有运动员在这家医院看过病，也许真的能行，英文太多，我……我看不太懂，但你妈妈找的医院，肯定没错……"

祁醉点头："我去。"

于炀高兴地拿着祁醉的病历，恨不得拍下来，训练结束后好好研究。

不过再高兴，该说的话还是得说的……

祁醉起身，走到于炀身边，低声道："要是去，至少得一个月。"

于炀怔了下，抬头看向祁醉。

于炀舔了下干燥的嘴唇："这……这么久？不是说就是个小手术……"

"手术后的复健要在他们那里做，这还是按最好的情况来说的。"祁醉无奈一笑，"如果情况不太好，那可能要修复两个月，然后二次手术，再复健，三个月，四个月……"

"这……"于炀干巴巴道，"这么久啊。"

一个月后，世界邀请赛就开始了。

"你是队长。"祁醉轻声道，"世界邀请赛……你要自己带队，这次我没法跟着你了。"

"对，是……"于炀点头，忙道，"放心，我没问题，邀请赛名额我肯定能拿下来，之后带队去国外也没问题，我最近英语好多了，反正也有翻译，没翻译我用手语比画一样的，没问题。"

祁醉吐了一口气。

世界邀请赛国内只有三个战队名额，按HOG现在的情况，能不能拿到这个名额都是问题，这么要紧的时候，自己却走了……

于炀还在安慰祁醉："辛巴最近进步也很大，磨合多了，肯定有效果的，我……"

"对不住。"祁醉打断于炀，心里五味杂陈，低声道，"太早把战队交给你了……"

于炀下意识摇摇头。

祁醉深呼吸了下："我之前犹豫着不想去，不是怕手术失败情况比现在还糟，我是担心你，你第一次带队，我本来应该手把手教你，从头到尾，让你清楚大概流程，然后……"

"我不需要。"于炀语气平淡，但带着藏不住的少年傲气，"我怕我拿冠军的时候，你不能亲眼看见。"

祁醉怔了下，想想HOG的现状，忍不住笑了出来。

不知为何，祁醉突然信了于炀的话。

"真的能拿到比赛名额的话，我就是拖着吊瓶也会去看世界赛。"祁醉低声道,"我一定去。"

逐渐有队长之风的帝国狼犬点头说:"说定了。"

祁醉笑了,开始得寸进尺。

"你每天睡前······能不能和我视频一会儿?"

于炀茫然。

祁醉莞尔道:"我需要确认我们新队长的状态。"

于炀顿了下,轻轻点了点头。

跟于炀说定后,祁醉回自己房间收拾东西。

贺小旭一脸烦躁地跟在他屁股后面,嘴里骂骂咧咧的。

祁醉收拾好了,坐在床上:"我马上就要走,你替我看着点。"

贺小旭没明白:"看什么?"

"看于炀。"祁醉淡淡道,"有事儿了他可能不跟我说,你告诉我。"

"知道。"贺小旭无奈,"别说得跟托孤似的好吧?就动个小手术,不知道的还以为你得了什么绝症呢。"

祁醉笑道:"托孤?你想得美······"

贺小旭叹口气:"劝不动你······哪天走?"

"合同签下来,暂时不用官宣,都是小事,等之后再说。"祁醉揉了揉手腕,顿了下又道,"他······"

祁醉自己忍不住先笑了。

来来回回,还是不放心于炀。

"算了,没事。"祁醉把行李箱推出来收拾东西,"多照顾他就行了。"

三日后,祁醉早早地拎着行李箱走了。

飞机是上午的,祁醉走得早,于炀中午起床后,祁醉早已上了飞机了。

于炀照常吃饭训练,和平时没任何两样。

甚至下午训练赛的时候,于炀发挥得比平时还好,和瑞典豪门战队对枪的时候一对二,干净利索地结束了训练赛。

训练赛打完后于炀给一队五分钟时间订外卖，等外卖的时间里，他放上投影，开始复盘。

于炀语速很快，一样的练习赛，赖华给他们复盘要一个小时，于炀不断快进，半小时就结束了复盘，稍微总结了几句后，外卖正好来了。

大家相互道一声辛苦，其他几人下楼拿外卖吃饭，于炀依旧是拿上来，在计算机前边训练边吃饭。

贺小旭盯了于炀一天，见他和平时一样，放下心来。

贺小旭记得祁醉说过于炀两次，让他吃饭的时候别看计算机，故而也走过来劝了两句。

于炀边扒饭边摇摇头，敷衍道："没事。"

贺小旭一笑："祁醉走前可让我替他看着你了，你这万一闹出什么小胃病来，我没法交代。"

于炀顿了下，扒饭的速度降低了许多。

贺小旭忙见缝插针地说："祁醉还说了，你得多喝水……"

于炀手里的筷子一顿，然后端起外卖店送的例汤来喝了两口。

贺小旭舒心一笑："还是祁醉说话管用啊……"

于炀耳朵红了几分，没说话。

贺小旭坐下来，感叹："祁醉让我看着你，这不挺好的？他现在也不参与训练，在不在基地都一样，就是不在，你不也……"

于炀咽下嘴里的米饭，又喝了两口汤，突然道："不一样。"

贺小旭一怔："怎么不一样了？"

于炀扒了一口饭，没说话。

贺小旭完全体会不到于炀的情绪，自以为贴心，其实哪儿有雷往哪儿踩，他想让于炀更精神点儿，笑道："是不一样，少个闲人在这晃了……唉，我其实更担心他。"

于炀垂眸，他也是。

要不是国内预选赛逼近，于炀说什么也会跟着祁醉一起去的。

"祁醉跟美国好像八字不合。"贺小旭还在唠叨,"那会儿你还没进战队呢,有次祁醉带队,我们一起去北美打比赛,哇……祁醉就跟中邪了似的。"

于炀瞬间抬眸,问:"去年?"

"嗯。"贺小旭感叹,"从出国开始,他就不正常……好吧我承认那次比赛是挺重要的,打得也挺艰辛,但他那个状态……真的,知道的是他去打比赛,不知道的还以为他是去收复国土的呢,杀气腾腾的……"

于炀抽过纸巾,擦了擦嘴,静静地听着。

"那天刚下飞机,去了主办方给安排的酒店,办入住的时候跟几个其他国家的选手遇见了,祁醉还跟一个巴西的选手起了冲突……有那种开玩笑没尺度的,看见选手就要说几句,不过一般语言不通,大家听不太明白就都糊弄过去了,偏偏祁醉那个八国翻译什么都能听出来……"贺小旭无奈,心有余悸道,"那天不知道他吃了什么枪药了,当时就用对方母语回敬过去了,比那个人说得还绝还难听,那个打脸……你懂得,他那个嘲讽能力,当时气得对方差点动手。"

贺小旭咋舌:"祁醉平时脾气挺好的,就那天,全程冷着脸,吓死我了……"

于炀叼了根烟,半晌无话。

"所以我怀疑他是不是对这个国家有什么偏见。"贺小旭抓抓手臂,"你说他这次万一再犯病,去那见到谁骂谁……哇,被打死了咱们也不知道,哈哈哈哈哈哈哈,好笑吧?"

于炀拎起外卖袋,淡淡道:"你坐,我出去抽根烟。"

贺小旭茫然地看看于炀,没心没肺地回味了下,还是觉得自己说得挺搞笑的。

于炀抽了根烟,回来后在自订服练枪。

间隙,于炀给祁醉发了几条消息。

于炀知道祁醉看不见,但他还是想发。

至少祁醉落地有信号后就能看见了。

于炀时不时地看看手机,隔一会儿发一条,他静静地看着大片的未读消

息，想着……等祁醉联系自己的时候，如果他想视频，那自己肯定马上视频。

于炀又给祁醉发了几条消息，晚上的练习赛马上开始了，于炀手机要没电了，他匆匆给手机插上电源线，把手机放到了一边。

但可惜，电源线那头，并没插在接线板上。

贺小旭刚坐在于炀身边的时候，非常不见外地把自己没电的平板计算机插在插座上了。

美国，纽约。

祁醉长手长脚的，这么长时间的飞机，坐头等舱也觉得不舒服，落地入境后打车去订好的酒店，去酒店的路上祁醉给这边的医院打了个电话，约了一天后的面诊。

祁醉到酒店办好入住后躺在了套间的大床上，揉了揉酸疼的脖颈。

祁醉拿起手机，逐条看于炀发的消息。

祁醉嘴角勾起，一一回复于炀。

他去洗了个澡，出来后看看手机，于炀并没回复。

祁醉算了下时差……国内现在是深夜一点，于炀肯定还没睡。

祁醉不知于炀是不是在打练习赛，没打扰他，把行李箱拖出来收拾了下，再看手机时于炀还是没回复。

祁醉直接打了过去，关机。

祁醉捏着手机喃喃自语："不懂事啊……"

祁醉把手机丢到了一边。

基地里，刚刚结束了练习赛的于炀下了自订服务器，登上亚服。

马上到月底了，于炀这月打练习赛打得多，中间还比赛过，耽误了不少直播时间，这几天正争分夺秒地凑时长。

练习赛结束后是个人训练时间，于炀自己单排。

于炀开了摄像头，粉丝们看着于炀的脸色，一直发弹幕问他是不是身体不舒服，怎么好像不太开心。

于炀从始至终都没开麦。

晚饭时贺小旭说的话在于炀心头萦绕不断。

过去的事了，于炀不是矫情的人，并不会因为沉湎旧事而感伤，但于炀不知怎么的，心里就总觉得堵着什么东西。

火焰杯那会儿，认识第一天时，祁醉背着别人把于炀叫出来，给他开小灶，单独教导他。

于炀以为那就是最好的了。

火焰杯是封闭式训练比赛，基地内外不通，但祁醉作为指导可以随意出入。他有次有事回了HOG基地一趟，回来时给于炀带了新鲜的蛋糕和果汁。

于炀又以为这应该是最好的了。

于炀命贱，没被人宠过，祁醉对他的每次关照都让于炀觉得不可能有什么比这个更好了。

就算后来迷迷糊糊地吵架了，在没想明白的时候，于炀仍然这么坚信着。

祁醉一直是对他最好的人。

于炀明明连误会中冷漠又绝情的祁醉都能接受，都心存感激的。

但偏偏在知道祁醉当时飞北美整个人情绪失控的时候，于炀突然有点受不了了。

祁醉怎么能对自己那么好？

于炀狙掉对面建筑里的一个人，轻轻呼了一口气，伏地上子弹。

于炀直播间里不知出了什么事，弹幕过年似的突然爆炸。

于炀微微蹙眉，切出来打开直播弹幕——

一片白色弹幕中，一条来自至尊会员的特效弹幕始终停留在于炀直播间首页。

Drunk："手机关机了？开个机呗，小哥哥，说好的睡前先视频呢，忘了？"

AWM

第八章

纽约，酒店房间中，祁醉坐在床上，腿上放着个笔记型计算机，他看着直播界面里于炀错愕的脸笑了下，单手打字……

Drunk："说好的视频，不是让我来看你直播吧？"

Drunk："手机怎么了？"

基地里，于炀呆滞地看着屏幕，弹幕都在刷"Drunk"，于炀几乎要不认识这几个字母了。

于炀手忙脚乱地去看手机，他拿起手机来，充电线跟着被提了起来……贺小旭的平板早充满电了，被他忘在了这里。

于炀把贺小旭的平板拔了下来，给自己手机充上电。

于炀把直播的麦克风打开，结巴着道歉，"对不起，手机没电了……"

祁醉飞快打字。

Drunk："这有什么对不起的。"

Drunk："还训练多久？"

于炀还没反应过来祁醉为什么在看自己直播，呆呆地照实道："两个小时……"

Drunk："深夜一点了，还训练两个小时？"

于炀嘴唇动了动，厌了，小声跟祁醉商量："那一……一个小时……行吗？"

弹幕瞬间又疯了。

"这是我炀神的声音？怎么变了？"

"Youth！清醒一点！你怎么了？！你平时跟人正面刚枪的气势呢？！"

"什么情况？发高级弹幕的这是谁？你们为什么都疯了？Youth为什么这

么软了？"

"啊啊啊啊啊啊……"

屏幕上，祁醉的特效弹幕刷新，盖过了其他弹幕。

Drunk："嗯，练吧。"

祁醉打完这几个字就没再发过弹幕，粉丝们却疯了。

于炀直播间人气几分钟里翻了好几番，弹幕刷得飞快，叠了一层又一层。

"隔空遇见Drunk了呜呜呜……"

"有生之年还能等到我祁神自己直播吗？有生之年还能等到我祁神自己直播吗？"

"问个问题，现在祁神是不是只活跃在别人直播间里？我们十个两千人大群日夜蹲守，四处伏击，只在其他人直播间见过他。"

"是去过别人直播间，不过现在也就在炀神这吧，其他直播间都把他拉黑了。Drunk——唯一一个被几个战队一起拉黑的男人，心疼……"

"等下！Drunk为什么说要视频？他在外地？干吗去了？干吗去了？有人知道吗？"

"你俩要视频？视频什么？"

于炀机械地打开游戏用户端，弹幕刷得太快，于炀根本看不清，他见不少人在问祁醉去哪儿了，调整了下麦克风低声道："队长有事出门了，不在基地。"

祁醉去动手术的事圈里只有HOG内部几个人知道。于炀不欲多言，回了一句后就不再回答弹幕，继续这一局游戏。

不过于炀现在完全是凭着惯性在操作，脑子早就空了。

祁醉已经到酒店了？

他联系不到自己，所以来直播间看自己了？

什么时候来的？

来多久了？

自己还开着摄像头……

于炀突然反应过来，祁醉看得见自己！

于炀不着痕迹地端正了一下坐姿。

于炀看了一眼摄像头，他中午刚洗了头发，一直没扎起来，一头黄毛被头戴耳机压得炸蓬蓬的。

等安全区刷新的时候，于炀趴在掩体下，摘了耳机，叼起手上套着的一根皮筋，迅速地把头发扎好然后飞速戴好了耳机。

粉丝们看着于炀这一套行云流水的动作笑疯了。

"哈哈哈哈哈哈哈哈哈，从开播就提醒你头发乱了，不听，非要祁醉来了才知道整理不可。"

"祁醉来了就知道扎头发了？"

"感恩的心！感谢祁神！你不来炀神根本不在乎这些啊……"

"是谁让我的小哥哥重拾偶像包袱？刚才都在刷屏说你鸡窝头，你的一脸漠然呢？"

"祁神在跟我一起看直播吗？祁神在跟我一起看直播吗？祁神在跟我一起看直播吗？"

于炀抽空扫了一眼弹幕，耳朵渐红，他不知道祁醉还在不在，但祁醉的账号确实在直播间里，没退出去。

不知道是不是还在看……

还是去洗澡了？飞了这么久，应该挺累吧？

吃饭了吗？

还是已经躺下了，只等着自己训练结束了？

应该没再看了吧？这么半天没发弹幕了。

于炀心里杂念太多，决赛圈的时候，一个失误，被人爆了头。

弹幕上一片善意的谐谑。

于炀深呼吸了下，退出来重新排。

下一把于炀落地没处理好，又犯了个低级错误——拿到枪没第一时间上子弹，去抢三级头的时候被同时跳三仓的人打了一枪，好在打在他腿上了，只掉了三分之一的血，于炀绕着墙躲了个背身，迅速上了子弹，转身打死了对方。

于炀轻轻呼了一口气，平时练习赛要是出这种错，估计要被赖华点名骂得狗血淋头。

于炀继续搜检物资，余光里扫了一眼直播助手，弹幕又炸了。

于炀点开弹幕看了下。

Drunk："累了？"

Drunk："困了就休息，这么训练没意义。"

于炀顿了下，脸瞬间红了。

但这次不是因为害臊。

于炀回想一下刚才的失误，脸上火辣辣的。

祁醉原来一直在看直播……

看着自己一直在犯要命的低级错误。

弹幕里几个黑子借题发挥，马上开始带节奏。

"听到没？祁醉都看不下去了。"

"职业选手？冠军选手？这种失误都有，笑死人了。"

"黑粉打卡上班了？你喜欢的选手从来没失误过？你莫不是粉了个机器人？"

"房管干活了，这不封等什么呢？"

"祁醉都看不下去了，祁醉都看不下去了，祁醉都看不下去了……"

于炀不至于被黑粉带节奏，他只是受不了自己犯这种错。

于炀磨了磨牙，打开地图看了一眼安全区，勒令自己不能再失误，他在地图上标了个点，缩小地图后，他计算机上的社交语音软件响了下。

于炀怕自己再失误，本来不想看消息的，奈何软件信息一直在跳，于炀飞速点开……

Drunk：打字没语气，不是在训你。

Drunk：看他们刷弹幕才反应过来。

Drunk：接个语音？

祁醉发了个语音电话过来，于炀愣了下，本能地点了接受。

同一刻，祁醉的声音同步进了直播间。

"你打你的，挂着语音就行。"

祁醉坐了那么长时间的飞机，整整十二个小时的时差，昼夜颠倒，他的声音略带疲惫，和平日稍有不同，但直播间的粉丝们还是第一时间就听出来了。

"祁醉？这是祁醉的声音？祁醉！"

"什么情况？这是接上语音了？连麦了？"

"这个声音有点温柔……哭泣，Drunk你直播的时候不是用这个声调的……"

"哪个黑子刚才说祁醉骂我炀神来着？这语气是在骂人？那求祁神每天这么骂我好吧？"

"嗷嗷嗷嗷嗷连麦好连麦好，求继续……"

"时隔数月我居然是在Youth这里听到祁神声音，嘤嘤嘤……"

于炀片刻就明白过来了。

祁醉是怕刚刚发的弹幕引起误会，让粉丝们以为他当众下自己的面子。

于炀心里一热。

语音那头，祁醉清了清嗓子："刚那个失误……是不是我这么看着，你有点紧张？"

于炀莫名地有点害臊。

那么多人看着，于炀不知道说什么好，他嘴唇动了动，低声道："有点……"

祁醉笑了下："跑毒吧，我看着你。"

听着祁醉的声音，于炀有些紧张，他灌了一口凉水，找车转移位置。

祁醉并不打扰于炀，只是偶尔开麦提醒他两句。

"这种情况你停车打药最好换在二号车位上。

"不是正式比赛，也不是训练赛，但这个意识得有。

"这个滑步没意义，注意N方向。

"先卸车胎再炸车，从车胎扫上来比较好……这是个小斜坡，车炸了可能会往下滑,那就没法做掩体了。"

于炀有天秀的操作时,祁醉也会开麦夸他。

"聪明。

"Nice.

"漂亮。"

于炀打完游戏了,祁醉话也多了。

"这局打得可以啊……"祁醉似是看了下时间,他停顿了片刻,问道,"还差二十分钟两点,再打一局?"

于炀迟疑:"你……你是不是累了?不然我先……"

"不用,你打你的。"祁醉不让于炀折腾,"没那么累。"

祁醉扫了一眼弹幕,修长的手指轻敲键盘:"乐意陪你熬夜,你打你的。"

祁醉的粉丝在于炀直播间蹲了大半夜,虽没见到祁醉,但听着他时不时地开麦,已经非常知足了。

特别是祁醉今天一反常态,不刻薄不毒舌不说骚话,只是指导于炀,话不多,很温柔。

不管是太太粉还是技术粉,听了一晚上都满足了。

只可惜,祁醉只是装得好。

当着粉丝,祁醉人模狗样的,斯文又体贴,指导得也很专业,背着人,祁醉缺德到极点。

"幸好知道你在基地,万一在外面呢?"祁醉皱眉,"贺小旭是不是有病?他用你充电口做什么?"

于炀想起贺小旭跟自己说的那些话,顿了下,没解释。

"什么时候动手术?"于炀仔细看看祁醉身后的家具装潢,"在酒店吗?没去医院?"

祁醉点头:"在酒店,医院要先预约,明天去,还是要做检查,真动手术……不知道哪天,不是什么大手术,一两个小时完事儿,不需要住院,那家

医院离这里挺近，我暂时住在这个酒店，手术后每天需要去他们那里复健，之后……看情况吧，可能换个酒店，这家附近没中餐。"

于炀想着祁醉要一个人做手术就揪心，他算了算时差："等你动手术的时候……我可能在打练习赛。"

祁醉轻松地点头："应该是，好好打。"

于炀眉头紧皱："你……"

"真没什么事儿。"祁醉一笑，"我爸妈早就跟医生聊过了，真严重的话他们就来了。"

祁醉故意岔开话题："你刚才还没说呢，贺小旭用你充电口做什么？"

"他……"于炀迟疑道，"跟我聊天，顺手就……"

祁醉眯了眯眼："说我坏话了？"

于炀语塞。

祁醉笑了，问："还真说我坏话了？编我什么了？感觉你有点不对，隔着这么远，别让我担心，贺小旭到底跟你说什么了？"

于炀整了整衣服，踟蹰片刻，低声说了。

祁醉皱眉："嘴怎么这么欠呢。"

"这不挺正常的吗？"祁醉挑眉，说，"于队长，当时的情况……你还有骗我的嫌疑，我就是脾气再好，也得有点儿火吧？"

有火，但是没发在于炀身上。

那个巴西选手一头撞过来，自然成了炮灰。

祁醉看着于炀纠结旧事，想笑，又有点心疼。

吃苦吃习惯了，突然吃到甜的，反而诚惶诚恐。

这毛病没特效药能治好，只能温水煮青蛙……对他好，对他更好，好得他习惯了就行了。

"行了，我以为出什么事了呢。"祁醉挑眉，"算是说清楚了，别再翻旧账行吗？"

于炀点了点头。

隔日贺小旭才知道那晚直播间的事，不过这次他没发火……顾不上了。

祁醉不在，贺小旭只好跟赖华和于炀商量，他把两人单独叫出来，无奈道："赞助又没了一个。"

赖华闻言眉头拧起，于炀揉了揉酸疼的脖颈，薄唇抿成一条线。

贺小旭暗暗憋着火，他这次没跟赞助商发脾气，甚至还跟人家赔笑脸说好话，虚情假意地客套了一通，说以后有机会再合作。

其实心里早炸了。

"世界赛还没开始呢，怎么就都觉得咱们不行了？"贺小旭气得想吃人，"TGC这是要起飞？都说他们现在才是豪门战队。他们有什么成绩吗？没奖杯没战绩就硬封神？上次亚洲邀请赛上被咱们压在地上打好吧？"

于炀低声道："跟他们没关系，还是我们几个不行……"

"没什么不行的，比上个月又好很多了。"赖华沉声道，"特别是你的单排，这几次练习赛上都是第一，都在稳定上升……"

于炀有一说一："但大家一般还是关注四排赛，不管是奖金分布还是比赛侧重点。"

贺小旭其实心里也慌，他看看于炀，没办法了，问道："你们给我个底，这次世界邀请赛……最好的情况，能拿到什么成绩？"

赖华、于炀半晌无话。

贺小旭着急，压着嗓子说："又不告诉别人！怕什么？"

赖华像个闷葫芦似的，一言不发转身下楼去了，贺小旭心里更慌，下意识看向于炀。

"最近经常跟北美那边约练习赛，日韩那边也有，他们什么水平我们差不多也清楚了。"于炀停顿片刻，道，"不过这不是重点了，重点是……这次邀请赛国内只有三个名额，现在最好的情况是……"

贺小旭紧盯着于炀。

于炀道："是先拿到名额。"

贺小旭头疼地说："你的意思是，咱们有可能国内预选赛都……"

"TGC不用想了，只要他们没失误，第一肯定是他们的。"于炀逐一分析，"骑士团没TGC强，但胜在稳定，我们和他们四六开，我们四。

"FIRE战队也很强，跟我们五五开。母狮战队……我们不失误的话，不怕他们。"于炀看着贺小旭，"两周后就要开始打预选赛了，我们目标是先拿到世界邀请赛的名额。"

"我跟你说实话吧。"贺小旭有气无力，"咱们直播平台的赞助最近也总联系我，问东问西的。我怕他们也要跑，最近整天跟他们吹，吹你们在世界赛上一定如何如何，你们要是连国门都出不去……"

于炀知道贺小旭压力大，犹豫了下："我尽力。"

贺小旭可怜巴巴地看着于炀。

于炀心一横，立了军令状："我们肯定拿到名额，你继续吹吧。"

贺小旭更心慌了，他怀疑于炀心态有点过好了，他怯怯地再次确定："就……硬吹吗？"

"吹。"于炀闭眼，"说我现在solo第一，说辛巴现在一个能打三个，说我们练习赛里赶英超美，闭眼吊打国际豪门战队。"

贺小旭心惊胆战："你是不是被祁醉传染了？这么揪心的事，让你说得我居然有点信了……"

于炀脸有点红，磕巴道："别……别告诉队长我教你这么说。"

贺小旭哭笑不得，狠了狠心："放心，我继续吹去了。"

贺小旭走了，于炀去训练。

祁醉现在是老板，赞助的事瞒不过他，晚上的时候祁醉就知道了。

意料之中的事，祁醉并没说什么，反而安慰了贺小旭几句。

贺小旭嘴碎，素质也差，白天答应了于炀不告诉祁醉，晚上一字不漏地跟祁醉说了，祁醉听着于炀那通豪言壮语哑然失笑："人有多大胆，地有多高产……"

"闭嘴！"贺小旭道，"你以为Youth光会说？今天训练得更认真了！"

祁醉淡淡道："少给他压力，要是把他也累出毛病来……"

"呸呸呸。"贺小旭怒道,"他体检结果可好了!什么毛病也没有!"

祁醉冷冷道:"心里的毛病也是毛病,你没事儿少跟他瞎说,赞助没了就没了,你跟他说有用?"

贺小旭自知理亏:"我……我不是得找个人商量吗?"

祁醉没理他,挂了电话。

当晚,于炀早早地开了直播。

于炀会开播,说明训练赛结束了,开始自己练习了。

祁醉给于炀发消息。

Drunk:不休息会儿?刚打完就直播。

Youth:混时长,也……混点礼物钱。

Drunk:……

Drunk:就算赞助没了,咱们也没到这一步吧?

Youth:你知道了?

Drunk:嗯。

Youth:多攒一点,总没错。

Youth:我会好好赚钱好好打比赛,你别有压力。

祁醉没再多说,他打开笔记本,给于炀打语音电话,于炀很快接起来了。

祁醉静静地看着他单排,基本不开麦,除非于炀确实有问题了,才低声提醒他两句。

每当这时,直播间里弹幕都要爆炸几分钟。

于炀很重视正常训练时间,不会多话,祁醉自然不会多打扰他。

直到直播间里出现了不受欢迎的人。

"系统公告:房管Knight-Flower进入了直播间。"

祁醉眯了眯眼……周日了,花落应该是来约下周训练赛的。

果不其然,会员弹幕上——

Knight-Flower:"Youth,约一下下周训练赛?"

于炀在游戏里没看见，祁醉装瞎，不提醒他。于炀半天才看到，他切出游戏界面开麦道："周四和周六没空，其他时间都可以。"

Knight-Flower："OK。"

Knight-Flower："单排呢？方不方便组队双排一把？"

不等于炀婉拒，祁醉冷冷道："不方便。"

花落被吓了一跳。

Knight-Flower："这谁声音？祁醉？！"

Knight-Flower："什么情况？你不是出门办事了吗？有病吧你？"

Knight-Flower："Youth还没拒绝我呢，你说什么？我们现役队长聊聊天，退役人员闭嘴可以吗？"

祁醉闭了闭眼，深呼吸了下……他无意挑事，是花落逼他的。

祁醉调整了一下耳麦，突然道："感谢骑士团花落队长打赏的十个流星雨，花哥可以呀，够大方，来来大家帮忙刷一下弹幕，一起感谢一下。"

粉丝们不明所以，祁醉说什么就是什么，马上开始帮忙刷："谢谢花哥，花哥大方。"

礼物未到，感谢先行。

感谢弹幕铺天盖地，当着这么多人的面，花落丢不起这个人……

花落咬牙，忍痛刷了十个流星雨，一千块钱一个的礼物，刷完十个花落肉都疼了，他怕祁醉再感谢，刷完就骂骂咧咧地跑了。

于炀兼顾着游戏，没反应过来发生了什么，半天切出来看了一眼，他最近想钱想疯了，看见有礼物当然开心，不过还有点疑惑，问："约个练习赛……怎么还砸礼物呢？"

"谁说不是呢。"祁醉跟着假惺惺地感叹，"我花哥就是牌面大……来一趟不空着手，非得送点礼物不可。"

国内一线PUBG战队群里，花落依次单戳了其他战队队长，咬牙切齿地让大家小心，最近跟HOG约练习赛私下单找Youth，千万千万不要去Youth直播间。

花落是好心，偏偏这群人互黑互损惯了，彼此之间并没有信任可言，花落不说这话谁也没想去于炀直播间，他这话说出来了后——

三分钟后，业火在于炀直播间含泪砸了三千块钱的礼物。

五分钟后，母狮战队队长被套路了一千块钱的礼物。

十分钟后，周峰默不作声地在于炀直播间扔了一万块钱的礼物，又一言不发地出来了……

好奇心害死猫，一晚上，于炀懵懵懂懂地发了笔小财。

托花哥的福，祁醉连蒙带骗地给于炀混了小十万的礼物钱。

"一方有难，八方支援，人间处处有惊喜，人间处处有真爱……"祁醉准备发个微博表达一下内心的感动，"我祁醉，在役八年，最大的财富就是遇到了你们这群兄弟……"

最后要不是贺小旭丢不起这个人拎着刀上来了，祁醉还能再捞点。

祁醉当时已经在给自己大爷打电话，想教他怎么上平台看直播了。

贺小旭怒目切齿，拉过于炀的耳麦对祁醉进行死亡威胁："祁醉……下周我们就要碰面一起打预选赛了，你不要脸，OK的，我们还要，行吗？"

祁醉挂了自己大爷的电话，看向直播间里突然出镜的贺小旭："怎么就不要脸了，都是兄弟战队……"

贺小旭气得喘不上气来，道："你管他们叫声兄弟，你看有人答应吗？"

于炀揉了揉眉心，迟疑道："那什么……我直播还没关……"

贺小旭愣了下，下意识看向摄像头，粉丝们唰唰地发弹幕跟贺小旭打招呼，贺小旭恼羞成怒："关了！"

贺小旭自己动手给于炀闭了麦，粉丝们听不到声音了，只好疯狂刷弹幕。

"感觉自己见证了历史，以后谁再说国内战队之间不和我第一个站出来！"

"一声兄弟，一生兄弟，不多说了，你们都是我祁神的财富！"

"HOG和骑士团友谊长存！"

"HOG和TGC友谊长存！"

"HOG和FIRE友谊长存！"

"我有个大胆的建议，以后谁来炀神直播间，不管给不给礼物，咱们就硬感谢怎么样？"

"超级管理来了也要感谢？"

"要，超级管理怎么了？平台老板来了也要！"

"我要笑炸了，求求你们别秀了……"

于炀心里其实有点过意不去，想退回去，但被贺小旭拦住了。

"退什么退，祁醉以前也打赏他们，有来有回的，他们不在乎这点儿……再说咱们也不缺这点儿啊。"贺小旭恨铁不成钢地看看于炀，"还没看出来？祁醉故意的，哄你玩呢！训练！"

于炀愣了下，干巴巴道："是……是吗？"

于炀耳机里祁醉轻笑了下，没说话。

贺小旭看不下去了，抓狂地走了，出门前又警告了祁醉一声，不许他再搞事。

祁醉懒懒地应着，没答应也没说不答应。

预选赛马上就开始了，祁醉确实也不敢再耽误于炀的时间。

HOG一队如今的水平如何祁醉比贺小旭清楚，他不想给于炀太大压力，每次跟于炀聊起来，只说尽力就好。

国内预选赛一天天逼近，于炀被祁醉强行压缩的训练时间再次释放，祁醉现在也不劝他早睡了，晚上也很少再连麦。但于炀只要开直播，祁醉肯定会看，被无数直播间拉黑的Drunk账号，这些天始终挂在于炀的直播间里。

纽约那边，祁醉在进行过多次检查后，又被安排了一个星期的手腕术前训练，赶来赶去，祁醉手术竟跟国内预选赛碰到了同一天。

不光是同一天，是时间完完全全重合了——祁醉上午八点开始准备手术，国内时间是晚上八点，于炀应该正在打倒数第二个单局。

祁醉知道时间后自己忍不住先笑了："你说这是什么运气……"

于炀心里也不痛快，反过来安慰祁醉："你做好手术出来……就知道我们成绩了。"

祁醉点点头："挺好。"

于炀欲言又止："你……你别怕疼。"

祁醉笑了。

"于炀。"祁醉看着视频里的人，突然道，"比赛要是输了……"

于炀想也不想道："不可能。"

"别这么大压力，就是周哑巴他们现在也不敢说一定能出线吧？凡事都有万一……"祁醉接着刚才的话题道，"要是输了……你让贺小旭带你去办个签证，我给你订机票吧？"

于炀一怔："订……订机票？"

"来我这。"祁醉对于炀轻松一笑，"反正也不用准备世界赛了，放个假吧，来这边，我带你玩。"

于炀明白了。

祁醉怕自己输了预选赛名额后接受不了，要提前给自己喂一块糖。

祁醉道："想不想来？我在这边还算熟，一般导游不如我……反正复健的时候每天就去医院两三个小时，别的时间陪你玩。对了，想不想去环球影城？咱们可以去一趟奥兰多，我只去过日本的环球影城，也没去过这的，正好一起去看看，你应该喜欢，咱们在那多玩几天……"

祁醉一笑："好不好？"

于炀沉默片刻，用了好大的毅力才狠下心道："不用了。"

祁醉莞尔："谁啊？昨天都躺下了，还给我发短信说太累了？"

于炀脸颊渐红，他轻声道："昨天训练太累了，打得也不是太满意，所以……"

祁醉继续说："那还不愿意来？"

于炀垂眸，轻声道："世界赛……就在美国加利福尼亚。"

祁醉错愕。

"我会拿到预选赛名额。"于炀慢慢道，"赢了比赛后，主办方会给我订机票，再等一个月，我就能去找你。"

于炀看着祁醉，狠了狠心说：“我去不了那么早，你再等等我。不用想着怎么安慰我，比赛我肯定会尽全力，我会努力赢下来，要是输了……那全是我的问题，我会对粉丝们道歉，本来就是我该做的。”

于炀想了下又道：“再说我也不会输。”

祁醉半晌说不出话来。

还是小看于炀了。

Youth怎么可能需要他的这种赛后安慰。

祁醉释怀，点头：“好，我尽量早点恢复，希望第一次手术就成功……可以赶在你来之前就回国。”

祁醉看看手表，不敢再耽误于炀时间，又说了两句话就让他睡了。

翌日，祁醉进行手术，于炀带队征战预选赛。

AWM

第九章

比赛当天，HOG全员上午九点钟就起床了。

"不要紧张，好吧？"早饭的时候，赖华给大家做心理辅导，"情况你们现在都知道了，最差的结果就是出不了线，但那又怎么了？"

"就是啊，赞助掉得就只剩直播平台这一个了，再惨还能怎么惨？"贺小旭一改在于炀面前可怜巴巴的样子，对辛巴自信满满道，"我们已经把最坏的结果都预料到了，没关系，不要因为怕这个怕那个就束手束脚的，反而打不好，好吧？"

"好！"赖华吸着豆浆，大手一挥，"就是干！别尿！一共六局比赛，不管前面打成什么样，心态别崩，打完一局，马上忘记，最后一局往上追名次的事咱们又不是没有过，千万千万不要像上次线下赛一样，前面几局打不好，整体就崩了。"

赖华看向辛巴，辛巴忙点头，愧疚道："我这次一定调整好心态，像炀神说的那样……不管如何，就是要赢。"

赖华点头，听了这话左右看看："说起他来，Youth呢？"

贺小旭起身看看，转身上楼："我去看看。"

于炀正在三楼训练室整理自己的外设包。

于炀迷信又土气，他想了又想，把自己键盘从外设包里取了出来，走到祁醉机位前，把祁醉的键盘拆下来，装进自己包里了。

正巧被上楼来的贺小旭看见了。

"哟，干什么坏事呢？"贺小旭啧啧有声，"厉害了，我来HOG这么多年，你是我见过的第一个敢玩祁醉键盘的。"

于炀被看见了也没不好意思，他轻手轻脚地把祁醉键盘放好，低声道："用他的键盘，没准更容易出线……反正都是白色键盘，别人看不出来。"

贺小旭忍了又忍，没告诉于炀，祁醉这把键盘是外设公司专门给他定制的，全球只有这一个，键帽都是特制的，就算路人看不出来，祁醉的粉丝肯定一眼就能认出来。

"炀神用祁神的键盘去打比赛了！好萌好萌！"这种帖子，几个小时后大概就会在论坛首页飘红。

贺小旭他担心于炀紧张，故意开玩笑道："小心点，别再给他泼水了什么的，等祁醉回来借题发挥找你麻烦……"

"我会小心。"

贺小旭不再开玩笑，正色道："老赖在给大家做心理建设，反正就是……不可能更糟了，压力别太大，尽力就好。"

于炀连祁醉的安慰都不会接受，更别说是贺小旭的，他摇摇头："不会，我说会出线，就肯定会出线。"

贺小旭无奈一笑，点头："行吧，加油。"

十点钟，大家准时上车出发。

于炀大赛都打过几次了，整个流程很熟悉了，不用贺小旭再提醒，于炀倚在车窗上，面无表情地看着车窗外。

第一次，出门打比赛，身边没有祁醉。

这次连解说都不是了……于炀揉揉眉心，闭目养神。

月前，一队刚打过一次正式的线下赛，那次成绩是第四。

而预选赛的名额只有三个。

无论前些天大家如何苦练，无论方才赖华和贺小旭如何安抚，一队的几人还是有点紧张的。

特别是辛巴，他坐得笔直笔直，两手微微发抖，嘴里念念叨叨不知说些什么。

老凯拿着平板计算机，还在复盘昨天的练习赛。卜那那左手端着个盛着水的矿泉水瓶盖，右手手指轻点瓶盖里的水，优雅地一下下往辛巴脸上弹水珠。

贺小旭也紧张，他回头看看几人，忍不了了："那那你干吗呢？！"

"给辛巴小朋友洒一点仙水。"卜那那一脸慈祥，"你们听不清吗？这孩子在祈祷。"

辛巴紧张地咽了下口水，说："我……我在求我太姥姥保佑我……"

贺小旭哑然失笑，道："你太姥姥……也懂电竞？"

"不懂。"辛巴恭敬地看向车顶，"她老人家在天有灵，一会儿会附在我身上，助我一臂之力……"

贺小旭无端一阵寒战。

辛巴在胸口画了个"十"字，兢兢业业地说："列祖列宗在天有灵……"

"行了行了。"贺小旭看不下去了，头疼，"你们怎么都这么迷信？！还列祖列宗……一点儿都不电竞！"

老凯放下平板，叹气："别骂他了，我刚也托电竞大神给我神力了。"

卜那那连忙也给老凯弹了点矿泉水，心疼地说："可怜的，说出来多惨，人家主持采访各个战队，你们准备了什么战术啊？人家有进攻刚枪流的，有保守苟命流的，问到咱们……我们HOG是祈祷上天有奇迹流……"

贺小旭气得想找东西打卜那那："就你们几个丢人好不好？！看看Youth！有点正常职业选手的样子行不行？！"

于炀回神，他顿了下："我刚也祈祷了……"

卜那那意外："你Youth也有今天？昨天打完练习赛后是谁信誓旦旦跟我们说一定能出线的？你还祈祷什么？"

于炀低头笑了下没说话。

于炀在祈祷祁醉手术能成功。

卜那那愣了下，突然问道："祁醉是不是今天做手术？"

老凯想了下，一拍脑袋："还真是！"

卜那那讪讪一笑："最近太忙太累了，都忘了这个了……"

卜那那郑重地坐正了身子，挪开腿，伸直手臂，把瓶盖里剩的水均匀地直直洒下，沉声道："这一杯，祝我们能顺利出线！"

老凯脸色凝重，拧开自己手里的矿泉水瓶，双手给卜那那再满上。

"这第二杯！"卜那那唏嘘，"祝队长手术成功！"

卜那那刚要洒，坐在最后面的赖华打盹醒过来了，见状在他头上狠拍了几下，"往车里泼水？！往车里泼水？！往车里泼水？！"

卜那那气得不行，可跟刚醒过来的赖华说不清，但也不敢再洒了，又可惜这一瓶盖仙水，无法，跟老凯合力连蒙带骗地给辛巴灌下去了。

于炀忍笑，对辛巴道："今天肯定没问题了。"

辛巴将信将疑，但他现在对于炀的崇拜已经到了盲目的程度了，于炀说他行，那他肯定就行。

一小时后，HOG的车抵达赛场。

于炀背好外设包，下了车。

HOG的粉丝们早早地就来了，大概也知道HOG最近艰难，灯牌和应援手幅这些上面都没什么骚话了，全是鼓励他们的。站得最靠前的两个粉丝拉着的手幅最显眼，手幅上还印着于炀的Q版头像，只可惜……他们写的是英文。

于炀下车摘了墨镜，因为不太懂，多看了几眼那个手幅。

"看什么呢？"卜那那在于炀身后，拍拍他肩膀，"进去了，等打完再跟粉丝打招呼。"

于炀点头："看他们应援牌了。"

卜那那回头看了一眼："最前面的那个？"

应援牌上写着："HOG never give up."

于炀突然释然，明白粉丝们的意思了。

HOG永远不会放弃。

第一局比赛开始前，裁判依次收走众人的手机。

于炀拿出手机来，下意识看了一眼，有一条信息。

这会儿美国刚刚凌晨四点，但于炀不知怎么的，潜意识里就觉得这是祁醉发来的，他飞速解锁——

Drunk：炀神加油。

裁判在催促了，于炀飞速回复了几个字，把手机交给了裁判。

Youth：祁神加油。

比赛开始。

第一局，G镇核电站的中心航线。

于炀迅速地在下城区标了个点，说："跳。"

HOG第一个跳下了飞机。

于炀和卜那那飞速落地，老凯早早地开了伞，高飘着监控其他队伍，老凯道："两队跳了，一队可能是想去G镇，还有一队看不清楚，可能是二加二分头打野了，不排除找车去下城区的可能。"

于炀点头："你往集装箱飘，我帮你卡着人，有人想从集装箱桥往上城区走的话马上说，尽力扫车，扫不下来爆胎也行，我马上过去。"

于炀、卜那那、辛巴早已落地了，老凯依旧飘着，他点头回答："了解。"

辛巴开车，三人第一时间抵达下城区，第二队跳的人远远听到车声，犹豫了下，转头走了。

卜那那笑笑问："哪个战队？尿啊。"

"尿吃鸡，刚快递。"老凯终于落地，"有俩人开车往集装箱去了，他们看见我了，我现在没枪。"

于炀想也不想道："那来不及了，你先绕树，被撞死就撞死，记得报点。"

于炀说话间已经赶到集装箱区了，他架着枪，准备收掉开车这两人。

老凯飞快躲到树后，一边观测着地形一边咬牙："真是祁醉接班人……人性呢？"

说是这么说，但老凯清楚于炀判断没错，这片全是大平地，自己绝对跑不过车，贸然把车带过去最可能被轧死，还不如在这周旋。

刚落地，于炀根本没找到倍镜，只能机射，他没分心跟老凯说话，趴在集装箱上，屏息等着。

幸好，那两个人并未多跟老凯纠缠，扫了两枪没中就走了，经过集装箱想过桥的时候，不出意外地被于炀用机瞄扫掉了。

两个人头，20分到手。

"漂亮。"

卜那那给最后赶过来的老凯分了点资源，一笑："有没有感觉，于队指挥越来越有祁醉的感觉了？"

老凯差点开场祭天，闻言感叹："平时不觉得，比赛的时候真是一样手黑心狠。"

辛巴把八倍镜和医药箱分给于炀："绷带给我。"

于炀把几个绷带换给辛巴，几人并不刻意均分物资，最好的物资肯定是第一时间给于炀和卜那那，老凯和辛巴打扫他俩剩下不要的东西。

安全区刷新了，机场圈。

卜那那磨牙："咱们能不能有一次天命圈？哪怕就一次？"

"辛巴拿油，这边车多，一人一辆，开车走。"于炀再次确认药品后标了个点，"马上走，一会儿除非有掩体，不然中间被扫下车不救。"

几人马上上车，辛巴开车走在最前面，HOG如今习惯的套路——过桥肯定是辛巴先过，如果被人蹲了，能救辛巴就救，不能救就卖了辛巴，三人退守再反打。

四排的时候于炀从来不会刻意救队友，同样的，他自己被架死的时候，也不许别人无意义地去救他，有一次练习赛时于炀被三个人架在灯塔里，确定是出不去了，于炀为了不让别人拿自己人头分，硬让远处的卜那那狙掉了自己。

论起狠心，于炀比祁醉有过之无不及。

HOG距离安全区太远，进圈要被无数队伍卡，还好于炀选点缜密，避开了几个队伍，但在过桥的时候还是被收过路费了。

桥体前半段并没有掩体，辛巴被扫下车后于炀不让其他人下车救，反而加快车速，直直开过了掩体才依次下车，绕后反打。

辛巴已经被击倒了，趴在桥中间，和于炀他们距离并不很远，对方并不补掉，任由辛巴趴在那缓慢掉血，显然是想钓鱼，趁HOG其他人救队友的时候再收人头。

于炀想也没想，开枪爆了辛巴的头。

辛巴被淘汰。

"Youth这一手……"解说A愕然，"想不到啊，不过这也没必要吧？就算不救，辛巴掉血马上也死掉了，这个……哈哈哈，过于模仿祁醉的心狠了吧？"

"不是。"解说B摇头，"我刚留意了下，辛巴头上戴着的是个完好的三级头，于炀刚那下应该是把他的三级头打爆了，他这下挺果断的，知道救不了队友了，那就尽量把队友的装备损坏，免得便宜了别人。"

解说A失笑："原来如此，可以可以，学到了……Youth做指挥不算很久吧？思路真清晰，决断性很强，不犹豫，不拖延，一秒不到的工夫里判断情况，明确不能救队友后马上毁掉队友的装备，可以的可以的。"

解说B笑笑："师承祁神，正常的。"

游戏里，辛巴焦心道："我刚才尽量躲了，但还是……"

"你没什么问题，谁在第一个走也会被打下来。"于炀语速飞快，"辛巴OB老凯，替他看S方向，小心被人劝架，那那替我架枪，我把车开过来当掩体……吃了他们。"

卜那那趴在掩体后开镜架枪："没问题。"

两分钟后，HOG三打四灭掉了NNC战队，顺利进圈。

HOG虽然折损了一人，但已经吃了两个满编队，物资充沛，一路杀进了决赛圈。虽最终不敌TGC和骑士团，名次第三，但因为杀人够多，硬是靠着人头积分把总积分排名拉到了第二。

第二局，HOG单局排名第七，两局总积分排名第三。

第三局，HOG单局排名第十，三局总积分排名第五。

后台，贺小旭和赖华相互安慰，还有希望，还有希望。

第四局，HOG单局排名第四，四局总积分排名第五。

第五局，HOG单局排名第六，五局总积分排名依旧是第五。

TGC积分遥遥领先，总积分1750，第二名骑士团总积分1510，第三名FFTB战队总积分1465，第四名FIRE战队总积分1350。

HOG总积分1310。

后台贺小旭提心吊胆几个小时，脑子快不够用了，他焦急地拍着赖华："要进前三还差多少分？还有可能吗？最后一局得追多少分？"

比赛场上，第六局比赛已经开始了。

老凯算也不用算，直接道："动态积分和第三名的FFTB差了155分，和第四名差了40分，领先第六名60分，想要出线，咱们这局要超三、四名155分。"

卜那那心知希望不大，但还是硬着头皮梗着脖子道："差得不多！有希望有希望，打起精神来。"

老凯犹豫了下，又道："但第六名也只比咱们少了55分，这局咱们还有希望，但前提是能超过三、四名，还不被第六名超过。"

辛巴紧张得脸色发白，但难得心态没崩，他不敢掉链子，跟着算道："三、四、六名这三个队伍，哪个队伍名次高一点，咱们都没戏了，咱们只超过155分没用，不知道哪个队伍分数能追上来，这局积分必须特别特别多才行……咱们还刚枪？还是苟一下？"

"苟名次那点分已经不够了。"于炀标了个点，"跳。"

卜那那闭眼跟着跳了，忧心忡忡："核电站……于队，我怕要出事。"

"不会。"于炀深呼吸了下，"现在几点？"

辛巴飞快道："八点半了！"

于炀急速落地，捡起一把枪来，边上子弹边道："队长已经开始动手术了。"

三人一愣。

于炀捡起消音器装上，平静道："我想去美国看他。"

卜那那眸子一缩，气运丹田："干！"

老凯高飘在天上，眯了下眼睛沉声道："你们的W方向来了一队。"

于炀架枪："接客。"

第六局，HOG单局排名第一，击杀16，总积分飞跃至第三。

曾在釜山举"Drunk，不退役好不好"横幅的那个男生在最后一局比赛后跳上座椅，他眼眶通红，高举起手幅——

老将不死，薪火相承，HOG永不言弃！

HOG险险地拿到了世界邀请赛的名额，贺小旭放下心来能跟赞助商有个交代了。

HOG最近的情况粉丝们都清楚，能出线已经是不容易了，粉丝们也挺乐观，欢欢喜喜地给四个队员们的微博评论点赞，死忠粉也能安心订机票买世界赛门票了，微博和各大粉丝群里一片祥和。

相对而言，几个论坛上的言论就不那么和谐了。

"我就不懂了，这么勉强地拿到名额有用？还不如让FIRE出线，世界赛上打得肯定比HOG强。"

"HOG出线全靠运气吧？最后一局安全区刷得对他们有利，不然能让他们把积分追回来？"

"服气，HOG的那个辛巴是要丢人丢到国外去？对他最无语，每次都是第一个死。"

"我们对你们黑子才服气好吧？辛巴为什么第一个死你们是真不知道还是闭眼黑？Youth让辛巴探路，他不死谁死？"

"这都能撕起来？祁神以前也是这个战术啊，以前嘲老凯，现在嘲辛巴，反正总得有人让你们羞辱是吧？"

"祁神以前至少没让队伍在预选赛挣扎吧？连邀请赛名额都差点丢了，脑残粉还跟着高兴，高兴个屁。"

回基地的路上，辛巴低头刷论坛，一言不发。

老凯怕他心态崩溃，刚要跟他分享一下自己的背锅心得，辛巴自己先松了一口气。

"还好还好，这次只骂了我，没人身攻击我爸妈还有我弟弟。"辛巴收起手机，不好意思地摸头一笑，"我早跟我弟弟说了，不要在学校说我是他哥哥，他不听，整天跟同学说……"

卜那那有个妹妹，闻言叹口气，抬手在辛巴头上揉了下。

老凯常年背锅，早就被骂出经验来了，忍不住跟辛巴分享心得。赖华听不下去了，在他俩头上分别敲了下，骂道："能不能有点血性？"

辛巴惴惴不安地说："努力练习不再背锅吗？但我已经努力了啊，我……"

"不是。"贺小旭尖酸刻薄道，"有血性就是骂回去！呆呆地挨骂有用？我发群里几个小号，心态不好的登录小号给我去论坛对喷，怎么脏怎么骂！"

卜那那眼睛亮了，说："来来来，我喜欢这个……"

赖华彻底没脾气了，也不管他们了，他看看于炀，说："怎么了？也看论坛呢？"

"没有。"于炀低头看着手机，"给队长发消息……"

"你们打比赛的时候我给他打了个电话。"赖华宽慰道，"他说十一点左右的时候才能再碰手机，你等一个小时再联系他吧。"

"嗯，我知道。"

于炀头也不抬，依旧不停地给祁醉发消息。

反正祁醉早晚能看见的。

"比赛前就说了，打完就算，不纠结，反正不管别人怎么说，咱们就是拿到

名额了,下面努力练习就完事儿了。"贺小旭一边开着小号在论坛和人互掐一边趁机给大家开小会,"不是说拿到名额就行了,下面一个月,努力训练,赛前都不要懈怠,时间短任务重,咱们这次就不出去庆祝了啊,免得被粉丝知道了又要骂我耽误你们时间,晚上我请客,给你们点二十斤小龙虾,好吧?"

大家自然没异议。

贺小旭看向于炀:"祁醉联系你了吗?"

于炀轻轻摇头。

"唉,放心,小手术,肯定没问题。"贺小旭笑了下,"提起精神来,再过一个月就能见面了。"

"明白。"于炀收起手机,面色如常,"晚上照常训练,没关系。"

贺小旭又有点不忍心,道:"要不休息一天?打了一天比赛……"

于炀想也不想地道:"不用。"

贺小旭无法,只能由着于炀。

回到基地后大家一边等外卖一边收拾东西,于炀去冲了个澡,出来后第一时间看手机——还是没回复。

于炀微微皱眉,马上就十一点了,祁醉之前跟于炀打电话说过,不至于这么久。

于炀想给祁醉打电话,怕耽误事,忍了又忍,还是只发了两条信息。

不多时贺小旭打电话叫于炀下楼吃饭了,于炀带着手机下楼。

同一时间,祁醉所在的医院病房中,几个医生还有一个复健师对祁醉强调需要注意的细节,又叮嘱照顾祁醉的护士按时间督促祁醉活动右手,千万不能怕疼,祁醉右手上的麻药逐渐失去药性,开始觉得有点疼了,他点点头,等大夫走了以后跟护士要自己的手机。

护士不太放心,反复劝祁醉再休息一会儿。

祁醉笑了下:"放心,我不用右手,我朋友等着我联系他呢。"

护士讶异地看了祁醉一眼,抱歉地笑笑,忙把祁醉手机拿给了他。

祁醉接过手机，百十来条未读消息，别人的祁醉来不及看，先点开了于炀的。

第一条就说了比赛的战绩，第三名，已经不容易了，祁醉很满意。

祁醉飞速往下滑，逐条看于炀的消息，直到最后……

Youth：还没好吗？疼不疼？

Youth：十一点了，应该做好了？是不是不方便用手机？

Youth：看到消息后方便的话回复我一下，你别打字，让人给我回个表情也行。

祁醉继续下翻。

Youth：可以的话，给我回个表情。贺小旭叫我了，我先吃饭，我带着手机，你回我我马上就能看见。

祁醉迅速给于炀打了过去。

不到两秒，电话就被接起来了。

"喂？"于炀声音急切，"做好了？"

因为祁醉晚联系了他半个小时，于炀想问又不太敢问，迟疑又小心道："怎……怎么样？"

祁醉垂眸一笑，说："特别好。"

于炀磕巴了下："特……特别好？做得特别好是不是？"

"是，医生都说情况比想象的好。"祁醉微笑，"比术前预计的好，手术做得也很成功，很干净，创口小，几乎没瘀血，恢复得可能比之前预计的要快。"

于炀心中大石落地，反复道："那就好那就好，那……疼不疼？"

麻醉逐渐失效，祁醉的手越来越疼，他道："还可以，暂时还没什么感觉。"

于炀还是心疼："一会儿可能就疼了，你提前吃点止疼药？"

"一会儿吃……"祁醉轻声道，"比赛辛苦了。"

于炀莫名有点愧疚："打得不好……差点就……"

"我只看结果，挺好的。"祁醉笑了下，故意道，"怎么办？赢了名额，得开始赛前特训了，不能来看我了。"

"再等一个月。"于炀顿了下，轻声问道，"今天还视频吗？"

祁醉不想让于炀看见自己被绷带层层包裹的右手，一笑道："不了吧，这两天得住院，这边病房可能不许录像。等两天，等我回酒店了吧，行吗？"

于炀对祁醉一向好说话，自然答应了，祁醉又跟他说了好一会儿话才挂断电话。

祁醉轻轻摩挲手机，轻轻地吐了一口气。

护士把止疼药拿给祁醉，祁醉把药吃了，护士笑笑，问祁醉对方是不是不高兴了。

"没有。"祁醉笑了下，"就是有点愧疚，国内一摊子事，全推给他了。"

护士没太听懂，但还是点点头表示同情，并安慰祁醉，说他只要全力配合治疗就能早日回国了。

祁醉轻笑，再早也没赶上于炀最辛苦的时候。

护士小姐遗憾地摇摇头，又劝慰了祁醉几句。祁醉叹了口气，用英语道："算了……你们这边有没值班的、比较清闲的工作人员吗？除了你还有谁照顾我？"

护士忙点头，叫了几个人过来。

"有些事我一直想说……"祁醉调整了一下自己身后的靠枕，舒展开自己的长腿，选了个更舒服的姿势，缓缓道，"但没机会，也没什么人想听……你们可能只知道我的职业，但不了解我的工作环境……我的队友或者是竞争对手……都不太友好，没人愿意听我倾诉这些，没有人……我当然只能把所有的事都憋在心里。"

祁醉淡淡道："这也许就是男人吧……什么都不能说，但我偶尔也很有倾诉欲……但电竞这个行业……很残酷，很浮躁，没人愿意静下心来，听我说说这些。"

祁醉格外强调了"nobody"这个词，又道："不止如此，我经纪人日夜监视着我，不许我跟别人聊这些，我只能偶尔找个机会，稍微聊两句……事后还会被他训斥。"

一个上了年纪的护工闻言眼睛都红了，忙安慰祁醉，表示自己愿意做个最忠诚的听众。

祁醉深深地看了他一眼，慢慢道："那太好了……

"从哪儿说起呢……"祁醉低头扫了一眼自己的手机，觉得倒叙比较好，"你们看这个手机……不知道的，只会以为这是个最新款最大存储器的白色手机，其实……"

在国内压抑太久的祁神，终于在异国他乡找到了自己的听众。

住院的三天时间里，祁醉所在医院上下五十七位医疗人员，几乎都知道了Drunk祁和Youth于的故事。

当然，不是所有工作人员都有时间听祁醉讲故事。没人能听的时候，祁醉就找病友们聊聊，对方听不懂汉语、英语没关系，祁醉尊重所有语种。非要说有遗憾的话，就是祁醉有日语这个短板，不然住在祁醉隔壁那个日本钢琴家也躲不过这一劫。祁醉甚至愿意尝试学学日语，但人家住了两天就出院了，没能赶上。

"他要是知道了，回日本估计得给我写首歌……"祁醉遗憾，"艺术来自生活……"

护士小姐这几天已经知道了祁醉团队的各种大事小事，闻言已经完全淡然，照常给祁醉换药，倒是一旁的男护工百听不厌，闻言一脸羡慕："你们团队真和谐。"

"是我运气好……"

祁醉疼得轻轻抽气，他手上的伤口根本没长好，但为了避免肌腱组织粘连，祁醉从手术第二天就得开始复健，他按照护士的要求不断活动右手腕，不一会儿额间就沁出了一层汗。

"给你……看看我们战队的照片。"祁醉微微抬头，方便护士给他擦汗，自己拿出手机来解锁，飞快翻出相册来递给护工，"于炀比赛的照片。"

护工接过手机，惊讶："这么小? 真帅气……"

"亚洲人显小，不过他年龄确实不大……刚成年。"祁醉磨牙，忍着疼按照护士要求的来回折腾自己伤口，"嘶……你往后看。"

护工在确定可以看后继续往下翻，看了半天于炀的照片。

护工真心赞叹："真帅……酷……"

"打比赛的时候挺酷的。"祁醉接过手机，说，"私下跟我在一起的时候脾气挺好……"

"想象不到。"护工羡慕道，"那看来你们感情是真的非常好了。"

祁醉笑笑，他和护工聊着天，终于熬过了上午的活动时间。护士给他清理好伤口，又给他把午餐时要吃的药拿了过来。

祁醉问了问自己何时能出院，护士说不准，只安慰道："手术很成功，恢复得非常好，应该很快就能出院了，不过还是要每天复健。"

祁醉早就想搬回酒店了，奈何治病的事不敢轻视，只能忍着。

预选赛好不容易出线了，为了备战世界邀请赛，整个一队统一作息，每天十一点准时开始训练，第二天凌晨三点整点下机，中间只有一个小时的休息时间，也没有个人单排的时间了，只要是训练就是在组排。

贺小旭本来还要做个表率，和队员们共同作息，但陪了几天后就熬不动了，唏嘘道："浪不动了，浪不动了，头晕眼花的……我说，你们真没事儿吗? 我怎么白天一点儿精神都没有?"

卜那那啪啪地敲着键盘，淡然道："电子竞技，没有睡眠。"

贺小旭紧张地摸摸自己眼下："我怀疑我都有眼袋了……你们没事?"

年轻选手炀神抬头看向贺小旭，皱眉道："眼袋是什么?"

贺小旭气愤地看着一众年轻的脸，磨牙道："不是什么……当我没说，晚上回宿舍都把护照找出来，明天要去办签证，都记着点啊，别明天起了跟你们要东西再找不到，耽误时间。"

赖华迟疑片刻，抬头说："祁醉的怎么说？"

于炀偏头看了过来，摘了耳机。

"他应该回不来吧？"贺小旭想了下，"就算回来也无所谓啊，他不是有B2十年签吗？不耽误再入境就算了呗。"

赖华不作声，过了好一会儿才道："给他留一份邀请证明吧，万一回来了，给他办商签。"

贺小旭失笑："有这个必要吗？多麻烦，我……"

"办就得了。"赖华脸色不太好看，"他一个旅游签，到时候混在队伍里，不伦不类的，什么样子。"

贺小旭无语，但赖华脾气就是这样，犟起来谁也说不动。

贺小旭其实清楚赖华在纠结什么。

一队获得了世界邀请赛资格，赛事官方会给每个队员和每个随行工作人员出具正式邀请文件，一队以此办理签证入境，名正言顺，手续上不会存在任何问题。

他们是受官方正式邀请去比赛的。

一个月——准确地说三十五天后的世界邀请赛上，祁醉必然不会缺席，但如果没这份邀请函，祁醉只能算是个……粉丝。

连随行人员都排不上他。

赖华忍不了这种事。

贺小旭说不动赖华，只能再给官方发邮件，要求赛事官方给祁醉发一份教练邀请函证明。

于炀听不懂他们说的什么，自己算了算时间……还有三十五天。

于炀重新戴上耳机，继续训练。

于炀最近心情不太好。

昨天和北美豪门战队约练习赛，不出意外地被爆捶，辛巴心态险些爆炸。于炀作为队长，为了给大家调整心态的时间，自己独自做了赛后复盘。

复盘后于炀心态也险些炸了。

为了不把负面情绪感染给其他人，于炀在天台抽了几根烟，想了个好办法……

于炀将自己直播间的名字从"HOG-YOUTH备赛中"改成了"Drunk"。

心情果然好了许多。

"没事儿总提那个老痞子做什么？"贺小旭站在于炀身后指指点点，"有这工夫多哄哄你粉丝，你是不是不知道咱们战队商城卖的东西是要给你们单独提成的？你的东西卖得越多你赚得越多。"

于炀最近慢慢地也开始有"太太粉"了。这个月战队周边商城里，于炀相关周边售卖额首次超过了卜那那的，跃至战队第二。

祁醉粉丝购买力太惊人，跟他没法比，但能超过人气明星选手卜那那就已经很不容易了，更何况于炀还小，再过几年太太粉肯定越来越多，贺小旭正琢磨着是不是让于炀单独给粉丝录版视频。

于炀闷头扒饭，他一向不知如何和粉丝互动，闻言不甚自在地道："无所谓……"

"什么叫无所谓？"贺小旭被于炀气得脑仁疼，"和钱有仇？！"

"可以啊。"卜那那吃饱饭拍拍肚子，啧了声，"我们炀神十几岁就有太太粉了？真的，我特别想感受一下被一群女粉丝围绕着的感觉……哪怕只有一次……"

"Youth越来越有队长范儿了，开始吸太太粉了，正常啊。"老凯感叹，"说起来，咱们这圈子能不能别跟娱乐圈似的？电子竞技实力说话，给我们这些没颜值的人一点活路行不行？"

辛巴咽下最后一口饭，实诚地说："凯哥……就算实力，也是炀神最强啊，没毛病。"

老凯默默吐了一口血,收拾好自己的外卖盒,低声道:"又菜又丑,是我的错……我训练去了……"

"等会儿。"贺小旭舒了一口气,"今天训练到晚上十点就结束,记着点,别约太晚的练习赛。"

于炀抬眸:"怎么了?"

"有活动?"赖华听了这话也看了过来,脸色不善,"不早就跟你说了,这个月拒绝一切商业活动?你……"

"私人活动,闭嘴。"贺小旭面无表情,"提前几个小时结束训练,给你庆祝三十大寿。"

赖华愣了。

卜那那忙掏出手机来看看时间,吓了一跳:"真的,赖队,今天你生日!"

队内成员生日,往常都是晚上出去吃一顿,大家一般也会准备点礼物。但最近战队风波不断,再连上世界邀请赛的事,忙得昏天黑地,所有人只记得邀请赛的日子,早忘了现在是初一还是十五了。

老凯尴尬道:"我忘记了,也没准备什么……"

"就知道你们都忘了。"贺小旭叹气,"怎么说也是个整生日,就耽误你们几个小时吧,也不出去了,我请客,在基地热闹热闹,喝点酒,到十二点就睡觉,当放假了,不许不同意啊,最近也够累了,休息一天。"

大家自然同意,赖华有点不好意思,讪讪地说:"我自己都忘了,你……"

"不要道歉。"贺小旭瞥了赖华一眼,"不接受。"

赖华语塞,只能补救道:"那还是我请客吧。"

贺小旭满意了,又看向于炀,一下子牺牲好几个小时的训练时间,得需要队长同意。

于炀点了点头。

于炀拿起手机来给祁醉发消息,跟他说了今天是赖华的生日。祁醉大约在睡觉,没有回复。

晚上，十点钟后大家关了机，聚在休息室里，边吃各种外卖边喝酒。

赖华酒量不行，喝了几杯话就多了，陈芝麻烂谷子的事，一件件念叨。

"祁醉刚入队那年，嫌伙食不好，嫌基地小，嫌没保姆阿姨……他自己连衣服都不会洗！都是我给洗！不过还行，卜那那来了以后，就是卜那那洗了……"

卜那那悲愤地撸串："我当时也就炀神这么大！在家里是少爷，来基地后没比赛打，还得整天给你们洗衣服！"

"不就是往洗衣机里扔衣服吗……再说你来了没半年就搬基地了，又请了好几个阿姨……祁醉是真的事多！"赖华越想越来气，"刚来战队那一年，他跟我住一个宿舍。他进来一个月，就一个月！行李就把宿舍堆满了，衣服数不清，鞋子数不清……全被他妈妈丢出来了，宿舍根本放不下！他当时也不大啊，哪儿来的那么多衣服……"

贺小旭幽幽道："听当时的经理说，他那会儿特别想把祁醉的衣服还有鞋子挂二手奢侈品市场上卖……用来补贴战队。"

"不是想，是真卖过。"赖华又喝了一口酒，唏嘘，"有段时间特别难，没钱，祁醉那些好几万的风衣啊包啊什么的……我们在网上挂两三千卖，还被人家怀疑是仿品，唉，别提了……"

卜那那悲从中来："我当时怎么就不认识你们？让我知道我也捡个漏啊……两三千的男包，砸锅卖铁也要买……"

赖华感伤地拉着卜那那的手，两人迷迷糊糊地一起惋惜。贺小旭入战队的时间跟老凯相近，他俩也手拉手诉起苦来了。

于炀独自坐在一边吃烤串，不发一言。

他来战队最晚，什么也没经历过，大家忆苦思甜跟他没关系。

于炀就静静地听着，时不时地低头看手机，祁醉一直没回他消息。

于炀擦了擦手，给满桌子的烧烤、小龙虾还有啤酒拍了张照片，给祁醉发了过去。

"后来日子终于好过点了，但是行业变动太大，差点跟不上……"赖华还在唠唠叨叨，"整个行业都跟转型似的……越来越像娱乐圈了，开始有女粉了，你信吗？我十几年前打比赛那会儿，就在网吧里，一个女的也看不见！

"有女粉了，好多人飘了，就真有那种人……骗女粉丝的感情！"

赖华气得拍桌子："本来就都嫌弃我们，还整这种烂事！好好的小丫头，让人骗了，唉……"

贺小旭喝了口酒："有让人骗了的，也有粉丝自己不太检点的……我记得……哪年？不还有粉丝堵祁醉吗？"

卜那那扑哧一声笑了出来，说："当时打比赛的时候，主办方给安排的酒店不行……什么酒店，就一个私人招待所，大半夜的，有个迷祁醉迷疯了的姑娘，不知道怎么的，跑到祁醉房间里去了。"

赖华闷声笑了起来。

辛巴来了精神，兴奋地问："后来呢后来呢？怎么样了？"

赖华跟卜那那笑成一团，怎么问也不说，两人笑得抽筋，差点把酒洒了。

于炀闷了一口酒，看看手机……祁醉还是没回复。

于炀把一瓶啤酒干了，又给祁醉发消息。

Youth：队长……你占过粉丝便宜吗？

贺小旭也好奇，烦他俩卖关子，给了卜那那一脚："快说！"

卜那那早喝大了，胖脸通红，他笑得打嗝："你祁神……当时好像也就十九岁？还是刚二十？也没经验……我去，大半夜的，房间里突然出来个人！这不吓一跳？"

"祁醉睡得迷迷糊糊的，一下子精神了……"赖华喝了口酒，呛了下，咳了半天继续道，"他当时披上衣服就找我去了，跟我说房间里多了个人，怀疑隔壁战队要趁着天黑做了他，哈哈哈哈哈哈，笑死我了……"

辛巴笑疯了："买通个姑娘半夜废了他的手吗？哈哈哈哈哈……"

"祁醉当晚就换酒店了。"卜那那笑得肚子疼，"我跟赖队连夜把那个姑

娘给送回学校了，那姑娘走的时候还问祁醉在哪儿呢。"

辛巴还是缓不过来，笑道："怎么就觉得是人家要做了他呢？"

赖华笑够了，揉揉肚子，慢慢道："他什么不知道？就是不直说……真闹大了，见报了，那姑娘以后怎么做人……年纪都不大，一时糊涂。

"咱们战队没这些事。有女粉丝暗示啊，发私信啊，暗中联系啊，都不理……不过祁醉是真倒霉！"赖华还是想笑，"我怀疑咱们圈女粉多就是从他开始的！这种事儿他遇上不止一次！总有人上杆子，有去休息室堵他的，去车里堵他的，来基地找他的……三天两头让人堵，猫追狗咬的……"

于炀低头摆弄手机……祁醉还是没回复他。

赖华又干了一瓶酒，开始叨叨卜那那的破事了。

许久没好好放松过了，大家聊起来就收不住，都半夜了还意犹未尽，贺小旭索性又叫了几份外卖，指使辛巴去拿酒，继续聊。

于炀没拦着，他静静听着，时不时看看手机。

深夜一点的时候，于炀的手机振了下。

于炀马上点开……

Drunk：出来下。

于炀心跳突然加快。

于炀不敢期待什么，他深呼吸了下，喝了一大口啤酒，起身出了休息室。

大家都喝大了，没人问他，于炀快步下楼，推开基地大门。

一个行李箱横在大门口，祁醉笑着说："惊喜不惊喜？"

AWM

第十章

于炀微微失神地看着祁醉，还是反应不过来——祁醉回来了？

不是还在做复健吗？怎么就回来了？

于炀下意识地看向祁醉的右手，祁醉的手腕藏在风衣袖口里，手上还戴着手套，什么也看不出来。

"你的手……"

祁醉轻轻捏了一下于炀的后颈："喝酒了？"

"没……没喝多……"于炀低声道，"啤酒，不到三瓶……"

祁醉莞尔："这还不多？酒量这么好？"

祁醉和于炀进门，把下楼来拿酒的辛巴吓了一跳。

辛巴抱着好几瓶啤酒，迟疑着走近，上下看看祁醉，愕然："我这是喝了多少……怎么都看见祁神了呢……"

其他人差不多都喝多了，祁醉懒得跟醉鬼们纠缠，自己同于炀上楼说话。

于炀一门心思全在祁醉的右手上，没心思跟他聊别的。祁醉无法，脱了外套，挽起袖口来给他看。

祁醉手腕上还缠着纱布，外面绑着几条保护绷带，于炀小心地托着祁醉的右手，皱着眉头侧头看，想透过纱布缝隙看看里面伤口长得怎么样了。

祁醉故意突然动了一下胳膊，吓了于炀一跳。

"别用力。"于炀也不生气，反而轻轻替他托着手腕，反复问，"怎么就能回来了呢？医生答应了吗？"

"答应了。"祁醉一笑，"之前跟你说了，手术是真的特别成功，恢复得挺好，这些天也整天按要求复健，伤口基本已经长好了，大夫自己都说，没想到能恢复得这么好。"

祁醉略过让他疼得日夜睡不着觉的恢复期，轻松道："好了一点以后就每天两次复健，一次不到一个小时，怕组织粘连，也是为了锻炼肌腱，按照他们说的做就行，其实挺简单，每天都是那一套，还要再重复半个月，所以我就跟他们商量了下……"

于炀似懂非懂，但听得很认真，全神贯注的。祁醉继续道："商量了下，能不能让复健大夫跟我回国，当然，半月后还得再回去一趟做下一次检查，然后再定下一步的复健方案。

"反正对我术后恢复基本没影响，多谈了几次，他们就答应了。"祁醉看着于炀，笑了下，"太想你们了，就回来了。"

于炀心里五味杂陈，半晌凑近了点，轻轻往祁醉手腕上吹了吹。

祁醉笑了，说："早不疼了。"

"肯定……"于炀顿了下，低声道，"肯定没你说得这么轻松。"

祁醉笑了笑，没再多说。

祁醉没那么轻松，于炀这些天过得也不那么容易，一切尽在不言中了。

"你……累了吗？"于炀看看时间，"不累也睡吧？不然时差倒不过来。"

祁醉点头："行。"

早上十点，HOG基地一片寂静。

每天提早一个小时起床加训的辛巴蹲在三楼走廊里，平视着一个大行李箱，眉头一点点皱起。

辛巴小心地捏起行李箱上还未撕掉的托运单，仔细看了下上面的个人信息，吓了一跳。

辛巴抬头看了看行李箱旁边的宿舍门上的门牌——Youth。

辛巴瞬间精神了，他掏出手机拍了几张照片发在HOG一队的私人小群里，不多时，群里热闹了起来。

世界邀请赛期不做代购-无敌辛巴：我合理怀疑，祁神回国了。

惹火辣妹芭娜娜：这才多长时间？

Kay：小场面，冷静，祁队回来了？

世界邀请赛期间不做代购-无敌辛巴：回来了，我确定，你们看我发的图，这是祁神的行李箱，托运信息也没错。

Kay：他手怎么样了？

世界邀请赛期间不做代购-无敌辛巴：不知道！都没起床，惊恐。

惹火辣妹芭娜娜：还没起来吧？

明天的我你高攀不起-旭：卜那那你把你名字改了，你恶不恶心？

惹火辣妹芭娜娜：干吗老针对我？！我就喜欢这个ID！

明天的我你高攀不起-旭：改掉，马上。好好的群让你弄得像什么样。

风情万种小娜娜：改了。

明天的我你高攀不起-旭：你……

赖华：别扯没用的了！祁醉什么时候回来的？

世界邀请赛期间不做代购-无敌辛巴：凌晨？喝断片了，想不起来了。

赖华：我看看去。

风情万种小娜娜：帮我问候一下，顺便问问他有没有给我带礼物。

Kay：问问有没有礼物。

赖华：……

明天的我你高攀不起-旭：那顺便也帮我问一下好了。

Drunk：没有。

群里瞬间安静。

祁醉起身，揉了揉脖颈，他在倒时差，昨晚根本没怎么睡，这会儿浑身都酸疼。祁醉看看群里队员的ID前缀，脑仁一阵疼，顺手设了个全群禁言，自己去洗漱。

中午十一点钟，一队所有人都到了训练室。

大家围着祁醉嬉闹了一会儿，问东问西，祁醉困得睁不开眼，敷衍了几句，赖华挺高兴的，道："之前刚跟贺小旭说过，正巧你就回来了，把你护照拿来，让他们给你把世界赛的商签办了。"

祁醉点头说："我正要说呢，别忘了我的签证。"

贺小旭目光复杂地看了祁醉一眼，想要说什么，但看了看一队一群没心没肺的人，忍了忍，没说话。

"别在这趁机偷懒了。"祁醉聊够了，想趁着他们打练习赛的时候回宿舍眯一会儿，"没看你们队长都已经开始训练了？训练去。"

大家推推搡搡地回到自己的机位上。祁醉往外走，贺小旭迟疑片刻，若有所思地跟了上去。

已经在自订服练了半晌枪的于炀摘了耳机，看着贺小旭的背影皱了皱眉。

"你跟着做什么？要护照？"走廊里，祁醉回头看了贺小旭一眼，"过来，我给你拿。"

贺小旭含混道："嗯……行。"

贺小旭跟着祁醉蹭进了宿舍。

祁醉自己开行李箱找护照。

"给你。"祁醉把护照本子递给贺小旭，"我睡会儿，你看着时间，晚饭前叫我。"

"啊……好的。"贺小旭迟疑片刻，要往外走，但心里始终惴惴不安的，实在忍不住了，转过身来道："你办商务签做什么啊？"

祁醉顿了下，低头慢慢地拆右手腕上用来固定的绷带，没回答。

房间里一时落针可闻。

半晌，祁醉笑道："有意思吗？你都明白了，还问我做什么？"

贺小旭看着祁醉一脸不在乎的样子，恨得磨牙。

祁醉有美国的长期旅游签，他想随队去世界赛其实没有任何问题，根本就不用画蛇添足地去办什么商务签，他现在的签证可以满足他在美国的任何活动，入境、住店、就医、购物……什么都耽误不了。

除了参赛。

只有有了商务签，才能在入境后参加相关比赛活动。

祁醉回头看向贺小旭，懒懒道："你怕什么？"

贺小旭憋气："我怕你脑子不清楚办傻事！我本来就不建议你去做这个手

术，就是怕你不甘心……"

祁醉笑了："你这话说对了。"

祁醉把沾着药棉的绷带丢进垃圾桶，露出手腕上刚刚愈合的刀口，刀疤触目惊心："我本来就不甘心。"

真甘心，会看那么多医生？

真甘心，会冒着这么大的风险，不远万里跑去美国挨这一刀？

就是手术前一刻，医生也没给祁醉任何承诺。

祁醉一个人住院，一个人术前签字，一个人进了手术室。

没人知道结果会如何。

出了手术室后医生也没告诉祁醉手术成不成功，只说还要看恢复的情况，随即刀口就开始疼，后面几天整个右臂几乎麻木，吃了止疼药都没什么效果，刀口刚刚缝上，隔天就开始做复健，前一星期，每次复健时刀口都要往外渗血。

祁少爷平时抽个血都会疼得骂人，如果不是不甘心，会去国外受这种罪？

走廊上，于炀倚在宿舍门外的墙壁上，嘴唇微微颤抖。

听到祁醉说"不甘心"的时候，于炀抬眸看向了天花板。

房间里，贺小旭喉咙一哽，他坐下来，尽量放平心态，说："我……我这次不跟你吵，咱们讲道理，你几个月没训练过了？"

祁醉道："三个月。"

"长时间没训练，右手还不知道能恢复到什么情况……对，我知道你在想什么，那我问你，"贺小旭杀人诛心，直接道，"Drunk，你现在能打得过辛巴吗？"

祁醉嘴唇抿成一条线，脸色冷了下来。

他面无表情地看向贺小旭。

贺小旭瞬间压力倍增，有点喘不上气来。

"于公……我要对整个战队负责，你能力不够，我不能让你上。于私，"贺小旭气得肺疼，忍不住怒道，"老赖几次差点跟我动手，就是怕你像他似的黯淡收场！釜山赛之前整个战队战战兢兢，Youth为了你突击训练瘦了好几斤！好不容易最后拿了个金牌让你风光退役,现在战队变成这个样子,你跟我说你想回归?回什么?你当初怎么说的?你全忘了?!"

"我当初说,我选第二条路。"祁醉平静道,"忘了的是你吧?"

贺小旭一怔,恼怒道:"总之,不行!为了你别瞎想不该想的,我不会给你办商务签。"

祁醉莞尔:"我会听你的?"

"你……"贺小旭苦口婆心,"你是不是忘了老赖当初混成什么样了?整天被问什么时候滚蛋,出去比赛……比赛还没开始呢,观众席上粉丝们就一起喊'赖华退役'……"

贺小旭说不下去了。

"安安静静地退役,好好赚你的钱当你的少爷去,不行?"贺小旭要疯了,"好不容易善始善终一个,你们是不是都有病?你们是不是都约好了的?"

贺小旭是真心实意地为了祁醉好,宁愿战队短时期内青黄不接,宁愿战队没了赞助,宁愿尽力去运作,厚着脸皮让人冷嘲热讽也无所谓,也不愿继续吸祁醉的血。

这些祁醉都明白。

"没你说得那么严重。"祁醉不想跟贺小旭这么剑拔弩张的,"我也没想回归,只是战队现在情况不好,退役人员偶尔来帮一下忙,不行?"

"不行!"贺小旭油盐不进,"让所有人看到你状态大跳水?"

祁醉笑道:"你凭什么觉得我状态跳水了?"

贺小旭反问:"那你又凭什么觉得现在的你比得上辛巴?"

"通知件事……"

贺小旭吓了一跳,他仓皇看向门口,尴尬道:"Youth……你……你什么时候来的?"

于炀没看贺小旭,语气平静地继续道:"下周日,战队约了个比较正式的练习solo赛,国内一线战队几乎全在。

"电子竞技,成绩说话。如果在solo赛上能拿到前三……"于炀看向祁醉,

"我会同意你进一队成为替补。"

半年多前，贺小旭跟于炀说过几乎一样的话。

贺小旭咬牙，刚要反驳，于炀先淡淡道："贺经理，现在一队的队长是我。"

贺小旭哑口无言。

于炀看向祁醉："你同意吗？"

祁醉心里五味杂陈。

于炀懂自己。

所以不用多说了。

"跟谁在这装呢。"祁醉抬头看了看于炀的脸，"给你们做替补？老子是暂时来救急的好不好？"

于炀垂眸，低声道："先赢了比赛再说。"

祁醉点头："下周日，OK。"

贺小旭谁也管不了，谁也劝不动，无法，生了半天气，下楼把这事跟赖华说了。

赖华沉默良久，上楼找于炀来了。

于炀在打练习赛，赖华等他一局结束后把他叫了出来。

三楼露台上，两人一人叼着一根烟，谁也不说话。

于炀从不往花坛里掸烟灰，每次都要拿个一次性水杯出来。赖华看着他端着个小纸杯慢慢掸烟灰，一时不知道说什么。

"也就你还劝得动他，你不劝就算了，还帮着他？"赖华眉头拧成个"川"字，"你脑子也糊涂了？看不出来我们都是为了他好？"

于炀轻轻点头："我知道，队长父母当年也是为了他好。"

赖华听了这话脑门瞬间红了，隐隐地就要发火。

但于炀并不怕赖华。

于炀直视着赖华："队长当时要是听他们的话，就没现在的事了。

"我想不出来队长家过的是什么样的日子,但要是不打职业,不管怎么混……他应该也比现在轻松得多吧?"于炀看着赖华,"是他自己不想的。"

赖华语塞,突然不知道说什么了。

"他坚持做手术的时候我就猜到了。"于炀深吸了一口烟,"别拿为了他好这件事绑架他……他想打,我不会拦着。"

赖华一言不发地吸着烟。

好半晌,赖华才闷声道:"要是打得不行呢?"

"那就不上,让他先试一次训练赛。"于炀又道,"而且也不是替补……说了,只是在战队需要的时候偶尔帮忙打一下,战队青黄不接,不是他的错。"

赖华又半天没说话。

不甘心这种事,他最能体谅,也最不能接受。

"试就试吧,不然也不能死心。"赖华心绪不平,看着于炀冷冷道,"他那伤口刚长好,还没完全恢复,你也够狠心。"

赖华下楼继续盯青训生了。于炀站在露台上,摸出烟盒来,又叼起了一根烟。

露台上有点风,于炀低头护着火苗,点上火,长吸了一口烟。

训练赛上见真章的事,就这么定了下来。

"真没事吗?"

在贺小旭和赖华面前无比强硬的于炀,跟祁醉独处的时候比祁醉还紧张,他皱眉看着祁醉的右腕说:"我感觉这个疤还有点嫩……"

"这就是留疤了,再过几个月也这样。"祁醉把运动绷带绑好,"没完全恢复是真的,但打三场比赛没事……不是只有三局吗?"

于炀点头:"一个半小时左右……还有八天。"

"足够了。"祁醉把右衣袖放下来,"还不到两个小时,没问题。"

"但……"于炀还是不放心,"这么久没训练过了,不好说……你这些天要开始训练吗?"

"不。"祁醉不会拿自己身体开玩笑,"还不行,要等肌腱恢复。"

于炀微微蹙眉。

"已经耽误了三个月了，不差这几天。"祁醉莞尔，"再说于队挺照顾我的了，没让我必须拿第一，还可以。"

于炀讪讪。对着贺小旭他们于炀底气很足，其实他心里并没底，他知道祁醉有多想打比赛，所以临时转口，说前三就行。

虽然这已经很难了。

祁醉抬手整理了下衣服，他右手边就是衣橱，于炀怕他不小心磕到了，一只手始终紧张地护在祁醉右臂边。

"你信我能拿前三吗？"祁醉拉过于炀护着他的手，轻轻一笑，"说实话。"

于炀垂眸，片刻道："不确定。"

祁醉笑了下。

"三个月说多不多，说少也不少。我如果三个月没训练，那状态应该会下滑很多。"于炀眉头轻皱，"但咱俩情况又不一样，我还在攀升期，你已经稳定在巅峰期很多年了，我不知道这个会不会有影响。"

祁醉听着于炀不卑不亢地说自己在攀升期，笑了下。

"还有就是……"于炀分析道，"我只知道满分是多少，但不知道你的分数是多少。"

祁醉没听明白："什么意思？"

"满分如果是一百，那你退役前一直是拿一百的，可如果满分不是一百呢？"于炀抬眸看着祁醉，"我一直不知道这个一百分到底是你的成绩，还是限制你成绩的框框。"

祁醉忍笑："炀神，你这话吹得我有点飘。"

于炀尴尬："我就事论事……你以前一直是第一，我也不知道你上限在哪儿，万一你上限是一百二十分呢？那就算状态没恢复，没准也能拿到前三……"

祁醉笑笑，低声道："试试吧。"

于炀轻轻点头，还是不放心，说："你的手……"

"真的不疼了，现在就是得等，急不来。"祁醉笑笑，"打过练习赛后我还得回去继续检查，然后做下一步的复健，持续锻炼，估计要等到世界赛前才能勉强算是过了恢复期。"

"不疼就好，慢慢来。"

祁醉手还没恢复，没法训练，但之后的一个星期祁醉每天跟于炀同一个作息，于炀训练他看直播，于炀复盘他帮忙分析，实在没什么可参与的时候，祁醉自己看以前比赛的视频，面无表情地一看就是几个小时，专注得可怕。

贺小旭惴惴不安，跟赖华咬耳朵："只这么看着有用？"

"有。"虽然不太想承认，赖华还是不情愿地点点头，"对他来说有用，他在役年份太长了，各方面恢复得都比别人快……毕竟那才是他的正常状态。"

贺小旭喜忧参半，说："那……也进不了前三吧？"

祁醉情况太特殊，赖华说不准，硬邦邦道："谁知道，万一混个第三名……也没准。"

贺小旭叹气。

时光飞逝，八天一闪而过。

solo训练赛开始前，于炀把自己的账号、密码发给了祁醉。

"说好了，真拿到了前三也只是偶尔来帮忙，不算归役，所以……"于炀含含糊糊道，"所以你先用我号，别用Drunk大号……引起误会就不好了。"

祁醉勾唇一笑："不，你是怕我打得太垃圾，被别人笑话。"

于炀确实是不能接受别人诋毁祁醉，但被祁醉这么直白地说出来还是有点尴尬，他勉强解释："没有……我今天本来就不想打，你上我号。"

"可以啊。"祁醉挺好说话，"正好，一直没玩过你的号。"

祁醉开机，输入于炀的账号和密码，戴上耳机，提前一小时进了自订服务器热手。

祁醉随手捡了把枪，开了连发，选了个目标一梭子子弹打了过去，稳稳地固定在了一个中心点上。

他轻轻活动了下手腕,手感还不错。

祁醉并不挑枪,一把接一把挨个熟悉——一会儿谁也不知道会捡到什么枪,由不得祁醉挑选,有就可以。

"没问题吧?"卜那那比贺小旭还紧张,他远远看着祁醉,咋舌,"solo单排赛,没有队友,谁都是对手,他这么久没打……万一一会儿被我爆捶怎么办?血虐老板的话,这个战队我还待得下去吗?"

"能不能遇见还两说呢。"老凯咽了下口水,"我刚看名单了,TGC一队二队都在,骑士团来了四个人,母狮、群狼战队那些也都在……有点慌。"

"我……"辛巴磕巴,"我真心实意地想让祁神赢,我随时可以让位,只要让我在HOG,扫地我也开心的,但……真的行吗?我真没法接受他名次很低,我怕我先崩溃。"

老凯尴尬:"我突然有点羡慕Youth……祁醉用他的号,他不用打了。"

"我肯定会尽全力的。"辛巴快哭了,"但我还是希望祁神能进前三。"

"没准呢。"老凯安慰辛巴,"以前还有选手休息了一年,一样回来打比赛的呢,没准的事。"

"对对对。"辛巴忙点头,"条条大路通罗马,每个人路程都不一样……但只要能到就行。"

祁醉只戴着耳机,但并未开音效,一队几人的窃窃私语一字不漏地全被他听见了。

"条条大路通罗马……"祁醉重复着辛巴的话,自言自语道,"不,我出生就在罗马。"

一小时后,solo练习赛开始。

祁醉热身完毕,用于炀的号进了练习赛房间。

第一局比赛,祁醉击杀六人,排名第五,总积分排名第四。

赖华本来用总OB视角观战的,比赛结束后他整个人都站了起来,他难以置信地盯着屏幕,紧张地计算着和排名第三的周峰之间的积分差距。

贺小旭目瞪口呆,他也跟着站了起来,和赖华一起围在显示器前。

于炀心跳渐渐加快，紧紧攥着手指，不发一言。

第二局，祁醉五杀吃鸡，积分排名迅速蹿至第二。

第三局，祁醉七杀吃鸡，积分排名跃至第一。

三局游戏结束，积分排行出来后，HOG的人全呆滞在了计算机前。

祁醉摘了耳机。

祁醉看着卜那儿人，微笑着说："听说你们要血虐我？"

祁醉退出游戏界面，低头笑了下。

他轻轻抚摸键盘，深深呼吸……真爽。

站在不远处，始终一言不发的于炀定定地看着祁醉，几乎移不开视线。

别人拿第一是因为他的水平就是第一，祁醉拿第一是因为比赛名次最高就是第一。

不是有强大的实力，不是有绝对的自信，祁醉怎么可能要求上场。

于炀突然后悔了。

不该让祁醉上自己号的。

随便祁醉上谁的号，只要不是自己的，自己就能跟着一起打。

于炀太想跟祁醉在单排赛上交锋了。

包括练习赛在内，于炀只真刀实枪地跟祁醉打过一次单排，那还是在釜山亚洲邀请赛上。

当时的于炀入队不久，被战队当作祁醉的接班人来培养，每天训练最多的是配合四排，练习指挥，并没系统地训练强化过单排。

亚洲邀请赛上，祁醉带伤操作，以绝对的优势碾压所有人，排名第一。于炀拼尽全力，排名第四。

时隔数月，于炀状态持续攀升，目前单排已不逊于国内任何人，他真想再和祁醉试试。

祁醉倚在电竞椅上轻轻地揉了揉稍有酸疼的手腕，转头看看于炀，一眼看出于炀在想什么了。

祁醉挑衅道："后悔了吧？"

于炀拧开矿泉水灌了半瓶水。

祁醉状态这么好，他比谁都开心，但遗憾也是真的……祁醉的手腕还没完全恢复，世界赛之前不会再打练习赛，世界赛上就算上场也不可能打满每一场，于炀基本没机会了。

赖华沉默许久，苦笑了下："果然同人不同命，行了，我同意了。"

祁醉的实力就明明白白地摆在这了，贺小旭也不能说什么了，他完全服气了："我去申请主办方的证明……为保万一，还是给你报个教练的位置吧，反正只要是名单上的就能上场。"

大家处处小心都是为祁醉的名声着想，祁醉不是不分好坏的人，并不坚持，点点头："OK。"

卜那那瘫在电竞椅上，看着自己第六名的成绩喃喃道："凯……我有点愧对我的首发位置。"

老凯看着solo练习赛上自己第十五的名次，跟着喃喃道："我很担心，比赛的时候咱们的工作人员看不下去我这破操作，会把我抬下去，然后把祁醉抬上来……

"打个商量行吗？"老凯看向赖华，真心实意地请求道，"solo赛要是让祁醉替我，提前跟我说行吗？我自己滚，不辛苦大家抬我，不要脏了你们的手。"

辛巴看着自己的二十三名，咽了下口水，紧张道："该担心的应该是我吧……"

"你们强项本来就不是单排，瞎担心什么，而且这次排名明显上升了，这段时间都努力了，成绩能看得到，还有……"赖华皱眉，"压力大就好好努力！这次的青训生应该会留下两个，哪个都挺有潜力，更别说现在还多了个这么厉害的替补人员了！"

替补人员悠然一笑："客气客气。"

卜那那、老凯闻言笑骂了几句，辛巴也笑了起来，祁醉状态这么好，他们都是真心高兴。

祁醉意犹未尽地敲了敲键盘，要不是晚上还得复健，他真想再打两局。

奈何，今天玩了这两小时已经是极限了，祁醉不敢拿自己身体开玩笑，刚要关机，他的steam账号上有消息提示。

祁醉忘了自己上的是于炀的号了，直接点开了。

TGC-ZHOU：学会甩狙了？

祁醉笑了。

"来。"祁醉回头叫于炀，"周哑巴找你。"

于炀走了过来，看了一眼消息记录，忍不住笑了下，又有点惭愧。

"一直没学会。"于炀低声道，"也用心练了，但是……"

祁醉不在意地摇摇头："每个人擅长的东西不一样。你本来就是突击位，更擅长贴脸刚枪，不是安慰你，拼落地，我拼不过你。"

但一旦让祁醉拿到狙，让他发育起来，就不好说了。

祁醉笑笑："我能回复他吗？"

于炀自然同意。

祁醉飞快打字——

HOG-Youth：队长教我的！羡慕吗？

TGC-ZHOU：……

于炀恨不得找个地缝钻进去，小声说："队长……"

"你不是让我回复吗？"祁醉无辜地看着于炀。

于炀纠结地抿了抿嘴唇，反驳不来。

"那你……聊吧。"于炀对着祁醉说不出"不"来，但还是挣扎道，"别太过……比赛的时候还要见面的……"

steam上，周峰还在发消息。

TGC-ZHOU：你们队准备得不错，今天名次整体都提升了。

HOG-Youth：没什么，正常发挥而已。

TGC-ZHOU：……

HOG-Youth：好好训练，这次争取再陪跑我们，加油。

周峰不再回复了。

祁醉完全不觉得自己说的有什么不对的，笑道："周哑巴这个心理素质不行啊，还没真的嘲讽呢，就不聊了。"

祁醉刚要退出界面，花落又来了。

Knight-Flower：炀神，今天这手甩狙天秀啊。

祁醉轻轻眯着眼，百思不得其解："我当队长那会儿怎么从来没人理我？"

祁醉看向于炀，纳罕道："现在……每天都有这么多人来找你聊天吗？"

于炀正在喝水，闻言惊天动地地咳了起来。

"慢点。"祁醉轻轻拍了拍于炀的后背，宽容又大度地说，"我又没说什么，我能在意这个？"

口口声声说着不在意的祁醉回复得飞快——

HOG-Youth：队长教哒！

铁骨铮铮的帝国狼犬眼睁睁地看着那个"哒"，闭上眼，想死的心都有了。

花落也受惊不小。

Knight-Flower：哈哈哈哈……挺好挺好，有私人教练就是好。

HOG-Youth：嗯，他对我特别好，我现在每天都过得很开心，希望你以后也能天天开心。

于炀把脸埋在了手心里，不想活了。

花落那边过了好久才回复——

Knight-Flower：于炀，我一直以为你挺内敛挺害羞的。

祁醉嗤笑，打字。

HOG-Youth：害羞只是我穿的保护色。

二十多公里外的骑士团基地里，无法接受于炀人设崩坏的花落彻底疯了。

HOG基地三楼，祁醉忧心忡忡地摇摇头，说："就我花哥这个心理素质，骑士团可怎么冲击世界赛？"

于炀满脸通红，又不会拦着祁醉，只能尴尬地小声劝道："别……别再聊了。"

"看清楚了吧？这群队长都是什么东西。"祁醉挑眉，"脸皮这么薄，怎么跟这群人混？以后不得让他们欺负死？"

于炀别开脸："我不会让人欺负……"

祁醉笑了下，给周峰和花落都留了言，说了是自己回复的，免得于炀回头见了他们尴尬。

"没生气吧？"祁醉对于炀一笑，"不然你玩会儿我手机、我账号？随便玩。"

于炀忙摇头："不，我怕我再手滑。"

祁醉想起于炀以前分享的那些伪科学造谣文，笑出了声，他关了机，起身说："我复健去，你练你的。"

比赛在即，聊两句闲都要抽空来，祁醉不再耽误于炀的时间，去忙自己的了。于炀也坐回了自己位置，静了静心，全心训练。

AWM

第十一章

"世界邀请赛HOG一队正式队员确定，Youth、Banana、Kay、Simba。教练员两位，赖华和祁醉。"贺小旭合上名单，"随行人员有我和心理辅导师，还有几个后勤人员。去佛罗里达，翻译就不带了，英语不好的不要落单就行，时间已经确定了，赛制都发在群里了，你们自己看。"

于炀拿起手机来。

赖华早把赛程研究透了，顺便跟他们解释："不管是从奖金池分布上看，还是从赛时的安排上看，这次侧重点都是四排赛。

"比赛第一天是双排赛，一共五场，总计也只有五场，一天结束。

"比赛第二、三天是四排赛，一共十场，每天打五场，两天结束。

"中间休息一天，最后一天是solo表演赛，一共四场，当天结束。"

卜那那看着赛程摇摇头："又是马拉松长跑赛。"

"还行，把双排、单排都减掉了不少，压力少了许多。"赖华看向祁醉，"替补，根据战队初期安排，你在第一天休息，第二天酌情上场替换辛巴，第三天休息，最后一天休息。"

替补默默听完，抬头道："老子为了比赛挨了一刀，你就让我打一天？还是'酌情'？"

赖华摆摆手说："别跟我搞特殊化，这是我们再三考虑后决定的，Youth也同意了的。"

祁醉闻言看向于炀，于炀低头看着手机不发一言，默认了。

祁醉是个王牌，但谁也不知道这张王牌的状态到时候能恢复到什么程度。战队一不能把输赢压在一个不确定因素上，二不能压榨祁醉的健康。几个高层商议后，决定只让祁醉上最重要的四排赛的前五局小赛。

"这个'高层'……"祁醉凉凉道，"是不包括我了吗？"

贺小旭尴尬地咳了下："你不是忙吗？我们就……没叫上你。"

"我忙个屁。"祁醉低头看着手机上的赛程时间表，沉吟片刻，道，"改一下。"

赖华皱眉，不等他反驳，祁醉先道："我不多打，就变一下顺序好吧？我第三天上场，打后五个小局，前五个辛巴上。"

被点名的辛巴猛然抬起头来，呆呆地看了祁醉两秒，没明白这有什么区别。

站在一旁的贺小旭犹犹豫豫地沉默不语，赖华拧着眉头，没搭腔。

祁醉给手机锁屏，放在了桌上，不容置疑地说："就这么定了。"

贺小旭忙道："怎么就定了？再商量下……"

"没商量，就这样吧，我下楼做个按摩，你们接着训练。"祁醉起身走了。

辛巴还一头雾水，老凯怒其不争，道："你祁神是为了你！是不是傻？不出意外，他打得要比你好吧？他打前五局，你打后五局，战队名次理论上要滑落的，到时候最后名次出来了，谁背锅？"

辛巴结巴："我、我……"

老凯啧了一声，拍了拍辛巴的头："他会让你这个新人背锅？"

卜那感叹："祁醉自己参加的比赛，他能容得下别人给自己擦屁股？他是那种人吗？"

辛巴彻底明白了，顿时眼泪汪汪："我一辈子对祁神忠心耿耿……"

"行了，训练。"贺小旭也顺手在辛巴头上拍了下，"你昨天还说对Youth忠心耿耿呢，变得这么快？知道祁醉为了你好就抓紧时间训练。"

辛巴忙点头，情绪激昂地去单排了。

于炀坐在自己位置上，出了一会儿神才开始训练。

每天都能发现这个人更好的一面。

于炀轻轻地揉了一下右边肩膀……祁醉明天就要回美国了，人还没走，于炀已经开始期盼他回来了。

比赛的各种细节要在今天全部敲定，于炀没找辛巴双排，自己在自订服练习，免得随时中断耽误事。

"提前三天去，再飞一天，所以等于是提前四天过去，没直飞航班，在芝加哥转机。"贺小旭上楼来跟于炀确定时间，"升舱了……这个钱还花得起。"

于炀没意见，点点头，贺小旭勾勾画画，一抬头："不然……别让祁醉回来了，他不是明天要回去定下一步复健方案吗？也没多少日子了，干脆让他在纽约待着，赛前飞佛罗里达跟咱们会合吧？免得来回飞辛苦。"

于炀稍一犹豫，点头："好。"

"祁醉应该订了机票了，一会儿我问问他，用不用帮他退票。"楼下还有一大堆事等着贺小旭忙，他匆匆说了两句就脚不沾地地下楼去了。

于炀戴上耳机继续训练。

心里稍微有点烦躁。

于炀深吸一口气，一个走神，一梭子把二队的一个陪练打了个对穿。

卜那那也在战队服务器里练枪，看见击杀公告笑了下，开了语音："队长今天有点暴躁啊，怎么把陪练打死了？"

陪练已经被击杀了，扶不起来，自订服里只要有人还存活就没法重启，于炀皱眉说了声抱歉，HOG在自订服的人全部退出，重新登入。

于炀让陪练休息，看了看时间，还有半小时就是晚饭时间了，于炀早退了一会儿，摘了耳机，去宿舍了。

于炀每天早上机一个小时，下机也是最晚的一个，偶尔早退一次赖华不会骂他，别人也不当回事。

于炀拿了根烟，没去露台，不自觉地进了祁醉宿舍，看着地上大开的行李箱和丢得乱七八糟的衣服，于炀愣了下，替祁醉一件件捡了起来。

于炀捡起祁醉丢在地上的包装盒，走到洗手间刚要扔进废纸篓里，一眼看见了祁醉丢在洗漱池上的一件T恤。

白色T恤上有几点水果汁,于炀微微蹙眉……这么放着,时间长了就不好洗了。

于炀堵上洗手台的出水口打开水龙头,准备帮祁醉把衣服洗了,他挽起袖口,拎起T恤。

做好按摩后还没到晚饭的时候,祁醉上楼去训练室找于炀,问他晚上想吃什么好订外卖,不想扑个空。

辛巴抬头看见祁醉,忙道:"炀神拿着烟出去了,估计去露台抽烟了。"

祁醉去露台也没找着于炀,却远远瞟见自己宿舍的门开了一条缝。

祁醉推开门……

小洗漱间里传来阵阵水声,于炀背对着祁醉站在洗漱池前。

祁醉想起自己丢在那的衣服,忙干笑道:"不是,我忘洗了,你别碰……"

祁醉几步走进,见于炀叼着根没点燃的烟,闷头慢慢搓着自己的衣服。

祁醉无奈一笑,有点不好意思。

"怎么来这了?"祁醉走进并不宽敞的洗漱间,轻声道,"不还没到吃饭的时候吗?"

于炀见祁醉来了有点不安,结巴道:"没状态……就提前休息了。"

"少见啊,炀神也有没状态的时候?"祁醉一笑,"怎么了?"

于炀迟疑了下,低声道:"你又要回去了……"

"我去做个检查就回来。"祁醉瞬间明白了,"是贺小旭跟你说的吧?让我去那一直待到世界赛?"

于炀愣愣地点头。

"听他瞎说。"祁醉莞尔,"我才不。"

"确实……没多久了。"于炀结巴道,"来回飞太麻烦……"

"我喜欢飞。"祁醉一笑,"好不容易说服了复健师跟我回来,我还去那傻待着做什么?我还得回来训练。"

于炀心里瞬间轻松了。

他不好意思说什么，咬着烟的嘴角微微挑起，闷头继续搓洗。

祁醉抬手，轻轻地把于炀嘴里叼着的烟拿了下来。

"怎么想起给我洗衣服了？"祁醉把手里的烟丢了，轻声道，"头一次有人给我洗。"

于炀没说话。

祁醉莞尔。

"咱们这边三个队，日本两个队，韩国两个队……嚯，宿敌Ares战队这次也会去。"贺小旭拿着战队名单，突然抬头警告道，"说好了啊，过去的事就过去了，这次不许搞事，不许挑衅，听到没？"

卜那那唏嘘："还不到半年，你不说，我都快忘了这个队了。"

辛巴最近抽空就复盘，一心两用，开会也不专心，闻言抬起头来："哪个战队？"

"釜山四排赛上，第一局开始就满地图找我们发疯的那个。"老凯一笑，"我记得他们因为消极比赛，赛后整个队伍被他们自己老板教训了，全剃了光头，哈哈哈……"

"你们这次要是敢带私人感情打比赛，跟他们对刚，我也罚你们剃光头。"贺小旭警告地瞪了老凯一眼，转头看向于炀，皱眉，"Youth？"

"嗯？"于炀抬头，"什么？"

贺小旭无奈："炀神你行行好，别这么魂不守舍的行不行？"

于炀尴尬地拿了根烟，任由贺小旭打趣，没解释什么。

"我没什么事。"于炀上下摆弄着手机，"你接着说。"

贺小旭道："我刚说什么了？"

"不能跟Ares战队起冲突，知道了。"于炀抬眸，淡淡道，"本来也起不了冲突……现在战队目标是TGC和那几个欧美战队，世界赛上应该不会跟Ａｒｅｓ

有名次冲突。"

赖华闻言笑了下，没说话。

数月的加训不是没有效果的，新四人组较之前进步了太多，何况又有了祁醉的加入，整个HOG最近都自信不少。

亚洲邀请赛上可能还会跟Ares争一下高低，世界赛上，HOG确实没把Ares战队放在眼里。

"保持好这个心态。"贺小旭磨牙，"我这几个月没少受气，就指望着你们替我打翻身仗了。"

于炀垂眸看手机，卜那那道："你接着说。"

"说你们真在意的吧，第一个，国内的TGC，老朋友了，不用我多说。"贺小旭直接翻过TGC的一页，"综合实力排名靠前的队伍，北美FREE战队……这个战队咱们约过几次练习赛了，目前实力不如他们，四排还能打一下，双排完全被血虐。

"然后是北美Avengers战队，说是北美战队，其实哪儿的人都有，约旦、保加利亚、黎巴嫩……这也是个拆了几个强队拼起来的战队。祁醉时期你们跟他们打过两次，五五开吧。"贺小旭又翻了一页，"然后是芬兰的Gem战队，没约过，但看他们和FREE的训练赛……应该比咱们稍强一点吧，但四排还是有希望。"

贺小旭连着翻了几页，说："剩下那两个日本队就不看了，釜山赛上就被咱们血虐……这个泰国队稍微注意下，他们是菜，但太敢打了，脾气不好，遇见谁都要血拼。

"瑞典WER战队，打训练赛被咱们虐过好几次，不太担心……"贺小旭把文件翻到底，合上了资料夹，"一共十八支队伍，综合实力比咱们强的有不少，但总体来说还是有希望……毕竟咱们这次已经把双排放了，全力攻四排。"

卜那那一听这话不高兴了，嚷嚷道："什么叫把双排放了？明明还是有希望的好吧？我跟老凯的双排在釜山也是拿了银锅的。"

赖华抬眼瞟了瞟卜那那,卜那那咳了下,声音低了下来,讪讪道:"有梦想谁都了不起。"

"这是综合近两个月各战队表现得出的资料,当然也不确定,赛场上什么事都可能发生,我们自己不也藏着撒手锏呢吗?"赖华起身,"不带任何情绪地讲,咱们在四排赛上确实是有希望的,现在国内没有战队比咱们训练得更刻苦了吧?努力肯定是有回报的,轻敌肯定不会,但别有太大压力,希望是有的,努力争取就行了。"

贺小旭点点头,郑重道:"比赛倒计时十八天,辛苦大家了。"

十八天,一闪而过。

HOG整编队伍蓄势待发。

国内的三支战队全是魔都的,都是一趟航线,出发前,不意外地在机场遇到了。

祁醉最近心情异常的好,他的手已基本恢复,回到巅峰时期的状态当然是不可能了,但术后效果比他预期的要好太多。他心情好,看见TGC和骑士团的人也挺友善,甚至提议大家一起合个影,感谢他们无私地来陪跑,当然,被两个战队双双拒绝了。

"怎么都这么不识抬举呢……"

休息室里,三个战队壁垒分明,特别是骑士团,嫌恶地就差去改签航班了,祁醉感叹:"都是兄弟战队……"

"替补,麻烦消停一下。"贺小旭低头数钱,把刚换好的美元均分给每个人,"小心花落向比赛方举报你无敌对其他战队进行精神折磨。"

祁醉听到那俩字拧起眉,贺小旭忙改口:"祁教练,祁教练。"

祁醉自嘲一笑,转头看于炀。

于炀正在给祁醉的手机换卡。

于炀微微低着头,仔仔细细地把换下来的sim卡放在一个小信封里,装进了自己包里。

于炀把祁醉手机上的塞口装好，随手按下了开机键——电量低了，他从自己包里抽出根数据线，插了祁醉手机上。

料理好祁醉的事，于炀把头上的棒球帽往下压了压，戴上耳机，专心复盘。

不知情的人，还以为是哪家的小男生在认真地做旅游攻略。

"于队，休息会儿？"祁醉轻轻地把于炀的耳机摘了一个下来，"昨晚就睡了三个小时，不困？"

"不啊。"于炀抬眸，"一会儿去飞机上睡。"

"歇会儿。"祁醉把于炀另一个耳机也摘了下来，"眼睛都是红的。"

于炀低头揉了一下眼睛，不甚在意："没什么事……"

贵宾休息室就这点儿不好，座椅都不是连着的，祁醉想让于炀靠着自己眯一会儿也不行。无奈，祁醉去拿了点喝的，坐在于炀对面，逗他聊天。

"已经不差这一会了，休息下。"祁醉抬手把于炀头上的鸭舌帽檐移到后面去，"闭眼。"

于炀低声道："四排真的有挺大希望的，多争取一点是一点，我……"

"嘘……"祁醉打断他，"闭眼。"

于炀笑了下，依言闭上眼了。

祁醉把顺手拿来的零食递给于炀，没话找话："要不要我教你英语？"

于炀咽下嘴里的小点心，轻声道："好。"

"算了。"祁醉转口道，"你基础挺好，完全能交流了，教你德语吧。"

于炀没想到祁醉能给自己这么高的评价，磕巴道："我……我英语挺好的？"

"特别好。"祁醉一笑，"教你德语吧……"

于炀懵懵懂懂地点点头："好。"

祁醉笑了下，英语于炀八成还能听懂，德语肯定不行了。

"先教个简单的。"祁醉想了下，道，"Kapitän am besten."

于炀艰难地跟着说了一遍，问道："什么意思？"

祁醉笑笑："队长最棒。"

于炀一直闭着眼，闻言低下头，嘴角微微挑起来了。

于炀慢慢嚼着点心，轻声道："假公济私。"

"四排希望是有，但先得有个好状态吧。"祁醉道，"明天落地，最多让你睡六个小时，就得去录赛前视频了。"

于炀突然想起什么来，猛地睁开眼："赛前垃圾话？"

祁醉点头。

于炀迟疑："我……我去？"

"这次都要录，但主要还是拍队长你。"祁醉笑笑，"想好说什么了吗？"

于炀太不善于做这种事了，他想了半天，反问祁醉："你录吗？"

祁醉点头，说："落地后就必须要跟主办方提交轮换申请了，我会上场，当然也得录……不过我一个队员，还是个轮换的，也就一句吧。"

于炀抬眸："你说什么？"

祁醉想了片刻，漫不经心地一笑："我回来了。"

飞佛罗里达，芝加哥转机，足足飞了二十个小时，落地后卜那那差点瘫了。

"马上休息，第一天不给你们安排训练赛，都去休息。"取到行李后贺小旭看看祁醉，特别关照道，"别招猫逗狗地妨碍Youth休息，也别招惹别的战队去，都去睡觉。"

祁醉也浑身酸疼，没精力作妖了，闻言不耐烦地摆摆手。

众人抵达主办方准备的酒店，升级房间后拖着行李去了各自的房间。

他们需要马上适应这里，足足十三个小时的时差不是那么好调整的，刚刚在飞机上度过了一个漫长的黑夜，落地后等待他们的是另一个黑夜的开始，所有人都是睡不着硬睡，赛前三天时间每分每秒都很宝贵，耽误不得。

硬睡了数个小时后，众人勉强抵抗过了时差干扰，起床吃饭，化妆等待录制赛前视频。

"刚给你提交申请，主办方不会通知别人，目前你会上场还是个秘密。"贺小旭忙得脚不沾地，抽空跟祁醉小声说，"当然，视频还是要录的，反正每个战队都是单独录制，不会暴露。"

卜那那啧啧赞叹："心机呀。"

"谁不心机？"贺小旭眼睛发光，心里算盘打得啪啪作响，"这是心理战术，你懂个屁，等比赛当天祁醉再上场，他们心态不得崩了？之前咱们分析的那几个欧美强队里面，多少人被祁醉教过做人？给他们来个突然袭击，效果还用我说？"

卜那那弱弱地举手："当年教育他们的时候，也有我和老凯……"

"祁醉的恐怖统治时期，震慑北美的确实是Drunk，不是咱们。"佛系少年老凯拍拍卜那那，慈祥道，"胖，不要抢戏。"

贺小旭点醒了赖华，他转头突然道："祁醉，一会儿录视频多说几句，允许你嘲讽。"

昏昏欲睡的祁醉瞬间醒盹了。

贺小旭迟疑："这……能行？"

"怎么不行，垃圾话垃圾话，说得温和了还行？你没看老外都怎么挑衅的？"赖华拍板，"不说脏话就行。"

祁醉想笑又忍着，故作矜持地说："不好吧……Avengers战队教练以前还给我做过特训，FREE战队两个队员以前还给我过过生日，更别说国内战队了，大家感情那么好……"

"你怎么现在还不明白，没人把你当兄弟！"贺小旭恨铁不成钢，"清醒一点！"

祁醉推辞不过，只能"无奈"答应："那我就多占用一点时间吧，真是……不好意思。"

卜那那阴森森地盯着祁醉，警告道："老子已经打了万字垃圾话腹稿了，不要挤占我的宝贵时间。"

"这个胖子怎么还在抢戏？"贺小旭皱眉，"谁给他画了这么重的眼线？这是烟熏妆？洗了重化。"

卜那那听了这话忙紧张兮兮地去检查自己的妆了。

赖华转头看向于炀，不放心道："Youth呢？想好说什么了吗？"

于炀点头："想好了，一句。"

贺小旭气得要教育于炀，无奈被工作人员叫走了。

忙乱的一小时化妆时间过后，大家开始正式录制视频。

大家不是话少就是已经打好了腹稿，垃圾话录制得非常顺畅，不到半个小时就完成了。

于炀只化了个淡妆，但也挺不适应，录好后就匆匆洗了。祁醉跟化妆师姐姐讨了瓶卸妆水，跟于炀一起洗了脸，在后台等。

待队友都出来后，大家一起回酒店，稍作休息后，赶往赛场踩点。

"今天肯定是约不了练习赛了，"赖华道，"都乱糟糟的。明天吧？打两场练习赛，免得你们手生。对了，主办方会请客让你们去环球影城玩，去吗？"

"不去了吧？"辛巴看看大家的脸色，试探道，"我宁愿找个网吧训练……"

"好，等比赛结束咱们一起去。"赖华点头，"时间不多了，训练是次要的，让你们打练习赛也是为了保持手感，主要还是休息，这几天晚上不要熬夜，早睡早起。"

网瘾少年们最怕的就是这四个字——早睡早起。

于炀身为队长必然要做出表率，他咬牙点头。

"看看Youth。"赖华满意道，"尽量给你们准备中餐，但找不到的时候也没办法，尽量适应吧，好了，就这样。"

大家原地解散。

三天里，HOG作息正常，饮食合理，吃饭不挑食，训练不玩命，连贺小旭的黑眼圈都淡了许多。

世界邀请赛的第一天，终于来了。

HOG的双排赛人员安排和亚洲邀请赛一样，卜那那、老凯一组，于炀、辛巴一组。

首日并没祁醉什么事，但他也来现场了，倒不是祁醉坚持随队，而是贺小旭吃一堑长一智，死也不让祁醉独自留在酒店了。

"该说的都跟你们说了，双排可能会很不容易，但坚持、坚持、坚持。"赖华挨个拍了拍四人肩膀，特别是卜那那、老凯的，"咱们始终没真的把双排赛放了，是因为有你俩。"

卜那那笑了下，和老凯对了一下拳。

于炀站在一边，抬眸看向另一个"教练"。

祁醉对于炀笑了下，并没说什么鼓励的话。

但在四人离开休息室前，祁醉突然从后面拍了拍于炀的肩。

一切尽在不言中，并不用多说什么了。

祁醉悠然地坐在休息室里，安心看他的饮水机。

比赛马上开始，休息室的转播界面里轮番播放着各大赞助商的广告，祁醉低头玩手机，直到贺小旭讶异道："放咱们战队的？"

祁醉抬头，赛前垃圾话环节，居然直接播了HOG的。

"有牌面儿啊。"贺小旭挺高兴，挑眉道，"唉……有两个半明星选手就是不一样。"

赖华没听懂："两个半？"

"祁醉、卜那那。"贺小旭快速道，"还有半个是于炀……唉别打岔，我都不知道他们录了点什么，不对……这是截掉祁醉的了吧？"

赖华点头："肯定的。"

祁醉作为秘密武器，目前还瞒得挺好，主办方似乎也想给大家一个"惊喜"，不单没张扬，在祁醉没上场前，HOG的垃圾话环节里也把他暂时截掉了。

赖华感叹："好歹是制霸欧美好几年的男人，这点儿面子还是有的。"

祁醉一哂。

首先是辛巴。

辛巴同于炀一样，也是初次在世界赛上露面，这还是他第一次录这种视频，多少有点紧张，也没嘲讽，闭眼吹了自己战队一通后，结巴了几下，突然道："我想说……也许，每个人的起跑线并不在一起。

"如果真是这样，那我应该是离起跑线最远的那一个。"辛巴看着镜头，慢慢道，"天分的事，羡慕不来的，我们队里都是战神，我不嫉妒……因为我后来发现起跑线不同还不是最可怕的事。

"可怕的是我亲眼看着战神们每天只睡几个小时，亲眼看见他们为了夺冠付出了什么。令人绝望的从来不是先天的缺失，而是明明生来落后人家一截还不如人家拼命。"辛巴眼睛发亮，"我能做的就是不断努力，勤能补拙，我会尽全力，不再拖后腿。"

镜头切给卜那那。

一样的机位，卜那那瞬间占据了整个镜头，他懒懒道："听说有人觉得，我们战队不行了？

"Drunk那个老痞子走了，确实不太能苟了，毕竟少了个狙位嘛，正常。"卜那那略带挑衅地微微抬起下巴，"但打世界赛，跟欧美战队不应该是比刚枪吗？不好意思……莽夫不擅长别的，就是能刚。"

镜头切给老凯。

"他们说我是混子，说我是个拖累，说我只会听指挥，说我没用，说我是哈巴狗，说我以前靠Drunk，说我现在靠Youth……说我这个，说我那个。"老凯对着镜头，一笑，"你们该不会真信了吧？"

赛场上安静了一秒，瞬间响起一片口哨尖叫声。

镜头切给于炀。

于炀是队长，又是明星种子选手，镜头多了不少，他没说话，先给他拍了点练习赛的素材，镜头一步步拉近，年轻可怕的十九岁队长面无表情，看向镜头的时候，全场粉丝欢呼。

"这是Youth第一次在世界赛上露脸……"贺小旭看着聚光灯下颜值不逊于明星的于炀感慨万分，"当年没把祁醉一手带大一直是我的遗憾，今天终于能圆梦了……我终于要从零开始带起一个明星选手了。"

赖华面无表情地说："不用遗憾，咱们俱乐部的运营团队正在加班加点地做官方应援视频，我看了一眼素材，想起了祁醉刚入队的时候……你该高兴没那会儿就带他。"

贺小旭一窒，点头："好吧……管理这个经过岁月洗礼的老的就已经够辛苦了，我驾驭不了精力旺盛的小的。"

赖华看着年轻的于炀，想着国内那两个天分颇高的青训生，突然有种万物复苏的感觉，他脸上罕见地带了点笑意："所以珍惜于炀吧。"

"我本来就挺珍惜。"贺小旭想起于炀刚入队的情形，轻声道，"我早就说了……比起这些少爷，我更喜欢Youth。"

赖华点头："我记得你对他的评价……被人踩着头也会从泥潭里爬出来的人。"

"这句话我收回。"贺小旭双手插兜，摇头，"他不是泥潭里挣扎的泥人……这话太糟践他了，他应该是……是……"

贺小旭一时想不出个合适的形容来。

倚在一旁的祁醉淡淡道："他是种子。"

没落在好地里的种子。

但种子就是种子，即使落在悬崖上，埋在石砖下，丢在枯井里，那也是种子。

不管土地有多贫瘠，只要被他得到了一丝暖意，任他抢到了一汪雨水，让他感受到了一束阳光，春风一来，他就能奋力破土发芽。

视频里剪辑了几个于炀过往比赛的镜头，几次绝地反击都让人无话可说。赛场观众席上不断传来掌声，之前不了解Youth这个新选手的外国人也频频惊叹于于炀的韧性。

HOG的赛前垃圾话的垫底终于来了，于炀果然如他所说，只有一句话。

"名次在我之前的请务必小心。"于炀表情平静，一字一顿，"我会打到最后一局最后一秒。"

AWM

第十二章

双排赛正式开始。

第一局，Z城M城线。

卜那那和老凯非常谨慎，开场就跳了，落地后避开别人，开车去了S城。

于炀和辛巴不出意外地去了核电站。

中国赛区解说席上，中国解说甲咋舌："说实话，我不认为Youth和Simba适合去核电站，他们两人这个组合本来就有点奇怪，个人能力相差大了一点，而且Simba这个选手的风格更像HOG的Kay，打法偏保守，让他跟Youth去抢夺这种大物资点，有点勉强……"

"也不好说。"解说乙道，"他们两个也配合了好几个月吧？应该也琢磨出了自己的一套打法。"

解说甲还是不太看好这一队，道："前期还是稳妥一点比较好。"

话音未落，导播把视角切给于炀，只见于炀已经飞速落地，再看天上，辛巴跳下飞机后就开了伞，在空中飘飘荡荡，显然是在给于炀做侦察员。

"我说吧，他们磨合了这么久，必然是有自己的思路的。"解说乙笑笑，"这两个小将都是第一次参加世界赛，希望能有个相对好的成绩。"

导播把视角切给了夺冠热门队伍FREE，解说跟着分析了起来。

后台，赖华不满道："怎么还不给老凯视角？"

"不是夺冠热门队伍，也不是明星选手，给你什么视角？"贺小旭倒挺淡然，"你没发现吗？比赛快十分钟了，中国战队目前只有咱们还有过一个视角，哦，现在切给周哑巴了，可怜的骑士团，都快查无此团了。"

祁醉并不在意这些，他密切地关注着于炀和辛巴，问道："他俩什么时候开始这么打的？"

"早就开始了。"赖华盯着屏幕,"辛巴自己主动要求的……哎,TGC怎么回事,怎么突然就灭队了?"

TGC周峰、海啸组非常自信,开场跳上了上城区,另一组跳的Y城。Y城那一组落地就被FREE战队吃了,上城区的海啸遇见了复仇者战队,一打二被收割了,现在只剩下了周峰一个人。

"这……什么玄幻开端?"贺小旭目瞪口呆,虽然因为赞助还有其他乱七八糟的久远恩怨,HOG没少跟TGC互掐,但走出国门都是中国战队,谁也不想自己赛区的战队这么早灭队。贺小旭凑近了看看,难以置信,"到现在一共就死了四个人,TGC占了三个?"

"刚第一局,不好说。"赖华没多在意,依旧把希望压在卜那那、老凯身上,低声骂骂咧咧,"还不切视角,还不切视角……"

卜那那和老凯没辜负赖华的期待,第一局结束,他们这一组排名第四,积分排名第五。

卜那那、老凯组的成绩绝对说不上多好,但横向对比一下……

骑士团花落组排名第六,另一组排名三十二。

于炀、辛巴排名十六。

TGC最惨,周峰组排名十七,另一组排名四十。

继釜山亚洲邀请赛之后,国内双排赛的短板再一次暴露了出来。

贺小旭拍拍赖华肩膀:"早就预料到的事,正常正常。"

"还以为TGC能争口气呢。"赖华叹口气,"又被公开处刑了。"

"还可以啊,卜那那、老凯这次运气不错,连着三个天命圈。"贺小旭故作坚强,"有很大的希望。"

第二局,卜那那和老凯掉到了十名之外。结果结束时,卜那那、老凯总排名十一名,于炀、辛巴排名十五。

TGC的两队情况依然低迷,周峰组下滑了一名,另一组依旧垫底。

贺小旭不忍看:"我就不懂了……你们没事儿能不能练练双排?虽然没什么奖金吧……但比赛第一天,名次不重要可恶心人啊,太影响心情了。"

"国内练习赛想约个双排能难死，没那个训练基础，怎么出成绩？"赖华知道卜那那组后追无望了，心态也平和了，"算了算了，反正就一天五场，打完完事儿。"

第三局比赛开始。

卜那那、老凯继续保守打野，于炀、辛巴又去刚大厂了。

于炀、辛巴组被拉开的积分挺多，这次想要后追基本无望了，不过从镜头来看……两人表情都挺自然，并没什么大起伏。

于炀这样不奇怪，辛巴也非常平静就很不容易了。

"应该是把双排当热身赛了。"祁醉喝了一口水，"发现没？他俩现在完全不是战略性选点了……他们根据航线选的点，全是咱们四排经常去的地方。"

贺小旭干巴巴道："我该夸他俩心态好吗？"

"不然呢，心态爆炸然后影响明天最重要的四排赛？"

导播恰巧把镜头给到了TGC排名垫底的那两个队员，他俩脸色灰败，冷汗都下来了。

赖华点点头："前两局努力冲名次了，发现不行，开始换回四排打法，保持状态……很好，Youth还有辛巴都成熟多了。"

第三局结束，卜那那和老凯名次追回第七，于炀、辛巴排名追到了十三。

TGC低迷依旧，但在所有人都不注意的时候，骑士团的花落组排名却越来越靠前，这局结束后，已经追到了第四了。

导播终于把镜头切给了骑士团。

贺小旭心算了下，道："我要是没记错，这可能是他们整个战队刚刚第三次入镜……别的战队基本都给过七八次镜头了吧？"

赖华物伤其类："前期不被看好，给他镜头做什么？"

贺小旭最近被赞助商们欺负多了，也多了几分穷酸傲气："怎么说都是个老资格的战队，给几个镜头照顾下不行？"

"不行。"祁醉放下手机，淡然道，"菜是原罪。"

贺小旭撇撇嘴："没情没意的电子竞技……"

"不然拿什么刺激你拼命?"赖华眯着眼,听着转播的英文解说一头雾水,他看向祁醉,"这群人说什么呢?"

"赛中小采访。"祁醉给他俩实时翻译,"正在采访目前前三的队伍,现在在采访排名第一的Free战队,他们队长在夸排名第二的Avengers战队,应该是在'毒奶',用心极其险恶……"

"打住。"贺小旭英语虽不比祁醉,但至少还听得懂,他一言难尽地看着祁醉,"你能不能专业点,不带个人感情地翻译?人家什么时候说他用心险恶了?"

采访跟HOG一点关系都没有,祁醉本来就懒得翻译,闻言索性不干了,继续低头玩手机:"爱听不听。"

"别别别,听,我听。"赖华警告地瞪了贺小旭一眼,"这都是情报!不懂别瞎说。"

贺小旭翻了个白眼,不说话了。

祁醉懒洋洋地继续翻译。

不知听到了什么,祁醉愣了下,忍不住笑出了声。

赖华忙问他。

"Youth的震慑力太强了……"祁醉一笑,"排名第三的Gem战队不怕骑士团,反而特别紧张于炀、辛巴的积分。"

赖华笑了:"只要比赛没结束,Youth就有无限可能,你以为这话是说着玩的?"

祁醉莞尔。

第四局比赛开始。

解说甲在分析:"现在前三名的是Free战队、Avengers战队,还有Gem战队,很遗憾,暂时没有咱们中国赛区的战队。"

解说乙点点头:"意料之中,国内不重视双排,练得太少,不过也不是完全没有希望,根据我们以往的经验,赛程过半后,前期偏保守且名次靠后的队伍有时候会突然奋起,开始挑战另类打法。"

解说甲笑了："俗称搅屎棍。"

解说甲又道："不过也有不一样的，比如我们熟悉的Youth，他每次明知拿名次无望了也能保持状态。"

"据说他亲口说过，第三拿不到，第四也是好的，第四拿不到，就去争第五。Youth这一点真的很有意思，年纪虽然小，但心态特别稳……而且维护战队名次的心情很强烈。"解说乙笑笑，"果然是Drunk继承人吗？"

解说甲和解说乙心照不宣地对视一笑，点头："毕竟是HOG。"

如解说所言，这一局于炀、辛巴也没放弃，第四局比赛结束后，又将积分排名追到了第十一。

实时排名，国内战队里骑士团花落组依旧第四，卜那那、老凯排名第六，于炀、辛巴排名第十一，TGC周峰、海啸组排名十四。

三个战队四组小队，在短板赛事上缓慢追分，勉强维持住了国内赛区的荣誉。

特别是骑士团。

导播给骑士团的镜头越来越多了，花落和他队员表情凝重，显然是不甘于久久被压在第四名。

第五局，最后一局比赛开始。

出乎所有人意料地，排名第三的Gem落地遭遇了泰国战神队。

祁醉嘴角微微抽搐："我好像记得他们。"

就是釜山赛上那个被他吐槽没脑子的战队。

贺小旭忙道："怎么样？怎么样？"

祁醉一言难尽："泰国队是生死看淡，不服就干……不带脑子的刚，没枪都敢跟人拼命。"

赖华点头："是，菜到极致，但太不要命了，也让人头疼……他们先拿到枪了！不知道这把怎么样……"

祁醉喃喃道："泰国队要立功了。"

如祁醉所说，泰国战神队远远看见Gem战队后，第一时间想也不想就扑了过去，第一个人连扫二十多下，一枪未中，但奇迹般赌中位置。第二人马上跟着冲了过来，把队友当肉盾，又是一梭子子弹，收割掉了一个Gem队员。

"加把劲！"赖华忍不住喊，"把另一个也吃了。"

但很遗憾，泰国队二打一能收到Gem一个人头就是命好了，Gem战队另一人匆匆赶来，在楼上迅速狙掉了泰国战队两人。

朴实又直白的泰国战队又一次十分钟结束战斗，开始观战。

贺小旭忍笑忍得肚子疼。

祁醉叹息："真的，我要是花落，赛后我要给泰国队送面锦旗。"

"少说骚话。"赖华看着积分，"现在还不好说……毕竟Gem还有一个人，他要是开始苟名次呢？"

但托泰国战队的福，小小的水城，因为他们一顿毫无章法的狂轰滥炸，生生造出了百人团战的架势，不远处的R城和学校都有人，听到这顿枪声，不可能不来收割。

螳螂捕蝉，黄雀在后。

Gem最后一人最终没能走出水城，直接被几个战队按死在了这里。

同一时间，不知是不是天意，骑士团和排名第二的Avengers遭遇了，两队的对战会决定他们第二第三的席位。赛场外，骑士团的粉丝疯狂呼喊。

一分钟后，骑士团不负众望，折损一名队员，成功灭掉了Avengers。

世界邀请赛第一天的双人赛上，中国赛区的骑士团战队夺得银牌，HOG战队分别拿到了第五名和第八名的成绩。

领奖席上，花落激动得话都说不利索了，骑士团战队在持续低迷了一年后，在最不被看好的情况下，时隔十六个月，又一次在国际赛事上拿到了奖杯。

"对……对不起……"

地下车库，倚在车上假寐的祁醉闻言睁开眼。

于炀听着远处骑士团车上不断传出的欢呼起哄声，攥着个烟盒，脑子里全是比赛的细节，他有点抬不起头来："没……没拿到成绩……"

赖华有心要再研究一下几个强队的战术，去后台跟工作人员拷贝比赛视频，准备回酒店复盘，其他人也跟他去了，车上如今只有祁醉和于炀两个人。

祁醉想说咱们本来就几乎没可能在双排赛上拿奖杯，但他迟疑了下，转口道："没拿到成绩，那怎么办？"

"练……"于炀低声道，"骑士团有备而来的，第一局就看出来了……他们苦练双排了，比我们努力。"

祁醉压下不受控制要挑起的嘴角，道："这就完了？"

于炀抬眸，没太反应过来："那……"

祁醉换了个更舒服的姿势，问道："输了比赛，身为老板兼教练……我是不是该罚你什么？"

于炀怔了下。

"不想我罚你？"祁醉反问，"那说什么对不起？"

于炀欲言又止，半晌小声道："罚吧……罚什么？"

祁醉含笑看着于炀，快速又轻松道："再给我洗一次衣服吧。"

于炀撑不住笑了。

"先记账，赛后结算。"祁醉拿过于炀手里的烟盒，丢在一边，"明天四排如果不能进前六，还会有惩罚。"

于炀抬头问道："前……前六？"

祁醉点点头，嘴角微微挑起："给我个前六的基础，保证我后天可以发挥就行。"

"结束就结束了，双排不是咱们的强项，咱们输得心服口服好吧？"

HOG众人在酒店附近的餐馆吃晚饭，贺小旭边吃边道："别考虑太多，别影响下面比赛，那那、凯，没问题吧？"

"没问题。"卜那那起初是有点低落，他和老凯的双排是HOG的小王牌，在世界赛上被压到第五名，和第三名只差不到一百分，任谁都有点意难平。好在他心宽体胖，赛后迅速把心态调整好了，"确实跟人差了不少，亚洲邀请赛上还能冲一冲，世界赛上是难。"

老凯没怎么受影响："技不如人，服气。"

"第五名已经不错了，除了骑士团，国内六组里面就你们排名高了。"赖华尽力调节队内气氛，"多想想明天，明天才是咱们要发挥的时候。"

"明天……"祁醉已经吃饱了，他咬着个吸管，慢慢道，"我希望你们能把名次冲到第六。"

辛巴抬头，小心翼翼道："单日排名第六？"

"嗯，四排赛要打两天，一天五场，你们第一天能把积分稳在第六就可以了。"祁醉恰到好处地选了个新四人组堪堪可以拿到的名次，不让大家放松，也没给过大的压力，"可以吧？"

老凯沉默片刻，点头："跟我分析的差不多，努力一下，可以的。"

大家纷纷立下军令状，自然而然地不再沉湎于双排赛。

"我跟祁醉复盘一下今天的比赛，发现问题后明天车上告诉你们。"赖华也吃饱了，他拍拍自己背包里的笔记型计算机，"你们别熬夜，回酒店就睡，也别玩手机，特别是论坛，一眼也别看，听到没？"

贺小旭被提醒了，忙跟着道："对，最好微博也别上，不跟你们开玩笑啊，别给自己找不痛快。"

大家答应了。

吃饱以后大家回酒店，卜那那跟老凯在电梯里挤来挤去，聊天打嗝，赖华转头看祁醉："去你房间复盘？"

"嗯。"祁醉心态强大，并不怕看论坛，这会儿正刷帖子，闻言漫不经心道，"一小时后再来……我冲澡。"

"大男人，冲个澡还要一小时？你泡花瓣浴呢？！"赖华平素最嫌恶这些少爷们矫情的习惯，忍不住来了气，"大战当头！你还这么铺张地搞个人卫生！还要洗花瓣澡！"

祁醉无端被喷了一顿，叹了口气说："我说过一句我要洗花瓣澡吗……"祁醉抬头无奈道，"我就是单纯地冲一下，是不需要一小时，但你得给我点时间让我去跟炀神聊会儿天……他头次参加世界赛,不过分吧?"

赖华语塞,电梯里众人怔了几秒,哄堂大笑。

祁醉低头继续看手机,淡淡道:"说起来……我也是你接班人。"祁醉看向赖华,"看看我现在是怎么对于炀的,你想想你当年是怎么对我的,赖队……您心虚吗?"

赖华:"……"

于炀:"……"

祁醉回自己房间匆匆冲了个澡,换了身干净衣服,去敲了敲于炀的房门。

于炀也刚洗过澡,头发还湿着,正准备吹头发。

"怕你不留门,正准备翻窗户呢。"祁醉仔细地看了下于炀的发色,有了点新发现,"你以前不还挑染了点银发吗?这次全染成金色了?"

于炀低着头,低声道:"吉利。"

祁醉一笑:"那你换个红内裤吧,更吉利。"

于炀低头不说话,祁醉笑笑:"别真是换了吧?

"上床吧,我看你睡了就走。"祁醉不再逗于炀,"早点睡。"

于炀呆呆地反应不过来。祁醉把灯都关了,只剩了于炀床头一盏小射灯。

于炀原本以为祁醉要跟自己聊点战术方面的事,出乎意料地,祁醉真的是来跟他闲聊的。

"大赛后都有个小假期,原本想趁机带你四处逛逛的。"祁醉叹气,"下午你们比赛的时候,我妈给我打了电话,问咱们什么时候回国,还问你了,让你赛后也去我家一趟。"

于炀喉结紧张地滑动了一下。

"去吗?"祁醉征求于炀的意见,"听你的,不想去可以不去。"

于炀摇头:"不行,长辈让去了……不能不去。"

"行。"祁醉笑笑,点头,"那就回国见,我告诉她,让他俩提前空出一天来准备……行了,你睡吧,没事了。"

祁醉起身替于炀关了最后一盏小灯,出了房间。

翌日，去赛场的车上，赖华和祁醉把昨天复盘时发现的问题快速跟大家交代了下。

四人听得都挺认真，于炀时不时地还会问几个问题，祁醉分析后一一解答。

昨天双排赛打得并不顺利，大家或是多少受了点影响，或是太紧张今天的四排正赛，车里气氛相较昨天要低落一点。贺小旭为了鼓舞士气，突然道："对了，你们是不是都没看咱们俱乐部给你们做的应援视频呢？在国内点击量还挺高的，做得挺好，好多镜头都是没公开过的。"

"还有这个？有……"辛巴不好意思地问道，"视频里也有我吗？"

"废话。"贺小旭轻戳了一下辛巴的脑门，"你不是HOG的？别说你了，连我都有，来来来……别讨论战术了，给我五分钟，你们看个视频。"

该说的早已说了，也不在乎这几分钟了，祁醉点点头，说："你放吧。"

贺小旭低头拨弄平板，迅速把视频调出来，然后把平板放在中间。

视频开始，音乐稍微有点沉闷。

看背景，应该是某个比赛的后台休息室。

一张对于炀来说非常陌生的面孔木然地看着镜头，突然道："我决定退役，让Drunk进一队。"

场景转换，少年祁醉端着个白色塑料饭盒，饭盒里面一半白饭一半素菜，少年祁醉一边大口扒饭一边对着显示器比画，方才那个陌生男子已经换上了教练的装束，站在祁醉身后给他解释什么。

场景又转换，一个人背对着镜头坐在地板上，吃力地扶着腰。他捏着个矿泉水瓶，哑着嗓子道："你说我这八年，都打了个什么玩意儿呢……怎么混到最后，是被空水瓶砸下台的呢？"

镜头转到前面去，坐在地上的赖华扭开头，随手拿了不知道谁的队服丢在了镜头上，画面瞬间被挡住了。

场景再次转换，还没那么胖的卜那站在雪地里，和一个粉丝相对鞠躬，两人身上都飘满了雪花。

镜头一转，突然到了室内，更年轻些的老凯向镜头晒出了自己被某985大学录取的通知书，轻描淡写道："两年没回家了，我爸说不回去上学就别回家，要是打不出成绩，真要饿死了……"

站在一边的贺小旭噼里啪啦地按着手机，闻言冷笑："有贺经理在，能让你饿死？"

镜头又一转，辛巴坐在自己的机位后，一边狂往嘴里塞面包，边偷偷抹眼泪。镜头拉近，辛巴躲开镜头，低声哽咽："这边的人都太厉害了，我怕我青训后留不下来……"

镜头切换，像素突然降低，看画面，似是早年间城际赛网吧赛的场地。

十五六岁的小于炀额上带着一块擦伤，还洇着血，眼神专注，飞快地敲打着键盘。

镜头扫过主机位前拉着的红色横幅，上面歪歪扭扭地写着：第一名奖金一百元，第二名奖金五十元，第三名奖金二十元。

音乐节奏逐渐加快。

辛巴高高兴兴地背着好几个外设包，跟镜头念叨他最近进步有多大。

某个在线赛上，于炀一枪拿下花落的人头，两个解说欢呼："恭喜HOG再添一员猛将！恭喜HOG！少年未来可期！"

釜山赛双排赛上，卜那那和老凯一起高举起了奖杯。

音乐越来越快，越来越快，釜山四排赛上，祁醉拿着一把AWM一枪一个人头，以英雄之姿完美落幕，后台赖华欣慰地无声流泪，脸憋得紫红。

画面飞速倒转，音乐戛然而止，视频变得一片漆黑，几秒后突然打出了一行字——

"令我感动的从不是游戏本身，而是打游戏的这群少年。"

四排赛第一天，HOG比赛总积分排名第四，战队新四人组于美国佛罗里达首秀成功，国内论坛、微博同时爆炸。

知乎电竞板块首页问题：如何评价HOG在世界邀请赛四排赛上的表现？

赞同数最多的回答简短又有力：如何评价？吹就完事儿了。

继釜山邀请赛上没有向韩国队低头后，HOG在没有Drunk的情况下，依然在众欧美豪门战队中为中国赛区夺下了属于自己的位置，这支十几年的老牌战队如祁醉所说，只要HOG还在，神之右手就在，FPS赛场上，就总会有他们的一席之地。

HOG可能会短暂地沉寂，但它永远不会凋零，战队在，新的神之右手就会不断出现，就肯定会再次将HOG战队的队徽刻在各大赛场的冠军墙上。

于炀在首日的四排赛上频频有天秀的表现，引得几个欧美的解说频频惊呼；卜那那、老凯稳中求胜，控制住了整个队伍的节奏；辛巴则超常发挥，几次对枪操作精准又灵敏。纵观整个四人组的表现，几乎无懈可击。

"可惜……没进前三。"精神高度集中了五六个小时，卜那那累得瘫在车后座上，叹气，"还是差了一点……"

第一天比赛结束，Gem战队暂居第一，FREE战队暂居第二，Avengers暂居第三。中国赛区的三支队伍除了HOG外，TGC名列第五，骑士团名列第八。

辛巴手还抖着，不等他主动背锅，贺小旭一笑道："第四也挺好，刚才注意没？前三名战队队员的脸色？"

"如临大敌。"赖华拿着笔记型计算机，飞速地拉扯着比赛视频的进度条，压缩时间尽力把需要复盘的视频片段全部剪辑出来，他头也不抬道，"最后一局比赛打完后，那个解说是怎么评价咱们战队来着？"

祁翻译倚在靠背上，慢慢道："要永远小心这支队伍，小心Youth和他的队员，这支队伍里的每个人都很可怕，只要给他们一点希望，他们就有可能爬到前三、前二，甚至第一。"

辛巴活活绷了数月，闻言实在忍不住了，他低下头把脸埋在了自己的外设包里，彻底放松了下来。

幸不辱命，他做到了。

"超额完成任务了。"祁醉笑笑，"各位，厉害啊。"

卜那那、老凯起哄让祁醉请客，祁醉自然答应："比赛后你们挑地方。"

卜那那、老凯一起"坐"谢隆恩。

回到酒店后，一夜好睡。

翌日，祁醉起得比所有人都早。

祁醉整个人很放松，一起吃早餐的时候，众人看不出他有一点紧张的情绪。

好似他真的只是休了个假，又回来了。

"告诉你们个令人扼腕的消息。"贺小旭从昨天开始就变得莫名"冷艳高贵"，他优雅地举着一杯牛奶，阴笑，"昨天，四排赛排名前三的队伍，找了咱们新四人组的视频，反复研究，认真考量，并针对你们这个组合做出了针对性的应对措施。"

辛巴差点喷奶。

卜那那惋惜又心疼："可惜……至少这次比赛上他们无缘和我们新四人组交手了，白辛苦了。"

赖华抽了张纸巾擦了擦嘴道："新四人组就这么被针对了……今天替补上场，给他们个惊喜。"

替补慢慢地往面包上抹着黄油，低头咬了一口。

出发前，赖华犹豫再三，折返回酒店自己的房间，取了一样东西出来。

"拿什么去了？"贺小旭坐在副驾驶上，回头看他，"落下什么了？"

赖华顿了下，低声道："国旗。"

贺小旭一窒，讪讪道："我没好意思拿……"

"没准能用到。"大概是昨日的成绩激励了赖华，他原本只想让战队闯进前三，现在野心又大了，他把国旗塞进自己包里，催促，"别管我，我就乐意捎着，走了！"

三小时后，HOG四战神进了比赛会场。

离开休息室前，贺小旭一边替四人检查外设包一边感慨："半年多了……我们不被看好，被撤资，被喷子嘲讽，还差点被卖给了不知所谓的其他老板。"

贺小旭一顿，深呼吸了下，继续道，"老子……四处赔笑脸，拉关系……"

贺小旭检查好最后一个人的外设，站直了身子，淡然道："但我不觉得丢人……因为我们挺过来了。你们每个人都被其他战队私下联系过，但你们都没走。我们俱乐部也被祁醉顺利买下来了。我们没赞助了，现在队服上空空如也，但我们战队还在，我们抢到了世界赛的资格，我们还打到了现在这个成绩。"

贺小旭看着每个人，郑重道："大家都很棒，足够了，放平心态，去吧。"

比赛开始前，正在玩手指的花落抬头一眼扫到了祁醉，愣了一下，随即释然——辛巴大概是吓得尿频了，祁醉这个后勤来替辛巴调试机器了。

坐在不远处的周峰眯起眼睛，隐隐觉得哪里不对……如果只是调试机器，用得着穿队服吗？

祁醉队服后的几个字母刺得人眼睛疼。

近百人的赛场上，大家视野有限，除了位于HOG附近的两个中国战队，没几个人注意到HOG战队的小小变化。

直到赛前垃圾话环节开始。

按照传统，赛前会依次播放积分排名前三战队的垃圾话视频，但这次有了个小小的变化，在目前排名第三的战队视频播放完毕后，又插了一个进来。

HOG战队的。

这个视频大家都看过了，并没什么感觉，心不在焉地看完辛巴、卜那那、老凯和于炀的垃圾话后，观众席上突然起了一阵骚乱。

视频末尾，续了一段二十几秒的视频。

祁醉出现在了镜头下。

这下不只是观众席，比赛席上众选手都惊了。

祁醉连续数年的恐怖统治不是说着玩玩的，在役八年，"职业终结者"这个外号也不是平白无故来的。

因为只要他在，与他同期的其他人就不可能会有机会。

所有选手屏息看了过去……

比赛场馆中央的巨幕上，祁醉对着镜头一笑："还记得我在役时期，你们挤破了头争夺亚军席的感觉吗？"

祁醉表情轻松地说："希望大家今天能正常发挥，看见我后不要犯PTSD（创伤后精神紧张障碍）。"

垃圾话环节戛然而止，排名靠前的几支队伍几乎绝望。

祁醉回来了。

AWM

第十三章

比赛即将开始。

卜那那兴奋得脸发红，若不是离开位置就算犯规，若不是每队身后都有个裁判盯着，他都能站在椅子上观察一下各战队的表情。

祁醉一边再次确定游戏设置一边漫不经心地在队内语音里给卜那那泼冷水："先不说这个椅子能不能托得住你，你确定要一枝独秀地站在电竞椅上打比赛？我们都坐着，你站着……你不觉得哪里怪吗？而且你这样够不到鼠标吧？"

太久没人在队内语音里嘲讽卜那那，卜那那居然有点感动，他长叹了一口气："就是这个感觉……太怀念了。"

对比卜那那，老凯安静了许多，他并不参与祁醉和卜那那的赛前骚话，自己表情虔诚，嘴里念念有词："我老凯在役三年，勤勤恳恳，兢兢业业，入行一千多天到现在只放过不到十天的假，为了把青春全部奉献给梦想，两年我没回过一次家，如今就有一个愿望，求老天看在我这么努力的分儿上，给我们一个天命圈，不需要多，一个就行，如果能实现，我愿十年不吃香菜……"

"滚！"卜那那鄙夷，"你本来就不吃香菜！"

祁醉嗤笑。

老凯尴尬地清了清嗓子，在队内语音里转口道："坐我旁边的是我的队友卜那那，他在役五年，一样没做过一件对不起自己职业的事。我们以运动员身份自律，恪守竞技精神，不心存侥幸，不懒惰敷衍，不收粉丝礼物，不吸烟，不烫头，不文身……"

于炀面无表情地调整了一下自己的耳机，顺手敲了一下自己的麦。

队内语音里传来一声刺耳噪音，老凯尴尬又识相地迅速结束了这串排比，继续道，"我们没能像祁神一样成为电竞之神，但也没给这份职业抹过黑，求老天看在我们也努力了这么久的分儿上，给我们一个天命圈，今天比赛如果能有天命圈，我队友卜那那愿永保单身，希望老天能成全……"

"滚！"卜那那气得恨不得站起来揍老凯，"你怎么不拿自己发誓？"

"别插话！"老凯焦心，"这祷告呢，你怎么心不诚呢？！"

于炀深吸了一口气，低声提醒："咱们后面的裁判听得到……而且比赛时的队内语音会被录下来存档，俱乐部那边也会有，可能会做成视频段子……"

"哇哦！"祁醉嘴角挑起，想起釜山邀请赛上曾想和人打架的于炀，笑了下，"于队现在专业啊。"

于炀垂眸，抿了抿嘴唇："好歹也当了这么久队长了……"

祁醉顿了下，心里说不出是什么滋味，半晌他低声问道："按之前计划的，你指挥？"

于炀没推辞，赛前他们四人也练了不少，都是于炀在指挥。

于炀早已习惯了指挥位，并不会因为祁醉的回归而把这个位置推给他。

比赛开始。

所有选手的游戏角色被传送到素质广场，等飞机的时候，四人脸上的表情逐渐淡去。

赛前例行解压环节已经结束，下面要看四战神的发挥了。

飞机起航，第六局比赛正式开始。

M城G镇航线。

于炀飞速标点，说："核电站，跳。"

HOG率先下了飞机。

老凯照常高飘，于炀率先落地，他马上又标了个点，说："这可能有随机车，老凯取了车再来。"

老凯没分毫怨言，落地后不搜东西先去找车了，其余三人进了大厂搜寻物资。

"应该是没落这里。"卜那那率先找到了八倍镜，他随手安在枪上当望远

镜用，站在高处看了看道，"老凯刚才在天上说看见的那队应该是去L城了。"

"你去搜东西。"老凯已经找车回来了，他换下卜那那，"应该是，看安全区怎么刷新吧，小心他们堵咱们就行。"

说话间安全区刷新了。

非常意外的，居然真的是个天命圈。

安全区刷新在了M城。

于炀遭天谴习惯了，颇不适应。

于炀在心里飞速地把前三名的积分过了一遍，心脏跳得快了些……老天也看出他们不容易，终于肯分HOG一点好运气了吗？

"别大意。"祁醉搜寻物资极快，这会儿已经把自己养肥了，他标了个点，"红点位置没搜，那那去，老凯把附近车全停过来，一会儿转移用。"

刷在安全区里了，不用着急走，他们的位置已在地图边缘了，也没法卡毒圈收快递，只能安静等下一个安全区刷新。

出乎意料的，第二个圈刷新后，HOG还在安全区。

祁醉愣了下，轻笑："今天这是怎么了？"

老凯已勤勤恳恳地把核电站附近的三辆车全开回来了，他看了眼地图茫然道："咱们……这车还用得上吗？"

"用不上就炸了。"卜那那也有点不适应，他们平时整天让猫追狗撵的，恨不得追着安全区满地图地迁徙，今天被安全区一次次刷新在脑袋上，有点惶恐，"我怎么有点慌呢，这一会儿得有多少人摸过来。"

"还早。"于炀扫了一眼屏幕右上角的存活人数，"一共十八支战队，现在还剩六十九个……都在安全区内外卡着呢。"

"守塔吧。"祁醉在地图上标点，"我怀疑这里有一队，可能不是满编，所以动作非常小心，注意这个位置，别让这队摸过来，其余人继续盯自己方向。"

于炀点头，飞快地分配好每个人的掩体和方向，四人守株待兔，等待下一个安全区。

三分钟后，下一个安全区刷新——

安全区中心点仍然在核电站。

卜那那感动得想哭："于队选的这个点有说法啊！咱们HOG也有一天能混上这个日子？我不信！"

后台休息室，贺小旭和辛巴几乎趴在显示屏上了，贺小旭难以置信地推着辛巴肩膀："我是不是被祁醉气出白内障了？我没看错？咱们被天命圈连环套了？"

辛巴紧张地咽口水："应该……是。"

他们看的是上帝透视视角，能清晰地看到地图上各个战队的位置，贺小旭茫然道："比赛十几分钟了吧？他们好像……一个人还没遇到？"

"没有。"赖华死盯着屏幕，说，"看下一个圈了，他们在中心区，八成还在圈里，但圈外面的队伍马上都要摸进去了，你看……上下全是人，马上就丧尸围城了。"

贺小旭忙问道："那是好还是不好？被围了会不会死？"

"对别的队伍而言说不上好不好，但对咱们来说……"赖华喃喃道，"Youth和那那，最喜欢的就是和人贴脸对刚。"

赖华话音未落，游戏里，于炀已率先开出了第一枪。

等的就是这个。

四人被套在安全区里十几分钟，又是在核电站这种大物资点，一个个背包里都满得装不下，等得手都痒了！

于炀迅速收掉一个人头，同时不可避免地暴露了自己的位置，他丢了颗雷吸引对方视线，靠着手雷爆炸的那一声的遮掩，于炀破窗而出，悄无声息地又换了一处掩体。

有三个队伍摸过来了。

祁醉在高处的窗口架着枪，半晌没有丝毫动静，突然开了一枪，稳准狠地爆掉了对方的三级头，把对方打得只剩一丝血皮。

不用祁醉废话，在他爆头后不到一秒，守在下面的于炀一梭子子弹过去，迅速收割了对方的人头。

"Nice。"

祁醉和于炀打了两拨完美的配合，干脆利索地吃掉了韩国的一支整编战队。

于炀飞速收拾好韩国战队的物资回到掩体，距离他们不足百米的地方，两个战队已经打起来了，HOG四人的眼睛瞬间亮了。

两支队伍在自己家门口相互挠，不去劝一下架是不可能的。

赛场外，中国赛区的解说甲说："没想到有生之年还能看见这一幕……HOG今天真是出乎意料地红！"

另一个解说是HOG战队的半个粉，他看着屏幕五味杂陈道："也该轮到HOG红一次了。"

解说甲回顾HOG每次比赛的情况，再想想前几个月HOG经历的种种，感慨着点头："是……也该让HOG有一次好运了。"

解说乙突然想到了什么，点开积分榜："目前排名第三的Avengers战队现在人头多少？他们目前已经减员两名，是不是……"

"是！"解说甲飞速算了下，道，"对！我们中国赛区的HOG战队在这场之后是有希望进入前三的！"

游戏中，HOG周围已经摸过来六支队伍了。

大赛上，人员折损几乎都在最后几个圈，随着安全区的变动，每分每秒都可能突然灭队。于炀险中求胜习惯了，并不紧张，这把他们就算不吃鸡，人头分也够了。

距离下一个安全区刷新还有两分钟，剩余的八支队伍躲在掩体里按兵不动，都在等圈。

祁醉玩了点脏战术，他频频在窗口露头，终于有个战队的人沉不住气地探头和祁醉对枪了。

祁醉嘴角微微挑起，一枪一个小朋友。

"跟祁醉对枪……"卜那那轻轻摇头，"活着不好吗？"

于炀趴在一辆车后面，不断地点开地图又合上，这一局关系重大，马上到决赛圈了，HOG还是满编队，有很大希望。

安全区再次刷新了。

前二十分钟的厚待终于被老天收回了。倒数第二个安全区，是HOG实实在在的天谴圈。

HOG目前在钢铁厂，安全区刷新在了伐木场附近，整整打了个对角线。

后台休息室、前台解说席、中间无数HOG粉丝忍不住喟叹，怎么最后又是这样？！

老凯一直心算着积分，见状心态稍微有点爆炸，卜那那也忍不住骂了几句脏话。

"这有什么可骂的？"于炀最后一次清点物资，打断卜那那，反问道，"打天谴圈不才是咱们擅长的吗？"

祁醉扑哧一声笑了出来。

老凯沉默片刻，也笑了。

于炀将四人物资分配好之后平静道："HOG吃鸡本来也不靠圈。"

运气不好，习惯了就行了。

没在安全区，打进安全区就是了。

决赛圈，目前还有八支队伍存活。

几个战队开始贴脸，最后的拼杀开始了。

骑士团最先灭队，七队存活。

Ares灭队，六队存活。

Wotan灭队，五队存活。

Avengers灭队，四队存活。

FREE灭队，三队存活。

TGC灭队，两队存活。

Gem战队仅剩一人，没有任何悬念地被HOG仍存活的三人围剿成功。

HOG顺利吃鸡，总积分瞬间跃至第三。

中场休息时间里，祁醉点开总积分榜，一笑："排名第二的是FREE战队。"

比赛只进行了六局，HOG的清算才刚刚开始。

第七局，S城机场线。

于炀迟疑了一秒后道："Y城。"

直飞航线上大物资点有四个，S城、R城、P城和机场，想冲一把的话自然是去直飞航线点，但现在HOG已经冲进了前三，于炀不得不尽量稳妥，前期选择暂时避战，选了远离航线的Y城。

冲进前三了，卜那那心情好，忍不住开了句玩笑："你也有避战的时候？不容易啊。"

于炀没说话，十几秒后四人跳下飞机，开伞后于炀飞速道："老凯别提前开伞，你去R城固定刷车点，队长去四合院北部固定刷车点，那那去四合院南部固定刷车点，开车就走，快。"

老凯顿了下，道："一人一辆车？你呢？"

于炀飞速落地："我去找随机刷车点。"

祁醉莞尔，找到车后迅速开车走了。卜那那愣了一秒反应过来，笑道："又是这招？"

于炀为了稳妥并不和人抢R城，但他丧心病狂地把四辆车全部开走，等于是把R城的人困在这了，一会儿安全区若不友好，那R城的人转移会成很大问题。

于炀已经找到了随机车，他开车跟上三人，卜那那赞叹："我就喜欢队这一点——吃不下的也要撒上尿，让别人也吃不了。"

几人让卜那那恶心得够呛。

赛场外，解说甲笑道："Youth这个选手真的非常有意思，我看过他很多次比赛，真的是这样，拿不了的物资他都是丢在隐蔽的草丛里，开不走的车宁愿浪费两颗子弹也要把车胎卸了，绝对不把物资留给敌人。"

"对，我可以不要，但你不能拿。"解说乙点头感叹，"越来越理解为什么俱乐部将他选为Drunk的接班人了，这才是正经属于HOG的强势风格，不得不再夸一句，Youth的进步真的很惊人，釜山赛的时候还只是队伍里的突击手，现在已经是个成熟老练的指挥了，还非常有个人特色，最让人绝望的是他刚十九岁，可怕。"

解说甲点头说："说得我真有点好奇了，现在的Youth和Drunk比，谁更强一点？"

解说乙笑了："不要带节奏，都强好吧。"

游戏中，HOG战队已经抵达了Y城，依旧是老凯放哨，三人搜物资。

第一个安全区刷新了，居然又是天命圈。

第一个安全区友好意味着这一队的物资会很充沛，没有转移的需求，HOG可以把物资富足的Y城搜得一干二净。

第二个安全区刷新前，祁醉已拿到了一把满配的98K，于炀和卜那那也一人一把满配步枪，老凯更是装了足够他们打完全程的子弹。

安全区刷新了，L城圈。

于炀勾唇笑了下。

"心疼R城的那一队……"卜那那扫了一眼地图，"一辆车也没了，安全区还刷到L城去了……他们得走着进圈吧。"

HOG要率先进圈抢位置，没耽搁一秒，迅速分配好物资后开车进圈。

不知是不是冥冥之中自有天定，HOG进圈后，R城的Gem战队紧随其后跟了上来。

卜那那第一个听到了他们的动静，他迅速找好掩体："打？"

老凯还没确定对方的位置，有点迟疑，这刚两个圈，大部分战队还是满编的，现在动手不是特别稳妥。

祁醉想也不想道："打。"

于炀点头，靠过来的这一队明显有往W方向缩的倾向，八成是看见HOG停在外面的车了，现在不打，很可能反被他们围剿。

与其如此，不如先动手。

于炀刚说了打，话音未落，守在二楼窗口的祁醉一枪爆掉对方的一个

人头。

于炀一窒，不得不承认，即使同在一队，他也总会被祁醉这种强大的压制力影响到。

祁醉侧身避开窗口上子弹，于炀不能暴露祁醉位置，没破窗，自己绕路下了楼，慢慢地往对方战队近点摸。

"Youth的285方向，五十米左右，要拉人。"躲在阁楼的老凯语速飞快，"拉了，十秒、九秒、八秒、七秒、六秒……"

于炀已经摸到了近点，扔了一颗雷。

老凯道："拉人断了，没拉起来，躲进房子一个人，倒地那个还有不到二十秒的时间。"

于炀不会让对方把人拉起来，连着扔了三颗雷，一颗正炸在倒地的人旁边，将人彻底炸死了。

"哇！HOG这是跟目前排名第一的Gem遇到了！"解说甲惊叹，"这就有看头了呀！"

解说乙捏了一把汗："HOG得小心啊，前期和Gem拼个两败俱伤的话，很容易便宜了排名第二的FREE啊。"

"不一定！"解说甲眼睛发亮，说，"如果HOG想走得更远爬得更高的话，这次是个绝好的机会！如果在这个时候灭掉Gem，那在这一局之后Gem的总积分会受到很大影响，和第二名、第三名的积分差会被拉得很小，那……"

解说甲不敢"毒奶"，转口道："总之，很危险，但也是个机会！就看HOG能不能吃得下Gem了！哎呀，Kay倒地了！"

Gem能排在总积分第一不是没有道理的，这个战队综合实力并不输HOG，正式开始对枪后，Gem在老凯没反应过来的时候迅速收割掉了他的人头，冲在最前面的于炀也被打碎了三级甲。

"没问题。"于炀趴在掩体后打绷带，"我药够，老凯OB队长，继续给我报点。"

老凯忙切换到祁醉的视角。

祁醉换了步枪扫射了一梭子，给于炀争取了打药的时间，也顺利地让卜那那摸到了近点。

"他们可能要包我。"于炀起身，"队长别动，那那和我攻楼。"

祁醉换了狙击枪，替于炀卡死了WN方向的路，于炀和卜那那一前一后，开始往楼上摸。

"我上楼先扔烟雾，你去阳台，他们如果下楼你跳楼，他们刚枪的话……"于炀精神高度集中，耳朵捕捉着每个细小的声音，尽力凭此推断对方位置，"那就太好了……"

于炀和卜那那最喜欢的就是贴脸刚枪。

将近半分钟的时间里，整栋楼安静得可怕。

于炀凭着对方摩擦地板的声音，基本确定了敌方位置。

最先开枪的是隔壁楼的祁醉。

于炀扔了个手雷试探，对方在躲避手雷的时候在窗边露了半个头，祁醉想也不想一枪狙了过去，安静对峙的半分钟正式结束。

于炀同一时刻冲进房间飞速补掉倒地的人，卜那那紧随其后，避开于炀一顿自动射击，在打倒一人的同时也被击倒。于炀没管卜那那，飞速扫射，Gem一人为找掩体靠近窗户时被祁醉稳准狠地拿掉了人头。

对方最后一人在临死前补掉了卜那那，随即被于炀两枪收下人头。

整个交锋的时间，仅仅十三秒。

第七局，HOG折损两人全灭Gem，最终单局排名第六，总积分排名第三。

后台，贺小旭有点着急，赖华一点也不慌，点头道："这拨赚了。"

于炀他们在这一局将Gem踢出了十名开外，瞬间拉小了第一名和第二名之间的积分差，为后面三场的积分冲刺提供了无限的可能。

贺小旭还没太明白，辛巴心脏扑通扑通地跳着，语调不稳："教练的意思是，我们的目标不只是前三了。"

也许一开始的时候是的，但偏偏，第六局HOG被安全区连环套。

又偏偏，在第七局开场不久遇见了Gem。

老天给机会了。

外媒对HOG的评价很精准，永远小心这支队伍，只要给一点希望，他们就有无限可能。

第八局，HOG总积分跃至第二。

第九局，HOG总积分依然第二。

第十局，HOG和Gem都是满编进了决赛圈，动态积分上，HOG总积分其实已经超过了Gem。

"祁神又拿了一个人头！"辛巴紧张得话都说不利索了，"已、已经超过Gem35分了！"

赖华死盯着屏幕，不断念叨："稳住，稳住，稳住……"

"来个天命圈，来个天命圈，求你了……"贺小旭趴在屏幕上，中邪一般念念有词，"天命圈，天命圈，天命圈……"

下一个安全区，Gem的天命圈，HOG的对角线天谴圈。

游戏里，祁醉心态平稳，道："分队，那那和我一起，老凯去找Youth，两组同时进圈。"

祁醉已不自觉地抢下了指挥权，他的分配没问题，最终的安全区刷在麦田上，想四平八稳地进圈几乎是不可能，折损是肯定的，现在能做的就是把折损降到最低。

于炀点头，他标点，让老凯跟上。

场上还有七支队伍，于炀复盘过多次Gem的比赛视频，对他们的选点位置有个大概的了解，于炀看着远处的废弃收割机眯了眯眼，命老凯跟上，开始尝试着摸近点。

但还没摸过去，老凯就被不远处的TGC收割了。

没有掩体，于炀没法救老凯，没看他，迅速冲到了收割机近点。

于炀被扫了两枪，血线很低，他趴在麦垛后一点点地缠着绷带，想要赌一把。

于炀赌自己猜中了Gem的掩体点。

虽然这会暴露自己的位置，但如果能中就赚大了。

中间还挡着一个收割机，于炀不得不冒险往后退，一步，两步，于炀目测弧度够了，拿起手雷，就在这一秒！

于炀手雷出手的前一秒，被废弃收割机后的Gem战队爆头击倒。

于炀倒在地上，咬牙骂了句脏话。

后台，贺小旭失望地喊了一声，赖华狠锤了一下墙，磨牙道："不怪他，Youth的判断没问题，刚才这个雷要是出去了，不好说了，可惜……"

"不可惜……"

游戏里，麦垛远处，祁醉在八倍镜里看着于炀的位置，自言自语："再赌一把……"

于炀是一次倒地，有四十五秒的存活时间。

游戏中，安全区再次刷新，居然就是于炀倒地的麦垛位置！

Gem半日等不到于炀的队友来扶他，确定于炀只有一个人，他们为了保名次，开场就在打野，物资并不多，现在急需于炀的物资，又要占据于炀位置的安全区，自然摸了过来。

队内语音里，祁醉低声道："别动。"

于炀看着自己的人物角色，瞬间明白了什么，不再往掩体后躲，一动不动。

Gem的几人躲进了于炀的掩体后。

就是这一刻，祁醉的98K和卜那那的SCAR-L同时开枪。

祁醉一枪狙死了于炀，于炀倒地前未扔出的雷同时爆炸，瞬间炸倒了两个Gem队员，卜那那对着麦垛疯狂扫射，也击倒一人。

五秒不到的时间里，战况瞬息万变，胜利的天平瞬间向HOG倾斜。

于炀被祁醉狙死后并不切换视角，凭着黑白的残存画面火速报点，祁醉和卜那那确定了Gem最后一人的位置，两边包夹同时扫射，不到三秒，Gem灭队。

于炀双手离开了键盘，摘了耳机，呼吸粗重，胸膛剧烈地起起伏伏。

场上还有五支存活队伍，但对HOG来说，比赛已经结束了。

后台，赖华双目通红，抖着手，把自己包里的国旗珍而重之地取了出来。

几分钟后，HOG的神之右手们，会再一次在世界赛场上，身披国旗。

历时两天，鏖战十局之后，世界邀请赛四排赛正式结束。

观众席上，所有中国观众早已全部起身，反复高呼HOG。

后台，四个跟拍紧追慢赶，脚步匆忙地跟着HOG后台的几人，赖华抱着国旗，贺小旭和辛巴紧随其后，几人大步走进选手区。

数个工作人员守在选手区入口，但没人敢拦他们，在确定这是HOG战队的高层后，两名工作人员殷勤地引路，将三人带到了HOG机位前。

相比赖华的老泪纵横，四人还算平静，甚至为了保持状态应对一会儿的采访，还相互冷嘲热讽了几句来调整情绪。

"稍微有一点尴尬……"祁醉最后一个退出游戏，"你们提前庆祝的时候能顾及一下我的情绪吗？你们是都祭天了，我这边还没打完呢。"

于炀呛了下。

"我这边还在考虑怎么进最后一个圈。"祁醉无奈，"你们已经在队内语音里聊奖金怎么花了……"

"那那问的。"于炀呼吸还有点不稳，他咳了下，"我不着急拿钱。"

"你当然不着急啊。"卜那那撇嘴，"你还看得上我们这点儿奖金？到底多少？上税以后多少？"

"六十万美金……"老凯心算了一秒道，"税后三百万人民币，一人几十万。"

"可以可以。"卜那那拍拍键盘，"加上俱乐部给的奖金，这趟没白来。"

说话间，赖华、贺小旭、辛巴已经被工作人员一路领了过来。

方才还说着骚话的卜那那看着赖华手里的国旗，嘴唇发颤，突然绷不住了。

卜那那胖脸通红，眼泪滚了下来。

老凯也低头抹了一下眼角。

太不容易了。

HOG并不是第一次在世界赛上夺冠，但这次，真的，真的太不容易了。

贺小旭激动得话都说不利索了，他克制了下情绪，依次拍了拍五人的肩膀。

赖华把国旗递给祁醉，祁醉莞尔："给我做什么？"

祁醉这么说着，但还是接了过来。

他展开国旗，披在了于炀的身上。

于炀茫然。

无数个镜头瞬间聚焦于于炀，祁醉放开于炀，眼中含笑，绅士地后退一步。

现场的国外解说语速飞快地介绍Youth——这个新一任的神之右手。国内几个解说已经破音，回顾于炀在几场中的天秀操作。

于炀环顾四周，几秒后，不管镜头是不是在给自己特写，自顾自地牵住了祁醉的手。

于炀左手牵住祁醉，右手拉上卜那那，几人瞬间明白过来，纷纷牵起彼此，对着赛场外高举起了双手。

HOG的荣誉，是属于整个HOG的。

观众席上带着国旗的中国粉丝纷纷展开国旗，大声嘶吼HOG战队的名字。

工作人员来提示战队众人要去领奖了，老凯、卜那那纷纷往外走，唯独祁醉没放开手，始终握着于炀的手。

赛场上的欢呼声瞬间更疯狂了，中国解说声音哽咽："这是我们新的神之右手！"

祁醉和于炀同别人一样，登上颁奖台，举起奖杯，接过奖金牌，等待主办方奏响国歌，同现场的无数国人一同唱国歌。

但在下了颁奖席接受过采访终于往后台休息室走时，刚过了前后台的防护栏，祁醉搂住了于炀，半晌无话。

方才从容得体的获奖词是献给观众的，这会儿，战友的慰藉才是彼此最好的赛后奖励。

TGC和骑士团战队的人就在他们身后，大家微微错愕，随即纷纷笑了。

回酒店的路上，大家瘫在座位上，明明疲惫得很，却总忍不住笑出声。

老赖抱着奖杯，和卜那那笑一会儿哭一会儿，老凯默默地刷着论坛，辛巴的手机一会儿一个电话，他对着国内的家人笑个不停，把夺冠的事说了一遍又一遍，贺小旭则眉飞色舞地聊着语音，已经开始在聊赞助了。

最后一排，于炀倚在祁醉肩膀上，已经快睡着了。

这个队伍，如果比谁压力最大的话，于炀当仁不让。

还好，数月来的拼搏有了结果，于炀困极了，眼皮越来越重，身体一点一点变软，最终睡着了。

"哎，怎么说？"贺小旭把手机放到一边，回头问祁醉，"去哪儿庆祝？说吧，想吃什么，今天我请……"

祁醉微微皱眉："嘘……"

贺小旭降了一个八度说："睡着了？那……庆功宴呢？"

"后天还有solo表演赛呢，庆功宴等solo赛结束吧？"辛巴压低声音道，"别喝大了，影响比赛。"

"你也知道就一个表演赛，奖金都没有。"贺小旭急不可耐地要犒劳大家，催促道，"再说后天才打呢，明天休息一天还不够？人家别的战队也庆功去了啊，FREE战队拿了季军还要去喝酒呢。"

祁醉微笑着说："不用了，大家现在只需要休息。"

翌日，祁醉早早地来敲于炀的门。

饱睡了一晚的于炀精神很好，同祁醉一起下楼吃早餐，祁醉笑着商量起了闲话："表演赛以后估计要在这边玩上两三天，回国后……咱们直接去我家？"

于炀抬头，迟疑地问："不回基地吗？"

"比赛结束后就放假了。"祁醉道，"基地没人，你也约不到练习赛，回去做什么?"

于炀一想也是,但有点近乡情怯,说:"直……直接去?要住在家里吗?别太打扰你父母吧……"

祁醉笑了:"打扰?这有什么的。"

于炀耳朵发红,片刻后点头答应了。

早餐后祁醉想让于炀再休息会儿,于炀却有自己的队长包袱,想着训练一会儿,不料还没联系人,就听说辛巴病了。

其实也说不上是病,他是喝大了。

辛巴本来就不会喝酒,昨晚自认到了人生巅峰,一切都圆满,太高兴了,不用别人劝,自己慷慨激昂地一杯杯往下灌,喝了五六杯度数不低的鸡尾酒,回来后从凌晨开始就不舒服,吐了几次后被老赖送到了附近的医院,问题倒是不大,做了检查后说是轻微脱水加上轻微的肠胃炎,挂了一瓶水,开了几片药就被送回来了。

送回来后的辛巴精神挺好,给大家道歉后老老实实地吃了药和营养餐,但脸色始终还是发白,相较平日虚弱了许多。

"也不知道光吃药行不行。"赖华眉头紧皱,"我英文不行,跟他们说不清,也不知道那些医生说的什么……祁醉呢?不然让他带着辛巴再去看看?"

"祁醉?别指望了。"贺小旭低头翻看从医院拿回来的辛巴病历小册子,冷笑,"这会儿哪还顾得上你……"

贺小旭话音未落,祁醉和于炀前后脚地进了门。

"开的什么药?"

祁醉已看了HOG私群里的记录,过来拿起桌上的几盒药看了看,翻译了下,是对症的。

卜那那发愁:"毛病说大不大,我去年喝多了也是这个症状,没当回事没吃药也过去了,但这明天还有比赛……"

"你们也是!"贺小旭一心烦就开始甩锅,"没事儿喝那么多做什么?!明明一开始就喝了点软饮,一直好好的……"

老凯讪讪地咳了下，说："那不是你突然说，喝多少你都埋单吗……"

贺小旭被气得肺疼。

卜那那和稀泥："都有错都有错，鲁迅就说过，solo赛之前不要喝酒蹦迪。不听，你看看喝倒了一个……"

"鲁迅没说过这个……"贺小旭被气得有气无力，"算了……反正是表演赛，随便应付应付得了。"

"这怎么应付？"祁醉上下看看辛巴，皱眉，"打到一半儿，他上吐下泻的，不知道的还以为咱们战队恶意竞争，故意破坏其他选手比赛环境……"

辛巴想象了一下那个画面，欲哭无泪。

"表演赛也是比赛，应付？"赖华横了贺小旭一眼，考虑片刻后看向祁醉，拍板，"明天你替辛巴上。"

祁醉怔了下，看向辛巴："我替他？"

"好好好！"辛巴可怜巴巴的，"行……行吗？祁神的手能坚持吗？都怪我……"

祁醉活动了一下手腕，点头："四局表演赛，问题不大。"

这事儿就这么被拍板了。

默默替辛巴烧了壶热水的于炀回来后听到赖华的安排，漆黑的眸子突然一亮。

他……终于能和祁醉打一次solo赛了吗？

祁醉转头看向于炀，笑了下，两人心照不宣。

因为种种原因，于炀只和祁醉打过一次solo赛，还是在釜山邀请赛上。

那会儿的祁醉手伤严重，那会儿的于炀还没经历这半年的魔鬼训练。

时隔半年，两人期待这场交锋，期待很久了。

翌日，得知Drunk会上场后，各个赛区的解说都在激烈争执——Drunk和Youth，到底谁才是单排第一？

中国赛区的解说甲更看好祁醉，赛前分析道："综合各项实力，应该还是Drunk更强一些，而且这个人的上限太高，虽然被手伤拖累了，但还是他的胜面大。"

解说乙摇头："你也说了，他有手伤，Youth就不一样了，Youth几乎每天都在进步，上次釜山赛上虽然被祁醉血虐了，但这么久过去了，这次solo赛……不好说。"

两人僵持不下，只能在赛场上见分晓了。

solo赛正式开始。

第一局，祁醉单局排名第一，击杀四人，积分540；于炀排名第七，击杀六人，积分265。

第二局，祁醉单局排名第六，击杀五人，总积分840；于炀排名第二，击杀五人，总积分710。

第三局，祁醉单局排名第二，击杀七人，总积分1280；于炀排名第三，击杀八人，总积分1125。

三局比赛结束，卜那那摘了耳机，看着祁醉和于炀骇人的积分气得摔鼠标："说好的打表演赛呢？开场剧本就不对吧？只有我自己真的想着一把枪都不捡，全程当个'滴滴司机'吗？你们怎么都当正赛打了？！身为冠军队，就不能发扬一下风格娱乐一下，在表演赛上让没拿过奖的战队拿个名次？"

老凯用看傻子的眼神看着卜那那，说："这俩神想正式打一场都想疯了，好不容易有了个机会，论坛、微博里两边的粉丝擂台押注都搞起来了，你让他俩给你玩儿表演？"

解说席上，解说甲笑道："比赛只差最后一局了，于炀要在一局之中赶超祁醉一百多分，这……不可能了吧？哈哈哈。"

解说乙远远看着眼神专注、神态如常的于炀，摇头："对Youth来说就没什么是不可能的，还是那句话，不管积分如何，他是能奋力打到最后一分最后一秒的人，只要比赛没结束，Youth就有无限可能。"

解说甲笑着一摊手，只好赞同解说乙："是，众所周知，Youth是非常善于后发制人的，让我们期待奇迹的发生吧。不过我还是要说一句，如果说Youth是奇迹缔造者，那Drunk……他本身就是个奇迹。"

　　短暂的休息时间结束，HOG四人回到自己位置上，落座前，于炀抬眸看向祁醉。

　　祁醉眼中闪着光，两人对视，同时抬手，轻轻撞了一下拳，然后落座，同时戴上耳机，最后一次检查外设和游戏设置。

　　最后一小局比赛，正式开始。

AWM

番外

　　世界赛结束了，中国赛区有两支战队拿到了奖杯，HOG更是拿到了四排赛的金锅，战队在新老交接的情况下延续了对北美的恐怖统治，纵观整个赛程，堪称完美。

　　完美收官solo赛后，HOG几人商量了下，决定留在佛罗里达再玩几天，反正签证还未到期，回程机票可以改签。

　　大家很传统地去了环球影城，玩了两日后，都有点意犹未尽。晚上回了酒店聚在祁醉的房间里，贺小旭和卜那那凑在一起研究去哪个免签国家再玩几天，祁醉提前打了招呼，让贺小旭不必给他和于炀订票。

　　贺小旭警惕地抬头："你又要背着我干什么？"

　　于炀把行李箱拖出来收拾东西，他拿着一个首饰盒，闻言表情不太自然，贺小旭如临大敌，站了起来厉声质问："你们背着我们要做什么？！"

　　祁醉看着贺小旭，无奈道："你能不能念我一次好。"

　　赖华无奈："你是不是傻？不是早就说了，于炀赛后要去祁醉家一趟。"

　　"哦……那你俩先回去吧，替我们问好。"贺小旭稍稍放下心，转头继续跟卜那那做攻略，"骑士团那几个人也想玩几天，要跟咱们搭伙，定下来跟他们说一声，问问需不需要一起订酒店。"

　　祁醉闻言边收拾边道："我俩明天就走了，来不及了，你们替我跟他们说一下。"

　　卜那那抬头："说什么？"

　　"说于炀跟我回家了啊。"祁醉拿了瓶水，不等他动作，身后的于炀拿过去替他拧开了，祁醉接过来喝了一口水，皱眉，"你能不能说得清？唉算了，信不着你，要不咱俩晚一天再走？"

祁醉回头问于炀，贺小旭一言难尽地看着祁醉："你晚走一天就是为了告诉花落、soso他们于炀要去你家了？"

祁醉点头："对啊。"

贺小旭，彻底不理祁醉了。日子都定好了，祁醉也不想改签，权衡利弊后，祁醉灵机一动，建了个群。

祁醉把花落、soso、周峰、海啸都拉了进来。

Drunk：不好意思，我跟于炀有事，先回国了，你们玩吧。

soso：咱们的关系什么时候这么好了？你要回就回啊。

祁醉随手给soso禁了言，继续打字。

Drunk：我其实是真想跟你们玩的，感情都这么好，也想跟大家一起分享一下HOG夺冠以后的喜悦……

海啸：祁神，你们夺冠，我们为什么喜悦？

Drunk：至于为什么非要早点回去呢……是因为Youth去我家。

群提示：soso退出了此群。

群提示：花落退出了此群。

群提示：海啸退出了此群。

祁醉飞快打字，赶在周峰退群前又狠秀了一拨，终于心满意足，第二日没有遗憾地和于炀回国了。

祁宅。

祁母前几天就安排好了时间，又让阿姨把家里上上下下全打扫了一遍，还把祁醉从小到大的照片找了出来，准备以此打发晚饭后的时间。

祁母左右看看，起身，亲自修剪了一下餐桌上的花枝。祁父时不时地看看时间，还起身整了下衬衫。

晚上九点钟，祁醉、于炀准时到祁宅了。

于炀是有点紧张的。

家庭聚会这种事对于炀来说有点陌生。

他并没有健全的家庭概念，也没有和家人正常交往的经历，要和祁醉父母同桌吃饭、聊天说笑，对他来说难度不亚于再打一场世界赛。

但……

于炀抬头看向祁醉。

他的队长，似是要补偿他颠沛流离的童年一般，费尽心思地要让他知道，什么是"家"。

于炀深呼吸了下，看了祁醉一眼，祁醉笑笑，敲了两下门以后用钥匙开了门。

祁醉推开门，迎面而来的是温度适宜的冷气和隐隐的饭香。

于炀和祁醉吃了半个月的西餐，闻到中餐香味，瞬间饿了。

从于炀肚子饿开始，家的概念奇怪地清晰了起来。

祁父笑着迎了上来，一边问着航班延误的事一边拍了拍于炀的肩膀，没等他尴尬就把人自然而然地招呼进了餐厅。祁母对于炀淡淡一笑，她不似祁父一般热情，但恰到好处的疏离感让于炀更自在。于炀把给两人准备的礼物礼貌地递了过去。

祁父很健谈，一直在问于炀关于比赛和战队的事，祁父其实并不懂，于炀就解释得细致一些，祁父认真听着，欣慰道："那是真的不容易……好了，先吃饭。"

祁母也问了几句世界赛的事，又问了问目前战队的赞助问题，于炀一一作答。吃过晚饭过了一会儿于炀才反应过来，祁父祁母是怕自己尴尬，所以一直在找能和他聊的话题。

一晚上，恍恍惚惚的于炀没有任何不适，仿佛真成了这家里的一分子一般。

翌日，祁父祁母早早就上班去了，两个网瘾少年九点多才一脸困倦地下楼吃饭。

祁母提前很多天就详细地问过祁醉，了解过于炀的喜好和习惯，所以走之前特意嘱咐了家里的阿姨午饭尽量多做，免得人家小孩子第一次来家里不好意思，吃不饱。

家里阿姨也很卖力气，收拾了满满一大桌饭菜，于炀一度误以为祁醉父母会回来一起吃。

"就咱俩了。"祁醉拉着于炀坐下，"他俩晚上能按时跟咱们吃饭就不错……吃饭。"

家长不在，俩人都自在了许多，于炀照例一个人吃了两人的量，祁醉太久没好好吃家里饭了，也吃了不少。饭后阿姨又殷勤地切了满满一大盘的水果，祁醉实在吃不下了，端着果盘和于炀去了自己房间。

　　"困就再睡会儿，想玩计算机也行。"祁醉坐下来，"沾你光了，我平时回家我妈妈可从来不让人这么给我准备吃的。"

　　于炀笑了下，小声道："阿姨人好……昨晚送我去房间，还问我衣服、鞋子的尺码，说下月去香港，要给我买衣服。"

　　"买吧，她眼光好。"祁醉侧头看于炀，"真不困？"

　　于炀摇摇头，他坐在祁醉计算机前，拿起一本相册，抬头问："这是你的相册？能看吗？"

　　"这有什么不能的。"祁醉笑笑，"我妈昨天给你看的那本是我更小时候的，这本是我上了高中以后的。长大了拍照少了，有些是我爸爸从网上存下来自己拿去洗的，不是入学照就是获奖照，没什么意思。"

　　于炀从第一页开始慢慢翻，祁醉坐在一边，一一给他讲解。

　　"这是高一军训的时候拍的，我说不拍……头发剃得那么短，跟少管所里出来的似的，我爸爸不同意，非要留个纪念不可。

　　"这是高二上半学期拍的，暑假的时候，我参加一个什么夏令营，好像是教人编小程序的，不过后来被轰回来了……因为不好好学，整天用人家高配的计算机打游戏。"

　　于炀忍笑。

　　"这是高二下半学期拍的。"祁醉感觉到于炀在笑，继续道，"过生日……没什么意思。"

　　祁醉翻一页讲一页，尽量捡着好玩的事跟于炀说，于炀听得认认真真。

　　翻到最后一页，祁醉意外一笑："居然还有这张。"

最后一页的照片像素显然低了许多，照片里，少年祁醉戴着耳机坐在一台计算机后，专注地看着显示器。

于炀眸子一亮，他顿了下，轻声道："这是……什么时候？"

"这会儿我已经打职业了，应该是……在北方吧？"祁醉仔细分辨了下，点头，"穿这么多，应该是在北方城市，那会儿条件都不行，这是在网吧打线下赛。"

于炀嘴唇动了下。

"我爸从网上下载的吧？"祁醉把照片抽了出来，看了一眼照片背面的日期，点头，"是那次，当时拿了个第一。"

于炀接过照片，目光复杂地看了好一会儿。

祁醉问道："我那会儿帅不帅？"

于炀笑了下，点点头。

祁醉手机响了，他起身接电话，于炀自己拿着那张照片，安静地看了半晌。

于炀仔细又仔细地回忆了下，还是记不起来自己那会儿是不是见过祁醉。

他当时太小了，虽然每天吃睡在这家网吧，但没那么多闲心关注其他的人和事。

可能见过，也可能没有。

真的没印象了。

于炀摩挲着照片，不自觉地想起自己初离家后的种种，过了好一会儿，于炀突然意识到，他往日每每回想起幼年经历时的那股愤懑感已经没有了。

回想自己被继父家暴的情景，情绪也没什么起伏。

过往晦暗记忆似乎已经定格成了照片，安安静静地摆在那，已经不能再引起于炀心中的一丝痛楚了。

于炀出神片刻，把照片好好地放了回去。

曾经以为会纠缠他一辈子的那个噩梦，在不知不觉间已经消散了。

"我妈的电话。"祁醉挂了电话，"问咱俩午饭吃了没……还看着呢？"

于炀把相册放回原处，彻底释然，一笑道："看好了。"

HOG俱乐部PUBG分部基地三楼休息室里，贺小旭坐在电竞椅上，两脚搭在桌子上，懒洋洋地拨弄着手机，感慨："自打比赛回来，我感觉我身价高了许多，有时候甚至感觉你这个教练已经配不上我这个经理了……"

赖华瞪眼呵斥："那是我吃饭的桌子！把脚放下去！"

贺小旭最近走路都带风，被赖华骂了也不生气，喜气洋洋地坐好："唉……你说他们真的不脸疼吗？之前那么着急地撤赞助，现在又觍着脸来找我……"

"态度好点。"赖华皱眉，"别让人觉得咱们飘了。"

"知道。"贺小旭放下手机，接过赖华递给他的一沓手写资料，"这批青训生的？"

赖华点头，坐下来道："上一批留下两个人，二队目前三个人，还是缺一个，看看这一批青训生吧……希望能留下一个。"

贺小旭低头翻看资料。

赖华审核每个青训生的个人能力，贺小旭则要评定每个人的商业价值。

"又想起Youth刚进队那会儿了……"贺小旭着意看了下每个人的照片，唏嘘，"当时没看见人，看见他那个二寸照片我就决定了，一定要把这小孩儿留下……哎，Youth呢？我整天都没见他出训练室。"

"今天青训生们跟着打练习赛，他OB。"赖华算算时间，"祁醉也快回来了吧？"

贺小旭漫不经心："快了快了……这次本来就没什么事儿，就是去定一下下一阶段的复健计划，还是回国复健。"

世界邀请赛圆满落幕，HOG旅游团终于回国了，祁醉和于炀探亲几天后也回基地了。短暂的假期结束，一切回归正轨，正常训练一个月后，祁醉飞纽约做最后一次的检查。

HOG的这批青训生运气不太好，怀着无限憧憬入队，但快一星期了，还没见Drunk一面。

幸好于炀最近训练任务不重，被赖华安排来盯青训生，青训生们每天除了训练，就是聚在一起小声讨论Youth。

"不愧是HOG王牌……"一个小胖子捂住胸口，"昨日我看他演示如何落地打前期，哇，落地和四个人在机场那一顿绕……给我秀晕了。"

"天秀。"一个小瘦子同样捂住胸口，"Youth昨天站我身后看我训练，我差点手抖自雷了……"

一个不胖不瘦的小个子跟着说："我就是为了炀神来HOG的，为了让赖教练注意到我，我每天打十二个小时，在亚服连着冲了一个月的分，终于被联系了。"

"幸好这一个月大神们都去北美打比赛了。"小胖子庆幸,"不然最近哪能这么好冲分。"

"幸运幸运……"

晚饭休息时间,一楼训练室里,新入队的几个青训生一边吃外卖一边小声聊天。

"我听说炀神当初是从青训班直接进一队的,连二队都没进。"小胖子无限憧憬,"到底是多厉害……"

"青训没结束直接进一队,祁神退役后直接接任队长……"小瘦子唏嘘,"你说多厉害。"

小个子是祁醉死忠粉,忍不住道:"祁神当年是直接把自己老队长打退役了,更厉害。"

"都厉害都厉害……"

"哎,我其实还挺想跟炀神请教请教的,但不敢……"小胖子犹犹豫豫,"我感觉炀神好凶,特别严厉,我要是跟他直接请教问题,他会不会打我?"

小瘦子皱眉:"不至于打你吧?不过我也不敢……"

小矮子跟着附和:"我也不敢。"

"不过赖教练说,今天练习赛上表现好的青训生,明天可以去三楼跟炀神组排打练习赛。"小瘦子两眼发光,"今天得好好发挥了,三楼训练室!四战神的训练室!到时候顺势跟一队前辈们请教几句,应该没问题吧?"

"没问题,让我跟炀神的机位合个影我就心满意足了。"小胖子把外卖盒里的饭菜扒了个一干二净,"行了不聊了,练习练习。"

这招其实是贺小旭出的，他亲眼看着于炀成长起来，深知战队里前辈对后辈的影响力有多大，为了刺激青训生们努力，特意设置了这么个福利环节——每周训练赛排名靠前的几人可以去三楼跟一队前辈打一场训练赛。

对热血的青训生来说，没有比这个更好的奖励了。

于炀还不知道自己被贺小旭当作奖励了，他今天任务挺多，晚上要花两个小时OB青训生的练习赛，PUBG正式服又更新了，他需要花几个小时去自订服熟悉改动资料后的几把常用枪。

翌日，青训生练习赛结束，胖瘦矮三人组成绩最好，被赖华带到三楼来参观。

HOG战神们每天训练的地方，对小孩子们来说简直是圣地。他们怕打扰到一队的前辈，小鹌鹑一般跟在赖华身后，看什么都新鲜。

小胖子时不时地跟小瘦子咬耳朵："那是卜那那的电竞椅，定制款，一万多……"

"炀神的耳机，据说四万多……"

"祁神的键盘！德国厂商给他专门定制的……"

赖华走到于炀身后，交代道："人给你带来了，你们打完这局，让他们三个换上来，跟你打一局。"

于炀这一场练习赛还没结束，他两眼看着显示器，微微点点头，没说话。

赖华把人带到了就走了，三个小朋友彼此牵着手整整齐齐地站在于炀身后，呆呆地看于炀打练习赛。

祁醉回来时，看见的就是这幅景象。

祁醉面无表情，深吸了一口气。

偏偏炀神丝毫没有意识到什么，他目光专注，嘴唇微动，语速飞快地指挥着，一枪一个人头。

每次爆头，于炀身后的小朋友就一起鼓掌。

祁醉看不下去了，把行李箱往旁边一推，进了训练室，跟大家打了个招呼笑道："不好意思，炀神有点事儿，我跟你们打。"

小个子第一次看见活的祁醉，瞬间呼吸有些困难："Drunk……"

祁醉大方道："陪你们打三局，来来……"

胖瘦矮兴奋坏了。

"以后有事，不管是训练还是什么的，找我就行。"祁醉开机更新游戏，"于队太忙了，顾不上，知道吗？"

胖瘦矮点头如捣蒜。

——番外·完——